U0458468

DANCE
THROUGH LIFE

漫舞
过人生

Helen S ◎ 著

上海三联书店

在东方与西方，

城市与乡野，

学院与江湖的边缘，

以足尖行走。

冰岛

摄影：Helen（著者）

冰岛

摄影：Helen（著者）

冰岛

摄影：Helen（著者）

冰岛

摄影：Helen（著者）

摄影：Helen（著者）

摄影：Helen（著者）

美国、希腊
摄影：杭杭

美国
摄影：杭杭

美国
摄影：杭杭

人像

摄像：王燕

土耳其

摄影：Rebecca

希腊
摄影：杭杭

希腊

摄影：杭杭

真实地活着和爱着

　　Helen 是我的好友，九十年代末我们曾经共事数年。那时的她，干练，理性，雷厉风行，我们的黄金搭档岁月至今仍历历在目。前几年她告别大公司金领生活，开启了"说走就走，周游世界"的生活。与此同时，她创业了，成为咨询顾问和企业教练，华丽转型，依旧干练齐整，个人品牌独特而鲜明。

　　渐渐地我们的交集碰撞出神奇的火花，她的世界拥有浑然不同的状态，她清丽洒脱，感性流露，酷爱摄影和旅游，文字大气优美，竟然还是一个历史爱好者。我们交流的话题忽然开阔到天南地北，风土人文。她的美丽、才干和热情依旧如阵阵春风，洋溢着灵动而优雅的气息，吹动了一池宁静的碧水，让美丽的倒影化作层层涟漪。

我最初读她的文章，是那篇《心路》。文章写于她刚刚开启自由职业时，当时我向她约稿，为芬芳玫瑰专栏写一篇自己的成长故事。拿到文稿后我被她平和的心境和生动的文字迷住了。那也是我第一次走近她的生活，了解她的深邃心路。

　　离开喧嚣热烈的职场，卸去所有头衔光环，她成为她自己。走出家门，去加州凝望海边落日，去箱根欣赏漫天樱花，在宇治川前看红叶如火如荼，在大理民宿的留言本上落笔："就这样子，万籁寂静里，始知空里，找回了自己。"

　　她行走在城市街道上，眼中看到的是"陌上花开"。她喜爱穿着下摆如蝴蝶般扑扑飞起的长裙，也爱背着相机驻足品味"美景前那种遗世独立的安静"。

　　她画兰花，弹古筝，把历史长卷和博大世界铺展开来，一点一滴去游历，仿佛活过了悠悠千年中那些让她心潮澎湃的珍贵瞬间，又好像是一位穿梭于古老地球端详人类文明的小小飞侠。

　　她曾经对我说，自从她爱上摄影，把视角从自己身上彻底转向世界的时候起，她的世界就真正打开了，她的大爱之心也慢慢苏醒了。她是一个真实地活着和爱着的人。

　　在她心中，"生活的本质在于平衡平和久远，而不是爆发性地追求极致。"

她当时对自己说:"一口气憋了二十多年的好胜孤勇,从心底拔除,从此晓风明月登岸。"

文中流露的是她最为真挚的情感,看到梦见父亲那段,我也流泪不止,也许人和人的相遇就在于彼此理解了各自生命最深处的脆弱吧。

本命年她在南美遇劫,瞬间失去所有旅行中最重要的东西,一个人困在小公寓,感受独自活着的真实。紧接着心爱的圆圆受伤,密友说是为她挡了灾。"一个爱跑爱拍爱吃的人,去了那么多地方,暂时告别了旅行,犹如突然风停雨止,偃旗息鼓,如被黏住翅膀的蝶,静止到生出寥寥禅意。"

冬天的流感和肺炎让她深深感慨,"这个本命年的四季,不易过:春天无端折戟沉沙,归来尽寂寥,夏天散漫无为,秋天在灿烂烟霞里告别心底纷扰,冬天沉舟病树,春天该是关于重生了吧?"

去年生的那场病,让她经历了一次非凡的考验。

之前几个月我曾经向她约稿,在芬芳玫瑰专栏再写一篇,分享一些近几年的成长心得和生活感悟。这是我第二次向她约稿,也是她极不容易的一次创作。

文章共一万六千多字,写完这篇文章后的第二周,她就入院手术。完稿后她嘱咐我说,这段时间她感触很多，写下来自己的一段经历，等她出院后再刊发，分享给朋友们。

她这样开头：

"当人生后半程徐徐展开的时候，无论是愿意伸出双手来拥抱的，还是久久不能直面的，都会以各种不同的速度，在不同的情境下到来。面对真实，我们总是准备得不够……"

又这样结尾：

"在我选定手术的医院，做了一个 CT 之后，母亲陪着我，我们看着夕阳光芒，温暖地照进树丛，照在医院中央的池水中。如果这样灿烂的光芒，是来自朝阳，该有多好！但是夕阳如此，也无可抱怨，唯有等待未知考验，期望尚有'来年'。"

我喜欢的历史人物，都是虽天不假年，仍光芒灿烂如最亮流星划过天际的英雄，李世民、霍去病、源义经，和织田信长。织田信长那一年，持扇翩翩舞起来：

人间五十年，与天地相比

不过渺小一物

看世事，梦幻似水

任人生一度，入灭随即当前

……

放眼天下，海天之内，岂有长生不灭者?"

手术前两天我去探望她，她依然笑容灿烂，谈吐欢畅。而今，她顺利完成手术和康复。这段珍贵的经历，已镌刻在她的生命年轮之中，而她的心路历程，也得以给身边的朋友们带来新的启示和思考。

去年她告诉我说打算出书了。我为她由衷地感到高兴!

她在过去这么多年，早已积累了自己半生感悟，这些隽永的文字，生动地跳跃着，把她在职场和生活中珍贵的思想和才华，汇集成温暖而灵动的文字。

她用"起式"、"飞舞"和"谢幕"三个部分把成长年华、职场岁月和中年心路一篇一篇娓娓道来，带着读者走进她的生活，一起回望往昔，展望未来和驻足当下。

我欣赏她的文字，厚实饱满，文采飞扬，充满人文情怀。她的叙事风格，飘逸中富有层次，柔美中穿透人心。

我爱读她的职场传奇，那些似曾相识的相遇和相知，组成了我们生命中最为灿烂的一段经历。

我也爱读她写的关于历史的那些曾经，人物生动鲜活，仿佛她也在那个时代目睹了各种人世间的悲欢离合。

我犹爱读她写的那些随心而动的散文，无论在哪里，她的文字都会带我无声无息站在那个场景不远处，身临其境地跟随她游走四方。

这本书也许是上苍送给她的一个礼物，让更多人在共鸣中感悟生之华美，爱之真挚。

当她邀请我为新书做序时，我非常欣喜。冥冥之中我感觉到了与她的重逢。我欣赏她的坦然和平静，更向往拥有她的通透和力量。在内心深处，我们都曾经是胆怯的小女孩；在生活历练中，我们都曾经是无所畏惧的女汉子。

如今，我们都在各自的生命中找到一小块宁静，仿佛从远方归来的降落伞，慢慢地调整着速度和方向，与风共舞，与云交织，仰望碧空，凝望日出，最终，我们找到了那一小块心仪的土壤，可以安然接纳我们降落的小小空间，平缓地滑翔，不再留恋空中的美景，转而向往地面的厚实和平凡，欣然陪伴四季，感怀日出日落。

生命过半，不需要求证什么人生哲理，也用不着展示深沉的智慧。五十年华，与二八年华的差异，都是岁月赋予的。我们乐于分享自己的生命故事，敞开心扉后的喜悦让我们久久沉浸在充满温暖和力量的时空，不愿离去。

愿这本书带给读者朋友们美好的生活和美丽的心

情，如同四季的风，可以让碧绿的树叶沙沙地响，也可以让鹅黄的落叶悠悠地飘。

张琳

企业高管教练，ICF MCC

写于 2019 年 2 月 14 日，上海

南有樛木

认识 Helen，初始是因为工作上的合作。那一年，我刚刚带着团队创刊了 ELLE 全球第一本男性月刊 ELLEMEN。那是一群对纪实报道与电影有着高度热情的创业型团队。所以当机缘引荐我们与当时在跨国大企业担任要职的 Helen 见面，探讨在中国推出第一个也是唯一一个献给电影幕后工作者大奖的活动时，我们两个团队彼此一拍即合。这两个跨国企业的团队都特别成熟且明白，在各自公司商业绩效的指标下，我们相濡以沫彼此澎湃的理想与默契。

那时的 Helen 精明干练，会议上总是单刀直入，直击要害，带着外企高管的气势与效率。上海的姑娘，却同时有着北方的豪迈与爽快。是那种必要时可以举杯豪饮，但也能淡品春茶话诗词的姑娘。

但是真正认识她，很惭愧地说，却是在她寄给我准备出书的几篇文章后。

这两年，我们各自离开了原有的外企。像是突然之间对生命有种觉悟似地，我们对于人生的第二幕，有不同的看法与追求。看她忙碌着旅行，忙碌着四处飞行开展顾问工作，似乎人生长路，风景不止。她写文章，旅行拍照片，读书，发表博文，作为朋友，真心为她喝彩。

但是怎么都无法想到无常却在转角。

读着她的人生五十，几度含泪。她娓娓道来，走过后，安静而坚定的生命力，给了一堂面对生死的课。

她说这本书，是给自己生命留下点痕迹。而我，却觉得远远不止如此。她给了看待生活的角度，面对生命的态度，不是理论，而是真挚诚恳的点滴分享，体会留给各人。

"南有樛木，葛藟累之；乐只君子，福履绥之。南有樛木，葛藟荒之；乐只君子，福履将之。南有樛木，葛藟萦之；乐只君子，福履成之。"

——《诗经》

作为朋友的 Helen，如樛木，绥之、将之、成之；

书亦如是。

杨玟

资深媒体人，影视制作人，品牌行销顾问

写于 2019 年 2 月 19 日，上海

目　录

真实地活着和爱着

南有樛木

后记

第一部分

起　式

看花三月

分类：杂相

三月看花时节，也是种花时候。春日如年，繁花似锦，小区里的邻居们也忙于莳锄：你种几树桂花，他置一副秋千于海棠树下。

我亦惜花种花，园子里每种花每棵树我都爱，有风的时候，看风吹紫玉兰翩翩落尘埃，下雨的时候，看檐下月季随雨势轻摆。

是我老矣：以无数时间看花，花得我无数时间看它。不看花，又看谁？时光照旧如烟分飞散去。——"年少看花双鬓绿，走马章台弦管逐。而今老去惜花深，终日看花看不足"。

近日尤其怕尘嚣，怕烦闹，比从前更爱独处。独处时看花，心中却无花开烂漫情绪。有人评一部名叫《水长东》的小说:"悲伤排山倒海……"。我亦如是,快乐来如蚕茧抽丝,悲伤来如排山倒海;春来时不觉,去时却惹春恨;因为太美,因为短暂,因为去了不回头,再不是今时今日今年。

昨日之前,还在叹青春小鸟一去不回,如能时光倒流二十年,十年也好。十年前你剪 BOBO 式的齐耳发,脸上还没有显彰的雀斑,比现在瘦十五斤以上,不是大美人,可即便穿着黑沉沉的厚绒衣,还是值得人回头看一看的。彩云易散,雾月难逢,在将明未明的天际下,不能拔足前行,又止步不肯走来时路,便已十年踪迹十年心。

武人岳飞,都知叹"知音少,弦断有谁听"?声弦演歌,是打发昏沉午后,漫漫长夜的妙方。还得继续演习古筝,将"高山流水""渔舟唱晚"弹过"春江花月夜"。

若你还是钟意文征明帖,就将它临上百遍千遍。少年时无钱学习粉彩国画,你大可以现在请了师傅来家把手教习。天无彩虹,你画它,花开无常,你留色于纸上。

几十年苍茫岁月,又回到原处,你还是如少年时一般清冷孤寂。你的幻想从来都是:空山新雨的午后,濡湿的青石板,白裙踏过,曲折回廊,有弦声幽幽过耳,循声而去，却驻足犹豫，不愿打破琴声，在廊中长凳依依坐下，渐渐缓缓睡沉，梦中却闻花香茶香。

你还有未来几十年的岁月，鸡皮鹤发，孤独无依。如能弹琴，作画，念诗，即便身衰体弱，也可以将日夜捱过。有人问，你会像张爱玲吗？思之惨然，但不是忧惧了便可避免。人生际遇，生生死死，半分也不容你掌握。

当你在某个清晨，坐在日内瓦一个酒店的窗前，看窗外树林葱郁，阳光升起在雪山后；想到若是百年以后，有个人也坐在这个窗前，看到的也还是如此胜景吧。山依旧，花相似，人不同。你突然意识到半生早过，一生已定，不能自已……

(2009－03－28 21:15:29)

辛苦最怜天上月

分类：品相

一

康熙二十四年（公元 1685 年）的五月，如所有的雨季，闷热，不爽，不净，又如所有久病不愈的人，郁闷，不生，不死。只是这次，雨季中高烧不退发不出汗的人是通志堂前，渌水亭边，饮水花间，侧帽风仪，二十九岁的纳兰容若。不过几天前，容若邀请了顾梁汾姜西溟等五位好友在相府的"蕊香幢"作五言，他先完稿："庭前双叶合，枝叶敷华容……对此能销忿，旋移近小楹"。诗没有他的词出色，只是透了情绪：一位锦衣玉食的相国公子皇帝近侍，"忿"从何来？

他生于斯长于斯逝于斯的明珠宅第，之后历经无数名人权贵：明珠败落后，此府于乾隆朝赐权臣和珅，容若有词"十一年前梦一场""十八年来堕人间"，和珅吟绝命诗亦云"五十年来梦幻真，今日撒手谢红尘，他时水泛含龙日，认取香烟是后身"，此诗引多年悬疑，慈禧被猜测为这个"后身"。

嘉庆年间，成亲王永瑆入主这所豪宅，其为海内推崇的书法名家，号"镜泉"，"名重一时，士大夫得片纸只字重若珍宝"。敕命书写乾隆皇帝《裕陵圣德神功碑》，著《诒晋斋集》等文，然"天性隐忮，好以权术驭人，持家苛虐……"，后被罢"军机行走"，随之"以告祭礼赞引有误，罢职削俸归第"，抑郁而终，其子弟败家，竟将他珍贵书法作品烧毁大半。

再后来，这片宝地被溥仪的父亲醇亲王载沣拥有，这些末代皇族的命运自不用说了。

很多年后，一位美丽智慧勇敢的女性搬入，她是风头一时无两的国母，也是忧伤以终老的苦主——她是宋庆龄。

纳兰容若，一缕才思哀情，虽逝不绝，何其强，何其长，悲剧命运贯穿伤宅，无人得幸……

也是缠绵的雨天，纳兰身后大约一个半世纪，公元1824年4月，希腊迈索隆吉翁。三十六岁的乔治·戈登·拜伦（George Gordon Byron），像纳兰容若一样，汗不能出高烧不退，几次使用当时流行的放血疗法，仍不能让病势稍减。三个月前，拜伦写下他平生最后的诗句《今天我度过了三十六年》：

This time this heart should be unmoved，
Since others it hath ceased to move：
Yet，though I cannot be beloved，
Still let me love！

My days are in the yellow leaf；
The flowers and fruits of love are gone；
The worm，the canker，and the grief，
Are mine alone！
...

是时候了，这颗心应被沉淀，
因它已不再能感动人；
虽不能为人所爱，
还是允我继续爱人！

我的日子，飘落在片片黄叶里，

爱情的花和果都已消逝；

只剩溃伤，悔恨和悲哀

依旧将我伴随！

……

　　这位因无羁诗行得咎，因离婚以及与异母姊似是而非的恋情最终被放逐的英国贵族，死于为希腊的独立解放与土耳其进行战斗的路途中。死后，希腊为他全国举哀三天，英国政府却拒绝他的灵柩进入符合他身份名望的威斯敏斯特大教堂国葬。

　　没有人，会自动选择孤独吧。但命运的这一只掌推你向前，容不得你挣扎。

　　为何从来就喜欢那两个悲剧的诗人，难道是注定也会饮恨吗？如果真是这样，又为何浮生辗转，尘缘未断？

　　还是让我们回到几百年前，那两个发烧不退的雨夜。——不管是怀着愤懑，还是壮志未酬的遗憾，纳兰容若，拜伦，两位不同国籍，却多情空余恨的诗人，都是英年早逝，将所有的痛惜，感伤和怀念留给在世的亲朋好友。有一首诗，最能表达这种伤怀。很久以前看一部叫《四个婚礼一个葬礼》的有趣电影，就记住了有人在葬礼上深情朗诵的 Auden 的这首诗（原文实在太好，中文的翻译很难准确表达那份情绪，所以就不贴中文了）：

Stop all the clocks，cut off the telephone，

Prevent the dog from barking with a juicy bone，

Silence the pianos and with muffled drum

Bring out the coffin，let the mourners come.

Let aeroplanes circle moaning overhead

Scribbling on the sky the message He Is Dead，

Put crepe bows round the white necks of the public doves，

Let the traffic policemen wear black cotton gloves.

He was my North，my South，my East and West，

My working week and my Sunday rest，

My noon，my midnight，my talk，my song；

I thought that love would last for ever，I was wrong.

The stars are not wanted now：put out every one，

Pack up the moon and dismantle the sun，

Pour away the ocean and sweep up the wood，

For nothing now can ever come to any good.

二

那本《纳兰性德和他的词》和《拜伦诗集》在大学

三年级失去，同时失去的也有大学三年的感情。将长发剪短，穿着白色的衬衫配米色的窄裙，像是长大很多，之前她总是穿长长的裙子，配绯色或粉色的上衣，纤腰细得会随时被折断似的。

她喜欢在家里穿着母亲旧衣改的类似简易旗袍款的褂子练书法。十有八次写的是容若的哀词："背灯和月就光阴，已是十年踪迹十年心。""无奈钟情容易绝，燕子依然，软踏帘钩说。"都不是吉祥的好话，她偏偏喜欢。他坐在对面看她："我最喜欢你斜斜编一根独辫子，第二喜欢你梳马尾辫，第三才喜欢你头发散着。"又问："这两本书，你一直看，借我看看可好？"她哪里会不答应。

他在大三时决定去日本留学，欣喜地在她面前说去国的美好生涯，她只是齿冷：为何没有一丝离情？他又领她去看华亭路附近的洋房，说去日本赚了大钱，回来买了洋房结婚一起住。

她决定分手，不是不愿等，只是怕挨不了等待的滋味。他震惊，发誓赌咒，她只是流泪不信。

"人生若只如初见"，他第一次见到她就喜欢，她也是，那天她穿白色的薄绒衫，他穿蓝色牛仔衣，他请另一个女孩跳舞，却一直转头看她，她也深深注视他……

他一次次上门来找她，她不肯见。在二楼的窗口站

011

着，她听到他那辆破自行车的声音，立刻躲起来。她在楼上，他在楼下，她在屋里，他在屋外，明晃晃的太阳升了，凄艳艳的夕阳落了，天黑了，星光全无，她探头出去，已经看不到他和自行车的影子——到底是"原来尘缘容易绝"。

他走的时候，忘记将书还她。她只是不明白，他明明读不懂那本书的，为何还要读？

毕业的时候，学校有位老师托人兜兜转转送上爱意。她问："那是谁？我不记得有这个人，而且我为何要找三十多岁的老头子？"她那时如盛开的蔷薇，有刺，一年只开一次，却花影婆娑，无处不在，只知望远，哪肯伏低守拙？

毕业后，她从秘书开始做起。有次被人支出去跑邮局，在地上摔一跤，马上爬起来，先看看周围，很疼，但是更怕丢丑，怕被人看见。那位在她毕业后的三年中在她身边来来回回的俊美画家，拉她在台阶上席地而坐："我不知道，原来你这样辛苦。"

那个无良的香港老板欺她软弱，每天上班先将她无故骂一顿。有次和人打赌，叫她扫办公室的地，她默默拿起扫帚，别人轻蔑地冷眼看，她的眼泪一滴滴打在地上。老板大笑："我说吧，让她扫地就会扫的，她不会反抗。我赌赢了！"

她对画家说，有天我一定会比今天好，而且记得所有的事。他说："忘记吧，像所有人一样学会遗忘，如果大家都已忘记，你还偏偏记得，多么辛苦!"她倔强地说："一点一滴，来来去去的，在我记忆里生根，影像，颜色，气味，情绪，就像我会记得今天，你坐在这里劝我，天空多么的蓝。"

另一个人出现了，听她讲那两本书的故事，不做声，默默去寻找。《纳兰性德和他的词》早已绝版，他跑遍了上海大大小小的书店，终于在一个小新华书店找到。书，崭新地放在她面前，她惊喜地不敢相信。

后来他们因俗事分手，她将《纳兰性德和他的词》拿在手里，看到扉页上她的字，还是容若词，不知是何时写的：

心灰尽

有发未全僧

风雨消磨生死别

似曾相识只孤灯

情在不能胜

她，还是，一张一张，将这本来之不易的书，撕成了碎片。

隔了一段时间，他又送了古籍线装版的《通志堂全集》四册来，道："知道那本书你一定是撕了的，这套线装的，是我从扬州淘来，太珍贵了，你是断断不忍撕的。"

他懂她爱她不辞冰雪，却他还是选择了——她之外的整个世界。

又过了很多年，她的名字用"google"就可以搜出一长串的资料。在某个半醉半醒的晚上，输入身边过客的名字，什么都没有。却原来，他们比她，更是普通人。谁当年不像少年英才呢，曾经的壮志雄心又在哪里折戟？而她孤勇一力往前奔，却发现自己身边已没有人。他们都好吗？再回头，已不见。"……若有双鱼寄，好知他，年来苦乐，与谁相倚。"她身边，依然只是纳兰词：

德也狂生耳

偶然间

淄尘京国乌衣门第

有酒惟浇赵州土

谁会成生此意？

不信道，竟逢知己。

青眼高歌俱未老

向尊前，拭尽英雄泪。

君不见，月如水

仙乐飘飘处处闻

——大提琴篇

分类：声相

人间之繁腐事端，一桩桩来去，带来浅浅深深忧虑，失望，哀痛，唯有心死，才得以平安。欣慰的事也有：红尘厌倦的清早醒来，想到有无尽的书可以读，有无数的音乐可以听，才发觉，这辈子也不算苟且偷生。

喜欢乐器，多过歌唱，喜欢古典，多过现代，喜欢独奏，多过乐队……

小学二年级的时候，因个子长而大，先被选去练射箭，上了一天抬腿踢腿的课，我就逃乡了，妈妈来劝，我双手扳着家里大门死活不去，这一身不好运动的懒骨，可想而知。后来少年宫来选人，老师细细看了我的手，就定下了。我很雀跃：这看来不像是辛苦的玩意儿。后来知道那一届，小提琴班招了六人，大提琴班招了六人。那一天得意之余，扑哧窃笑小提琴班的人的脖子啊……

后来看到那具大提琴，傻眼了，这么大啊，怎么拿？外婆说："我接送吧。"每个星期学两次，我背着书包拿着乐谱晃晃悠悠走在前面，外婆提着大提琴跟在身后，走差不多40分钟送我去少年宫，两个小时后，再提着琴带我回家，风雨无阻。

"外婆，也许，有一点点爱我吧？"我想。外婆重男轻女，每每叫我"小慧"，例必跟一句"死丫头"，"死丫头少吃点，给你哥哥吃"，"死丫头手脚重，没轻头。"我学琴后，吃罢晚饭，家里总是回荡一个嘹亮的声音："死丫头，练琴!"

于是，我恋恋不舍扔下手中的诗歌本或者小说书，站起来打开布琴套，将琴弓打上松香，将琴支好。那时家里是水泥地，在任何地方，都可以找到一个小破洞，将提琴脚塞进洞稳住，开始练琴。外婆总是一边收拾碗筷，一边挑剔地给我算时间："不够不够，还有十分钟"。

练习曲，永远是练习曲，无聊!我于是和老师谈判："学一首练习曲，就学一首歌曲改编曲行吗？或者两首换一首？"杨先生就抬起头朗朗笑："行，一首换一首。"杨先生是我们大提琴班的老师，长得帅，长方脸，大眼睛，高高的个子，难得性格温和，从不骂我们。那双手伸出来，白皙修长，一手拿弓，一手在把位上灵活地跳跃，看也不看，音准得不得了。我们六个人，骄傲地看看杨先生，再鄙视地看看小提琴班尖嘴猴腮的李先生，心里美得不行。

在男色的动力下（当然，我彼时并未清醒意识到这一点），我学琴尚算努力。杨先生要求回家把教过的曲子练五篇，我就练十遍，杨先生让把后一首练习曲预习一下，我提前预习后面三首曲子。渐渐我成为杨先生的得意门徒。有次少年宫有外国朋友来参观，大提琴组选一人，杨先生让我去表演一曲《樱花》。站到台上，灯光刺眼，黑压压的观众……很多年后看"达人秀"，张冯喜小朋友要求退赛，称"灯光太亮了"，我完全明白是怎么一回事。我当时彻底晕场，糊里糊涂支离破碎地拉了一遍，回到后台，看到杨先生如常微笑，如常摸摸我的头，一句责备的话也没有，但我知道李先生派出的小提琴选手没有怯场，我，让杨先生和整个大提琴班都灰溜溜的。后来出来的时候，有个金头发女子过来，向我竖起大拇指称赞，我的第一反应是准备转地洞，杨先生拉住我，异常严肃地说："说谢谢。"我含着眼泪，向女宾鞠躬说："Thank you!"

到了四年级底的时候，横生执念，不想学琴了。其实学琴并未耗我多少时间，而练琴有时是温习功课之余的美好片断，但是当时当刻，那个倔强好强的小女孩，觉得音乐不过是闲情，当务之急是考上市重点中学，为家里争光。妈妈一向没有主见，见我一意孤行，叹口气不言语了。外婆开始气愤地骂不出来，后来摔了锅子，说一句："死丫头，犟丫头，你去和杨先生说!"

我在教室，找到杨先生，恳求他，再拉一遍《天鹅之死》。我们这一班，无不把拉《天鹅之死》当作学琴的至高境界，但我终究没有学到这一曲。练琴练烦了，我就要求杨先生拉《天鹅之死》，他不是每次都答应，但一旦拉了，就拉整个曲子，从不敷衍了事。我把椅子横过来，头搁在椅背顶上听，有时闭着眼睛，有时盯着杨先生魔幻般的手。

《天鹅之死》，出自圣桑的管弦乐《动物狂欢节》第十三首，是作者在这部作品中唯一允许在他生前叫人演出的乐曲，被视作圣桑的代表作品。这首大提琴曲被改编成各种乐器的独奏曲，最著名的是改编为芭蕾舞的《天鹅之死》，表现天鹅死前的挣扎，生之恋，死之不甘，最终谢世之无奈。

那个黄昏，我没有坐椅子上，而是靠墙，借着力才可以站住听完。泪水，盈满眼眶，哀伤到不能自已。第一次听杨先生拉这个曲子，就感觉透不过气来的哀伤。

后来每次听，都有不同的感受：有时听到愤怒不平，为什么是我，九岁就失去最爱我的父亲？为什么是父亲？一生勤恳辛劳，每天工作，未休过一天假，未享过一天福，单位里的好领导，祖父母百依百顺的孝顺儿子，母亲的好脾气丈夫，我们的慈爱父亲，为什么四十三岁英年早逝？有时听到挣扎，如果命运的大手掌把我们推来推去，那活在人间的我们，应该怎样才可以快乐一点：是懵懂不知任人摆布，还是垂死挣扎到悬崖边水穷处？

那一天，杨先生和我谈很久，他失望的眼神，挽留的语句，至今不能忘记："看看你的手型，一百人里也挑不出这样的手，是天生拉琴的手！"我开始不说话，心里打定主意，九匹马也拉不回。后来很忍心地说："我走了，你还有其他学生。"这个温良的老师，头一次急了："他们，他们……"，却也不能说出其他学生的坏话来。

"那好吧，先专心温功课，考完中学再来找我继续学。"他让步。我还是摇头："功课才重要，音乐不过是……"。他从没有抱怨过，从没有说过为什么琴技出色的他会到少年宫教初学的孩子，但是那一刻，他忧伤地说："总有一天，你会明白音乐的意义，总有一天，你会后悔今天的决定。音乐不是附属品，音乐是不可替代的。大提琴，对我来说，是最重要的东西，只可惜，你不明白，至少现在不明白。"

第二年，我以三门功课两个满分，一个九十几分的高分考入理想中的市重点。在没有大提琴的那一年中，我总是从书本堆里抬起头，看向原先放大提琴的大橱边那个空荡荡的角落，又总是不由自主地在地上找一个合适支琴的洞……很多年以后，我才明白当初决定的理由：读书要读很久，像古时候的乡试县试京试殿试，一级一级输不起，若是考砸了，就辜负了死去的父亲，辜负了独力支撑的母亲，大提琴就会成为罪魁祸首，我不忍恨它，不忍恨音乐。

之后（总要有以后的是不是），我吹过口琴，弹过吉他，都不过一个月两个月，就扔在一边。大提琴哀婉的声音，老在耳边萦绕不去。再后来，开始听马友友。杨先生在我心里，已成了大提琴的化身，面目渐渐模糊，也许他就长得像马友友那个样子。当然我也听马友友拉柴可夫斯基或者巴赫，但我这个俗人，还是偏爱比较通俗的电影插曲，大提琴的表现力，在马友友的手中发扬广大，无所不在，无所不奏（omnivorous），有时表现江湖客的纵横豪气，有时又呈现生不如死的脆弱，有时又风骚到摇摆不定。他手上有多把名琴，其中1733 年制 Montagnana 大提琴及 1712 年制 Davidoff Stradivarius 大提琴最知名。后者为英国大提琴手杜普蕾（Jacqueline Du Pré）长期拥有的爱琴。如果说马友友是个放任自由的大提琴商人，杜普蕾是首纵情率真，天才横溢，终而令人扼腕痛惜的悲歌。

杜普蕾的姐姐希拉里写过一本感动过千万读者的书《狂恋大提琴》，后来被拍成电影《她比烟花寂寞》。就因为这本书，我们才知道，世上就是有人，为大提琴生，而其他的如生活琐事、爱情，甚至生命，都是等闲事。

她的一生，根据百度百科：杰奎琳·杜普蕾（1945—1987），英籍大提琴家，五岁即展现过人禀赋。十六岁开始职业生涯，才华与年龄的落差倾倒众生；1973 年，被确诊罹患多发性硬化症，遂作别舞台，卒于盛年。鲜花与不幸是同时降临到这个原本普通的家庭的。这个为音乐而生的人，非但走不出自身人格的阴霾，还因此而侵害到至亲——对母亲从倚赖到敌视。

八个月时，杜普蕾就能用完美的调子将整首童谣唱完。

五岁时，看一档介绍弦乐作品的节目，听完长笛、单簧管、小提琴后，听到大提琴的演奏，自己决定："我要发出这种声音！"

六岁时，她掌握了颤音技法（而我一直都没学好颤音）。

八岁时，她拉圣桑的《动物狂欢节》（我猜是《天鹅之死》），把观众拉哭了。

十三岁，她开始拉埃尔加，一直拉到离开舞台，她死后，多位大提琴圣手停止演奏埃尔加的大提琴曲。

十六岁，她开始专业演出，穿一身天鹅绒长裙，披着一头金发，在台上旁若无人奔放地演奏，世界不存在，或者是，她的乐声充满了整个世界。

她完全不理俗事，饭由人端到面前，衣服邮包寄给母亲洗，姐姐和弟弟都极有音乐天赋，可在她的光芒面前，变成什么都不是，姐弟都退下选择了平淡的家庭生活。

她生来浪漫随性，情人很多，甚至在与著名钢琴家兼指挥家丹尼·巴伦波尔（Daniel Barenboim）结婚后，任性地勾引姐夫，而姐姐当时正怀孕。

十八岁到二十八岁，她不停旅行，一个城市到另一个城市，一场音乐会到另一场音乐会。

二十八岁，发现得了多发性重度肌肉硬化症，从此告别乐坛，告别大提琴。

电影里有一段对话：

"如果我从此不会拉琴，你还会爱我吗？"她问。

"不会拉琴，那就不会是你了。"她的老公说。

这种可怕的硬化症，难究其因，可能是病毒，可能是紧张压力，她的母亲因此备受质疑，将一名儿童过早带上舞台，并一直孤独地留在舞台上，是否是病因？硬化，一点点一天天扼杀了一名绝世乐手，从手至脚，从身体到大脑，最后到颈部，夺走最后一丝呼吸。

她于四十二岁辞世，在病榻挣扎十四年。

唯有她的演奏带留存。一定要听听，那是怎样的音乐，又是怎样的生命！

马友友说：她的演奏像是要跳出唱片向你扑来一样。

匈牙利大提琴家斯塔克第一次听她弹奏时说：像她这样把所有复杂矛盾的感情都投入到大提琴里去演奏，恐怕根本就活不长。

我在出差坐飞机时，总是昏昏欲睡地听 mp3 里下载的各种音乐，每次猛然醒过来都是因为放到了杜普蕾的曲子，心好像被她扯起来左突右奔，好听到不想有任何其他情绪，又难过挣扎绝望到欲死。

这才是以生命爱恋并创造音乐，我们这些音乐业余者，都可以寿命如拉面长苟活下去：

早晨起来，我们听到肚子饿的咕咕声，没有音乐；

刷牙的时候，我们发出咔咔呸呸声，没有音乐；

吃饭的时候，我们呼啦拉吃得香，没有音乐；

出门的时候，车水马龙嘈杂声涌过来，没有音乐；

工作的时候，人来客往交谈呼喝争论声，没有音乐；

　　睡觉的时候，发出呼噜声，没有音乐；

　　真正的音乐，要衣冠楚楚坐在音乐厅里听，呼吸都轻；

　　或者一个人坐在家中，关了灯，在黑暗中听……

　　所以，我很多年前的认识是对的，音乐不过是点缀、消遣，或娱乐。我们永远不能够，像杜普蕾那样：

　　　　"It will give you the world，

　　　　but you must give it yourself."

　　　　用自己的一切换取整个世界

　　　　用全部的生命换取短暂的绚烂

　　　　如烟花般归于寂寞虚无……

　　　　　　　　（2012 - 10 - 05 18：59：01）

如果没有你，日子怎么过？

——人生爱"他"三境界

分类：品相

初级境界

"如果没有你，日子怎么过？……"不，我不是在说什么人。我说的是钱，赤裸裸的钱！

自从某位教授说了四千万身家论之后，很多顶喜欢钱的人变得高贵缄默不谈钱了，于是本博[①]这种本来不喜欢谈钱的人，打算顶风作案谈谈钱。

钱多好啊，比如我上月在欧洲，这周在香港，提了一堆名牌衣服包包化妆品薰香电器回来，不是钱供着那又是什么能让我这样腐败呢？对着这些东西，不是不后悔内疚心痛急着要忏悔的，须知我不忏悔，我的信用卡

---

① 本博：作者文章先发于博客（编者按）。

也会忏悔：为什么老是又吃又拿不付现款呢？

钱由此看来很重要是毋庸置疑的。

问题是，没有这些，我会两样吗？有这些，我会更快乐吗？我脑子笨，想很久，最后总结出来：我们花钱是为了快乐地去赚更多钱。——慢着，不要误会我，不是那个意思，我是说如果我不用出来赚钱，就不用这么花钱了。——好像听起来还是很怪——算了，就算是那个意思吧。听我说个故事先——

我刚工作的时候，是个大胖妞，穿桔红色亮闪闪一整套衣裙点着红嘴唇坐在那个著名奢侈品百货公司香港总经理面前应聘他的秘书。

他问："你大学毕业怎么这么老了，二十四岁？"（一点也不含蓄，国外读书的教养都去哪里了？）

我敢怒不敢言，噎着。

他又说："你坐在我面前把我的视线全遮住了！"

侮辱啊，讽刺我的身材体重，我又不是有意长成这样的！

于是傻傻地解释："是遗传的，我长得像我父亲那一系。我的父亲爷爷奶奶大姑妈小姑妈都叫同一个绰号：大模子（沪语大块头的意思）。"

"那么你这身桔光灿烂的衣服和这款劣质大红唇膏是什么意思？"

"我为了面试新买的套装和唇膏呀，花了我整整32块钱呢!"

真下本啊，不是我，说的是这个整天整套穿HUGO BOSS 的总经理带我去二楼买了一套端庄的衣裙送我（一楼是大牌，二楼是二线牌子）。那套衣服记得好像近两千（九十年代初的两千啊!）。

我开始减肥，这个不用花钱，幸亏那个时候玛花还没出来。

没有买第二套端庄衣服的本儿，我买了料子找了裁缝照大牌抄，反正一楼有的是时新样子。

这个总经理贯彻着贬损我的策略。比如，我自不量力地为人事部翻译了奖金制度，他看着那个英文翻译，问："这是哪个鬼翻译的?"人事经理战战兢兢地说是我翻译的，他毫不给他的秘书（也就是本人我）面子："狗屁不通!"我正站在旁边听壁角，气得当场昏倒。

为此花巨资去学英语。真是巨资：一个小时50块大元，一个星期四个学时，我当时的工资是800大元人民币，不多不少刚刚好。

一辈子都要感谢这个总经理，一路骂着带我出道，让我学会做经理例会的会议记录，学会做年度报告，学会玩政治不为害人只为自保（关键时刻也可以保护保护总经理一两次，因为大 BOSS——那个鼎鼎大名的 B 女士喜欢我），学会挟天子以令诸侯，给总经理一杯咖啡一杯茶一份报纸一缸金鱼，关了总经理办公室的门，坐在门口一夫当关万夫莫开号令所有管理层——最主要，他教会我——花钱以赚钱。

开了个好头，之后的工作都落在吃喝玩乐时尚圈，不是奢侈品、服装，就是化妆品，没学会别的，倒是出师可以开班授徒教化妆护肤颜色搭配时尚大牌历史经典课。授徒的时候最快乐，我揉着满脸皱纹教那些开满桃花粉嫩脸的女孩子们："花钱就是为了赚钱！"

辗转红尘，时光飞逝，现在市井繁荣，世风日下（只知道谈钱，和那教授一样），除了我身体力行的贡献外，也有我徒子徒孙的青出于蓝变本加厉。男孩么，我则因材施教，如果他们不入外貌协会的眼："去找个纯老外学英文吧，不要嫌贵，不要找洋泾浜中国老师，这些钱一定可以赚回来"。可惜他们中大部分或悟性不足或气量不足，还是我的女徒弟们孺（女）可教也。君不见，上海锦绣繁华，都是女人天下？

中级境界

——这会儿说得是工作，不是钱。如果我不需要买房买车买虚荣，还要工作吗？

前些天，我们总部有三个欧洲年轻人一同辞职去环球旅行了，他们算过，手上的钱够他们旅行两年。那么两年以后呢，年轻人一脸阳光地说："再工作呀。"我喜欢存钱，几乎隔两个月我就会到银行开一个零存整取的折子，但可惜从来没有连续存到第二个月过！当然，我是国人中很坏的一个例子，更多纯良传统的国民喜欢存钱，多多益善，存钱越多越好。

有人将钱存银行，也有人喜欢存现金在床底下。当然，他们不是周立波说的那种钱见不得人的贪官。他们和贪官的相同之处是：爱钱如命，沉迷数钱——一五一十一百地欢乐地心潮澎湃地数啊数……说几个典型人物给你们听听，你们也不会吃惊的，可能你也见过，或者你就有令人肃然起敬的品德：

1. 将钱一麻袋一麻袋放在床底下，每天三顿饭，一顿不少，早上肉馒头，中午菜馒头，晚上清淡一点淡馒头；从来没有自己掏过钱旅行过，唯一一次住旅馆，整夜不睡，将酒店客房的灯一个个开了又关关了又开，大喊过瘾，因为这些灯是不用算电费的！

2. 从来没有见过他的皮夹子，与他同事近五年。每次大家聚餐，他就加入，吃得很满意，但是没有表现出来，因为他没有为口腹之欲及满意度付过钱。有次我们又聚餐，他呼啸着加入。大家决定给他点教训，吃饱喝足，打电话的打电话上厕所的上厕所，十几个人一起离桌，远远躲在大厅门后，明明看到服务员找上独自坐在桌前的他 N 乘 N 次，他只是摊着手说再等等，一等两小时，我们在门后蹲到腿酸背疼，最后是最没用的我站出来付钱了事，他微笑，我们倒！——高山仰止啊！

上述人等，工作只为存钱数数。

高级境界

最高境界，是马斯洛定律也没有涵盖的可遇不可求的人生上上签，总之是无欲则刚明镜非台，不怕风吹不怕浪打，要钱有钱，要权有权，要人有人！

本博我，离这境界，也就是四千万身家的境界，差十万八千里，任我顺流逆流，上下求索，要的那个（它）呀，总是道路漫长，在水一方。但是我也有梦想，梦里想想，醒来想不起来，依稀可能也许如下：

1. 环球旅。梦想是，不需要每两年回来一次弄钱，想去哪就去哪，你们过冬，我逐暖夏；你们被烈日炙烤，我穿白纱衣飘在船上迎风招展（只要船不是 Titanic，后面那个男的比我高手臂够长）；我也站在 Tiffany 门口吃面包，不是没钱买 Tiffany，只是面包配了 Tiffany，味道才出来……

2. 晒太阳。很久很久以前，读大学的时候，阳光很好，心情很好，我站在华亭路的洋房面前咽口水，有个人说："等我有了钱，我买下这所房子给你住。"房子还在墙不倒，草坪依旧绿逍遥，有风没风都很好，去向哪边谁知道？岁月知道心底事，却久久未给答案，只好任意蹉跎。梦想是，如果有天，可以在草坪上，放把摇椅，坐着晒太阳，管你西风来去屈指流年天荒地老！

3. 爱爱爱。我们这一代的女人，都中过亦舒的毒，只是造化不同，有人幡然悔悟，有人执著幻想，明知世上没有那个人。喜宝说："我一直希望得到很多爱，如果没有爱，有很多钱也是好的，如果没有钱，至少我还有健康。"现代人，谁敢说自己是健康的？脂肪肝算不算病，贫血算不算病，缺钙算不算病，胃里有幽门螺杆菌算不算病？所以，我们什么都没有是正常的。梦想是，一段段片刻欢愉，一朵朵次第花开还复来，只争今夕不管明朝，人生若只如初见，漫漫平生永遇乐……

(2011 - 04 - 10 19：38：42)

乡　音

分类：声相

外婆和母亲喜欢绍兴戏和申曲，小时候，于不知不觉中已听了一肚子的戏。

早先有个培训，我迟到了，循例要表演一个。我就唱"金丝鸟"，大家哑然——听惯卡拉 OK 的耳朵突然听到戏曲，是有点不习惯。那个老外培训师说"原来你是特地迟到来给我们唱一段的"。这才知道，这袅袅曲音已成我生命中的一个部分，不能割舍。

从什么时候开始的呢？

在类似电影场景的一幕中，穿旗袍的女人，躺在藤椅上摇着香扇，客厅静雅如水，白色的香花，精致的老式电话寂寂无声，老式唱机悠悠传来"贤妹妹，我想你，神思昏沉饮食废……"

其实不是这样的：我在夏夜闷热慵倦竹扇的细风里，在嘈杂马路边的木板凳上，在咸蛋黄泡饭的余香中，跟着破旧的小收音机，一句一句，一曲一曲，耳熟能详。

看的第一部电影就是越剧《红楼梦》。坐在侧边靠后的位子，几乎看不清银幕，但还是将那些舞美和扮相印到了心里。最动心的莫过于唱，从"天上掉下个林妹妹，似一朵轻云刚出岫"一直唱到"金玉良缘将我骗，害妹妹魂归离恨天。到如今人面不知何处去，空留下素烛白帏伴灵前。"

看完电影回家，就收罗了家里的枕头毛巾，一条在头上扎好，一条担在左臂，一条挂在右臂，学水袖纷飞。又挪了蚊香放在床边当香炉，"恹恹一息"地学唱道："我一生与诗书做了闺中伴，与笔墨结成骨肉亲。曾记得菊花赋诗夺魁首，海棠起社斗清新。怡红院中行新令，潇湘馆内论旧文。一生心血结成字，如今是记忆未死墨迹犹新。这诗稿不想玉堂金马登高第，只望它高山流水遇知音。"

几乎没有机会去剧场看，家里柴米油盐还不够，哪里有闲钱看戏？连电视机也没有，邻居家都买了电视机，晚晚蹭在人家家里看电视，他们又不大看戏曲频道，还给我冷脸看，回来就和哥哥商量了在家里父母能看到的地方贴了无数小纸条"要买电视机"，结果是一起挨了顿打。只好继续和外婆和母亲一起静声屏气听收音机，听到一句唱词甚至一个调门，就知道是哪个剧哪个流派谁唱的，天赋记忆令我在这方面具有权威性。

很久后的某一天，从一个黑白九寸小电视机里看到金采风演的《碧玉簪》，几乎是热流盈眶："我主婢受苦受难受到今，害得我是哭爹哭娘哭伤肝！既然你是大富大贵的大状元，你就该娶一个美德美貌是美婵娟。"

后来越剧沪剧改革，出了一批现代的好演员。比较喜欢孙徐春和赵志刚，不止因为他们扮相好。孙徐春第一次出来齿白唇红地演《血染姊妹花》中的宜平，惊艳所有人。中年后他就肿肿脸惄惄眼，但唱得真是好。我最喜欢他唱邵派的杨乃武：

> 曾记当年读经文，
> 闲来饮酒共谈心，
> 明天刑场要伏法，
> 临死对酌再谈心，
> 本来浮生似若梦，
> 为人处世是虚情……

赵志刚出道得了大奖时还不善言词"我今朝弄了个

奖"（按沪语的意思翻的），众笑。现在他已经有点宗师样了："耳听得，一点钟，钟声勾起我浪子梦。往事历历多辛酸，回忆不禁眼圈红。"

妈妈参加戏曲组，在家里练马莉莉的《望镜中》。我个人觉得沪剧的《日出》和《雷雨》比话剧版的好，因为旋律的魅力是无敌的。只听到妈妈唱："望镜中，一少妇，雍容华贵。人未老，色未衰，堪称艳美。可惜是，她的心早已破碎，戚寂寂一影孤单。到如今，人去楼空独彷徨，回首往事俱空为。"

这些小民小凡喜欢的小曲子，当然不是阳春白雪。月月年年，伴我们过来，新曲旧词，音清调悠，形影相随。只是不知五十年后，还有多少人听得，懂得？

（2009 - 06 - 14 09：45：49）

食为天

分类：食相

被某位爱吃爱烧菜的博友惹得嘴馋，说起吃来了。

谁不爱吃？除了被迫厌食的。

中午之前，在办公室吆喝一声："吃香的喝辣的谁去？"立刻从隔板里升起一大片头："哪里，哪里吃？"

公司里有位女士，以每天选点吃饭为己任，团结了一批忠实粉丝。在电梯口，她手一挥："这些都是跟我混饭吃的人。"大家都涎着脸笑。谁敢不笑，哪里混饭吃？后来这位女士产后复出，决心节食减肥，大家顿时怅然无望。

跟她混饭，是因为她懂得点菜，荤素搭配老少咸宜，在公司附近的饭馆中，她也拿稳了每家的招牌菜，我们只管埋头苦吃，然后擦擦油嘴走人而已。

另一位同等威望的来自广东（这家伙当然除了人什么都吃）。他也喜欢点菜，被有名的吃客 E 赞为："点菜很有创意，有化腐朽为神奇的功力。"

在这样的环境中，我们无不以吃为天，我更是从早到晚操心吃。E 曾经行文道："出去旅游，她（即本人我）刚吃了早饭，就一直问，中饭哪里吃。刚吃了午饭，又巴巴等晚饭了。"曾经与友人沿地中海一路开过去，开到哪是哪，天黑了就找地方歇，完全没有计划，大家都很享受，只有我一路嘈杂："怎么又省了饭了，好歹吃一点吧。求你们了。"自此上了游伴黑名单，一世英名毁就毁在一张嘴上（因为话痨，因为贪吃）。

菜系中独钟辣菜：川菜、湘菜、贵州菜、湖北菜、泰国菜、越南菜、韩国菜——无辣不欢。

小时候见妈妈吃饭前先准备一小碟辣酱，屡屡吃得上火，被爸爸数落，但是屡教不改。我和哥哥自然就成长为吃辣翘楚。

记忆中吃得最多的是湖南菜，因为家里经常做。我工作后每次去湖南出差，就扛一大包油腻腻的辣肉和晒干的辣子回来。先一边打喷嚏一边将辣子研碎，然后与茭白丝或者香笋丝一起炒着吃。湘菜的油放得是比较多的，味道也偏咸，为了调味，也可以放非常少量的糖。另一味有名的湘菜就是剁椒鱼头，可是家里不容易做得好吃，不知为什么。饭馆里的剁椒鱼头水准和风格不一。比较偏爱不放酱油，纯粹以调料、剁椒和一点点花椒，绝对不放糖，也不放面，蒸得很入味的那种。上海的湘菜馆十分普及，几乎吃遍了，最喜欢的还是虹桥路电台旁边的"洞庭春"，味道很好而且水准稳定，环境也好，因为是由一栋别墅改的，坐在里面吃饭几乎听不到街市喧嚣声。长寿路上的南华也很不错，有味"鳝背粉丝"在别处吃不到。

川菜也是心头好，大约是因为水煮鱼的缘故。每去一个川菜馆，我照例会问："折耳根有吗?"不是每家川菜馆都有这个，也不是每个爱川菜的人都受得了折耳根。以前在成都呆了一段时间，看到满大街的兔头和"冒菜"。兔头我完全没有兴趣，冒菜令我很疑惑："这个冒菜是什么绿叶菜?"很久之后才搞清楚"冒菜"是一种烧法，而不是特定的某种菜。四川人将青菜木耳笋方肉在辣汤中烫一下再捞出来吃，就称为"冒"。俏江南在京沪很有名，但真是应了网上的评论："水准很稳定地一不好吃。"在北京我顶"辣婆婆"或者"新渝香人家"。上海么，无限度上的"揽香"不错，就是服务差了点。蜀地辣子鱼也很不错。

上海的贵州菜还是有口碑的，例如老坛、干锅居和黔香阁。浦东的黔香阁已经成为每年做完大活动后犒赏队伍的定点饭店。当然我更喜欢在那种湿热的空气中，坐在贵州的小饭馆喝冰啤酒吃辣菌火锅。

湖北菜也算是辣的。在一条食街上有个叫"水货"的店，专供武昌鱼火锅。记得有个酷热天，我一到武汉就会说两个字"水货水货"。到了那儿，小小饭馆的二楼，开足了空调，两个电扇在我背后吹，我还是汗流浃背地吃，吃完了整个人似刚从游泳池里爬出来。

爱上泰国菜是因为我早年在泰国培训过半年。工作很辛苦，猪一样的生活，唯一的乐趣是吃。每天黄昏的时候，踱到酒店外面，在街边的食档上叫辣炒蚬、通菜、炒面和冬阴功汤，吃完了还去麦当劳买巧克力奶昔，不出两个月，一个刚到泰国时被所有当地人连称"水晶晶"的姑娘就成了巨无霸。有次和同事一起坐香蕉船，被故意甩下海，不会游泳的我，大叫救命，有位小绅士开了摩托艇过来，"别着急，我来救你。"我那沉重的身体啊，将他和艇一起拖下翻了个儿。后来是另一位绅士用了吃奶的力气用头将我顶上了救生艇，一边顶一边骂："叫你少吃你不听，以后还吃吗还吃吗？"

所有的西洋菜，我都不喜欢——我的著名的死不改悔的中国肠胃啊！我——绝对是——那种——出国带方便面，在酒店到处找热水的人！

相信很多国人都领教了国外酒店千篇一律毫无选择

单调乏味的早餐。每个苦难的早晨，我带着因时差睡眠不足的晕眩肿着眼泡对着那几片面包和红肠发呆。一般到了第三天，我就开始闹着要吃东方菜，我的法国老板说："你不是才从中国出来吗？这么快就开始想中国菜了？"

有次我们去一个非常豪华类似夜总会的地方吃汉堡包。莫名其妙，我将一瓶辣酱倒在汉堡包上，吃完了后浑身汉堡包味道，觉得自己就是个汉堡包。

又有一次，我们在一个非常美丽的餐馆诗情画意。我和一个美国同事看到菜单上有个"Frankfurt wing"的主菜，我们想象这一定很好吃，两人都激动地点了。等了很久（和所有的餐馆一样，西方人吃晚饭不是为了吃晚饭，而是为了 kill time），那个东西来了：是两根热狗放在切成丝的卷心菜上。两人面面相觑，想很久，想啊想，终于恍然大悟：法兰克福是整个欧洲的中转站，那两只热狗代表飞机的翅膀，在喻示是白云的卷心菜上飞翔。这些空有姿态，不解味道的洋菜啊！

（2009 - 06 - 17 21：13：10）

神仙眷侣

分类：原相

漫漫历史长河中，能被称为神仙眷侣的只有两对半：赵明诚和李清照，梁思成和林徽因，以及前期的张爱玲和胡兰成。

至于其他人，都差了一点点：

后蜀孟昶和花蕊夫人感情深厚，形影不离，仲夏夜纳凉之时，孟昶赞爱妻"冰肌玉骨清无汗"，一首"玉楼春"写得风情旖旎，连苏轼也不由自主照搬全抄翻写"但屈指西风几时来，却不到流年暗中换。"孟昶虽是亡国之君，却以"好学喜文"著名，花蕊夫人却身世扑朔迷离，前后蜀有两位花蕊夫人，究竟谁写了千古绝唱的"花蕊宫词"，至今没有定论，把他们称为神仙眷侣有点牵强，毕竟女主角还没有确定下来。

陆游和唐婉的爱情悲剧令人扼腕叹息，陆游在中国文学史上的成就自不待说，唐婉才情却始终在传说中，毕竟她没有其他作品传世。——传说中陆游和唐婉分别嫁娶后重逢于沈园，陆游吟出著名的"红酥手，黄滕酒，满城春色宫墙柳"，唐婉和道："世情薄，人情恶，雨送黄昏花易落"。——如风一样逝去的情事，不为人知。

至于邱淑真和贺双卿都是"倦鸟误宿平田"，她们所嫁的伧夫俗子，连名字都无人愿意提及，自然更不能算。

唯有他们这两对半，一样爱好，可匹才情，真令人"只羡鸳鸯不羡仙"。

赵明诚和李清照

赵明诚是世家子弟，著名金石考据家，李清照是大儒之女，易安词为众娥眉夺得"词采第一"之誉，并与其夫一起收藏研究金石古玩，赵明诚的《金石录》能光照后世，也有她的功劳。

他们的爱情，可以分成两段，一段离乱前，一段离乱后，前一段，感情淋漓尽致，后一段，愁苦绝望之至。

前期最著名的乐事是"翻书赌茗"：两人沏好两杯

茶，随便指任一书任一页，赌谁能说出内容，谁输谁饮茶。从来赌博都是穷形恶相之事，这样的赌却至雅不过，书香更添茶香。一直到几百年后的清代，纳兰容若还有词叹此"韵事"："赌书消得拨茶香，当时只道是寻常。"夫妻俩爱金石如命，清照可以当场脱衣换珍品，其收藏总值一度"富甲天下"。

可越是珍贵的东西越易失去，二帝被俘，无国也就无家，夫妻带着十五车金石逃亡，战火中，不得已一次次一批批抛舍金石，到最后，被上天所弃的是赵明诚的命：夫暴病而亡，李清照"冷冷清清凄凄惨惨戚戚"带"书两万卷，金石刻二千卷"继续磨难人生。被一个男人骗尽最后一点财产的李清照不过是个失去所有的穷妇人，毕生收藏俱失，头已白，身已衰，"老去无成"，"怕见夜间出去"。唯一的快乐是回忆，"当时年少春衫薄"，他在，金石珍典也在，笑语欢声……明灭的灯光中，忽然醒来，赌书的人，去了哪里？时间呢，去了哪里？早知今日，多输几次又何妨？在命运面前，他们都赌输了，抑或上天也嫉妒"神仙眷侣"？

张爱玲和胡兰成

他们的事，原本无人敢提，张爱玲在现代文学史上的地位曾经抹杀，因为胡兰成是汉奸，本来一人一事，但张爱玲政治上很幼稚，又或者恃才傲物，凭着成名早、趁热打铁的一腔热情，想以一支笔游离于政治之外，在异常敏感的时期，继续卖文，不管是中国人刊物还是日本人刊物。

为她正名的是夏志清，坚决将她写入文学史，她本来就有这个资格。现代以后又有三毛，那部《滚滚红尘》，谁都知道是张爱玲和胡兰成的旧事。看到电影里林青霞和秦汉头顶上的桥头的一方天一点点合拢，从此人各一方，会感到人生无常，"忧伤以终老，同心而离居"。然而事实并非如此，只是三毛不忍将真实的伤口撕开给大众看。

他们是真的相爱，曾经。张爱玲小说的行文异常冷静，像是旁观者，不悲哀不怜悯，而在内心深处，她依然向往"千万人中遇见你所遇见的人"，于是她等来了胡兰成。他懂得她，"喜欢她到了心里去"，她的一言一行，一举一动，胡都觉得好得不得了，尤其欣赏她的才华。两人坐着一起看《诗经》，好像宝黛读《西厢》一样，爱玲看书，兰成看人，觉得"其人如天"。

很多人说胡兰成肉麻，其实张爱玲好像一个绝世名旦，在台上舞得水袖纷飞，胡就是她的忠实观众，知道舞到好处唱到佳处，要鼓掌叫好，叫早叫晚了都不行，那样赞到恰如其分，爱玲才觉得贴心称心，引为知己，所以胡兰成不容易。他后来写的《山河岁月》和《今生今世》，也是需要一肚子才华才可以做到的。

张爱玲于是就没有理由不爱他，一向孤芳自赏的她"一下子变得很低，低到尘埃里去"。两人定下终身，写下婚书，张爱玲写"胡兰成张爱玲鉴定终身，结为夫妇"，胡兰成续"愿使岁月静好，现世安稳"。这是他们感情"欲仙欲死"的阶段，也算是"神仙眷侣"了。

可惜天不随人愿，人也太不争气：时局变化，胡改名更姓躲了起来，躲的姿态不好看，却还是可以享艳福。张爱玲虽才高八斗，小周护士也娇俏可人，范寡妇也温柔体贴，不识几个字不读几篇书没有七窍玲珑心，反而有返璞归真的乐趣。齐人之福，虽以汉奸身份畏畏缩缩享来，由爱玲供给寒寒嗇嗇挨着，却断断不愿放弃。

亦舒有文叫《胡兰成下作》，说得就是这回事：胡恋上小周，并不对张隐瞒，反而沾沾自喜向她描述韵事，两边厮守着，完全是一妻一妾的格局；之后，胡于逃亡路上，又与范太太同居，张爱玲一路打听，千里寻夫，胡"一惊"且"不喜"，恨张扰了他的鸳梦，百般挑剔，张不得不走，说道："你到底还是不肯，我想过，我倘使不得不离开你，亦不至于寻短见，亦不可以再爱别人，我将只是萎谢了。"

一段话，如泣如诉，来的时候她满心思念和欢喜，走的时候，跌跌撞撞，不知今夕何夕，只因即使她仍然愿意变得很低，他已经不低头看她了。

这还没完，胡逃出命来，还写了一篇文章津津乐道途中的艳遇，装疯卖傻地给张爱玲看，以为她是铁打的心不会受伤，张终于震怒，决定分手。那天早上永别时，胡去张的房间，张从被窝里伸出手来抱他，泪流满面，只唤一声"兰成"，就再也说不出话来。

他们的故事，读者读到这里，不是悲，不是忿，只是心头哽着。一直到他们的故事到了尾声，即在十多年后，张因要写书，向胡借书参考，胡得意忘形，以为她旧情难忘，于是又是寄照片寄心声的，被张一封短笺当头一棒："如果你误会，实在抱歉"，我们才觉得天地间不如意的感情事也不过如此了，才有泪在心头汩汩流动。

林徽因和梁思成

这是唯一圆满的一对，至少在林徽因尚在世的时候。

二十多年前读新月诗，读到林徽因的《情愿》，从此不能忘怀："我情愿化作一片落叶，/随风吹雨打到处飘零，/……到那一天一切都不存留，/比一闪光一息风更少痕迹，/我也会忘了你，/曾经在这世界上活过。"

后来才知道她是那样才貌双全的女子。（这其实不易，前些天看到"某某出版社"将旗下"美女作家"的玉照全体登出，我惊得从椅子上跌下来：谢谢你们不要以芳容现世了，让大家安心读你们的书吧。）

林徽因在徐志摩和梁思成中间选择的不只是他们的人，也是她自己的职业和人生。她是那样多才多艺，选了徐，她一定是一代女诗人，嫁了梁，她和梁成为中国建筑史的两颗烁烁闪光的明珠。她选定了梁思成和建筑，一生不悔。

建筑是异常艰苦的职业，林徽因那个时代，即使是在美国，女子也不能上建筑系，只能选修。而在中国，太早太长远的文明古迹，一日一日流失在浩瀚无边的风沙中，并没有太多人想起来已经去拓它的残片。只有他们夫妇俩，脱下西式盛装，在漫漫古道上游历，记录每一处他们能发现的有价值的历史印记。他们的儿子后来回忆他们当时的奋斗也觉得不可思议：梁思成因为曾经的车祸，两腿长短不一，腰椎长期用钢条固定，一累就动弹不了；林徽因很早就被发现有肺病，而且为了一向的美丽和端庄，很多时候都是穿着长旗袍爬到中原偏僻破庙横梁顶上去拓片，一动，就有无数蝙蝠臭虫之类的抖抖翅膀飞出来。这样的艰苦他们都挨过来，一直到有资料可以完成《中国宫室史》和《中国建筑史》。

抗战时期，他们不愿做亡国奴，也不愿出国避难，选择流浪在湿热的西南，住破旧积水的农舍。这样的环境对他们的健康几乎是戕毒，两人时时生病，林徽因更基本上是病在塌上，那样光彩照人的美女，照片上是骨瘦如柴不忍观。再是那样贫病潦倒，她还是充满激情读书写诗，甚至对着两个孩子"小牛弹琴"，讨论《猎人日记》。两人还是乐观相爱，梁思成当了心爱的金笔和手表，换了鱼和肉给林徽因补身，就说："派克笔清炖，金表红烧"，——如此艰难之时，仍有欢笑，只因有爱。

解放前夕，解放军找到他们，让他们在北京地图上圈出需保护的重要建筑，免在战火中化为灰烬。他们激动不已，彻夜工作，慎而又慎。

解放后，林徽因肺病已无法治愈，但仍与丈夫一起设计国徽和人民英雄纪念碑。为设计国徽，两人先后病倒，一个人躺下，另一个支撑地爬起来继续干；设计纪念碑，梁思成负责碑身，林徽因负责碑座——每一件工作，既代表对国家无限的忠贞，也表征彼此拥有的爱情：不离不弃，永远在一起……

(2009－04－11 18：54：05)

硕硕唐朝

分类：品相

那日看到于丹与一些文人说客在电视上讲唐朝，那样激情洋溢，原来除了庄子，她也有唐朝情结。恨未生在唐朝，也是很多心头永远的遗憾吧？

唐朝是文明中的华章，却永不能复制。

不喜欢宋代，即便也有徽宗书画鼎盛，可惜辱于酋奴，何止斯文扫地，原来那样的瘦金写真，敌不过气吞万里如虎，真是那般孱弱无用。

也不喜明代，朱重八虽说是当时明月赞赏的自学成才青年，毕竟底子不厚，写一副字没有别字，也清晰可认，已是最高境界，无以复加。朱棣更是半文盲，知道让解才子修永乐大典已是超常发挥了。

唐朝才是真风流。

想来那时天空也特别蓝，阳光也特别灿烂吧。

缘于开了个好头。开国皇帝中，李渊出身比较贵族。其他的非少数民族的开国皇帝，朱重八就不用讲了，刘邦是个泼皮破落户，赵匡胤是个有点气节也知道装傻充愣的粗武之人而已，刘秀也算远亲皇族，也不过是在田埂上读读书罢了。唐代的皇帝就不一样。承独孤信遗传的好相貌之外，还都是文化人，所以太宗后来会骂魏征是乡巴佬。高祖善琵琶，世民不只能破阵，也能随父亲琵琶起舞，想来不是壮歌，应是靡靡之音之类的。其实琵琶在民乐里几乎是最难的，偶尔出挑的几个，都去唱评弹了，一样嘈嘈切切，切切嘈嘈。李渊能在君臣欢聚时半遮面，想来弹得不是一点点好。太宗善舞，南宫博写尔朱焕告变时，世民在和舞女们一起跳胡旋舞，连舞女也跳不动了，他犹不肯停。如到现代，他一定是连场跳 DISCO，别人都汗流浃背地下来，他还在狂野乐声里晃的那个人。

没听说太宗会什么乐器，应该是会点什么的，例如笛子之类，当然不如清朝老十三或者唐朝后来的宁王那样以笛闻名，稍稍会那么一点是可能的，因为那个时代空气也是不一样的，容不得彻头彻尾的俗骨。他的诗也一般，全唐诗录他的诗进去，主要是为了他的身份，"皇居帝宅"那样勉力地来对仗，越发显得才力不够，他的诗读来别扭，读他还不如去读武则天的，直白且气势不凡，太宗的诗悲凉琐碎，像是人格分裂或者是另一个人写的。原来皇帝做得好，诗一定写不好。反之亦然。

世民打仗身先士卒，一开战，必持剑飞马冲在前列，倒不是他神龙护体，而是他的马屡屡为他挡了灾。前前后后六匹骏马殉难，倒成就了一个人的画名——阎立本的六骏马。这幅画后拓为雕刻，成了唐太宗的墓墙。

他是真的爱书法善书法。爱到派人去连骗带偷王羲之法帖逼人至死，自己死后和兰亭集序同穴的地步。作为一个皇帝，他可以用很多极端的方法，中国暴君昏君一向有创意，无所不为。太宗却未行使皇权，甚至比贾赦夺石呆子扇子的手法还要绵软些：不过是派了个琴棋书画样样精通的才子和辩才和尚下下棋写写字混了好几个月，让那和尚主动炫耀珍藏品，暴露了藏宝处，然后灌醉了他卷了帖子走而已。听说他的书法不错——远远比他的诗好。唐初的书法大家不少，他在其中并不气弱。攻克洛阳，别的枭雄最多大醉一场，再刻个到此一游而已，李世民却能游刃有余地在那里挑书法家刻碑文，到底是虞世南和欧阳询最后合作完成了。至于平日，论诗作画，曲水流觞的机会就更多了。

李世民助父开国平天下外，一没耽误讨小老婆，二没搁下文学修为。现在我们能够认可的成功人士，有几个会聚在一起吟诗弹琴，论论书法的？于是我们只能问，他们会写字吗？那种鬼画符如小学生那样的字不算。有次偶尔看到刘德华的字，大大吃了一惊，原来他除了劳动模范一样拍戏唱歌变变脸以外，还会这个。其他的明星们，连签字都是别人先写了，他们都用描红练习一阵才敢签字——还好平生自己的名字是写得好的，比大部分人强。

武周的儿子中间，李贤颇有才，有点像昭明太子萧统，而且死得更莫名其妙。李贤黄瓜台辞外，也曾为后汉书作注。那个时代真是诗人的天下，主业做大臣，副业是诗人，或者反之。政论完之后，就联句比诗。上官仪和婉儿不必说，酷吏奸臣们都是诗文大家。

隔了段时间以后，就出了个被奉为"泽遍梨园"祖师的玄宗。杨贵妃琵琶绝技也是舞仙，玄宗好像会多种乐器，也会作曲。相信他的鼓和胡琴都不错，因为后来的梨园名角这两种乐器的师傅都是久久带在身边的。乐工弹错，他也像周郎一样回顾。李隆基的曲子现在传世的也有不少，而且还很难演奏。可他实在活得太长了，长生殿确为他求得了长生，但这样的长生还不如死了的好，"惟只愿速离尘埃，早归泉台，和伊地中将连理埋。"他的大半生都是活得恣情纵意的，婉儿不该杀他杀了，姓武的女人不该宠他宠了，儿媳不该抢他抢了，可惜在生命的尾巴里，"渔阳鼙鼓动地来"，一下子从空中跌到尘埃，美人如隔云端，皇权他握，"孤月重来，时移境易人事改"，只余冷宫风戚戚，不死记忆，无边回忆，"朱弦已断"，更哪堪将当年霓裳曲谱从头细翻？他哪里知道他的故事也被洪升改成了散曲，由后世的梨园弟子演了几百年，长生殿，长生殿。

玄宗好似唐的缩影，盛极而衰，忽喇喇大厦倾后，万难重振作，最末的两个皇帝，一个饿得经常前心贴后肚，一个倒有得吃，不过是毒药。到头来是黄粱一梦。我想李隆基应该没有后悔过，唐太宗连玩鸽子都怕臣下说玩物丧志，他唐玄宗玩遍了天下，玩丢了天下，但没有人会说他玩得下流玩得俗：身边女人是天下至美，听的是最好的乐队（贵妃是主音琵琶），看的是最新的散曲，中国知名度最高的诗人李白填清平调三首，当年最棒的音乐大师李龟年度谱，贵妃歌，玄宗亲以玉笛和，历史上最著名的"古典钢琴诗人"（古筝被誉为民乐中的钢琴）王维为他游唱，世界上最专业的太监高力士为他捧墨——将人生享受玩到此境界，生生死死，倒也罢了。

(2009－03－28 21：40：50)

红楼梦与室内设计

分类：色相

《红楼梦》是略具敏感的读者最早感知室内设计的一本书。当然在小学时候第一次读它的时候，仅是知道了，而不是感知，一直到很多年以后，看了些室内设计的文章，才恍然大悟，原来……

首席室内设计师——贾母

贾母是个有艺术修养的老知识分子，也是个颇有天赋的室内设计师，她至少具备成功设计师的四大特征：自信，尊重主人需求，根据主人年龄和身份进行设计，对色彩敏感。

贾母去宝钗房里，发现那儿像"雪洞"一样。宝钗对居室布置的想法，有点像现在那些追求平淡简约风格的人士，或者是用白色有点泛滥，或者只是将墙刷白，放张床就住进去了。他们和宝钗一样对白色太执著了，其实全部用白色，白色就荡然无存了。

根据上述情况，贾母给出了旧房改新方案，并说："我帮你布置，包你满意"（类似现在装修公司的广告语）。她的设计最好的一点就是尊重主人的爱好，薛姑娘是个见金银多过见大米的豪门女子，不会像暴发户一样让居室富丽堂皇以示有钱，所以她不介意用旧蚊帐，不介意家徒四壁的样子。贾母于是下令将她屋里的炕屏和玻璃灯拿来，又换了顶银雪红的蚊帐，就这几样简单而不琐碎的东西，就把大片浮飘的白色压住了，也更衬出那些摆设的庄重。另外，拿贾母的话来讲，就像一个女孩子的屋子了，可见贾母没有忘记居室风格要符合身份年龄的要点。当然她不知道，宝钗爱好素白是一种宿命，她将来是要守活寡的。

贾母另一个比较随意的设计是在黛玉的屋里。黛玉的住处大家知道是潇湘馆，室外是竹林。贾母身为成熟的艺术家，自然知道借外景的妙处，而黛玉原先的窗帘是绿色的，绿色配绿色反而不显，色彩会"糊掉"。贾母就命人取了库房的银霞红茜纱窗换上，于是竹子更绿了，房间也有了年轻姑娘的妩媚。

性格与居室风格

探春

大观园里最具个人风格的是探春的"秋爽斋",室名就合了探春爽朗大气的风格。书里写她"性喜阔朗",把屋子全部打通,就是现在意义上把会客、餐饮、起居、卧室和书房全部打通的格局。最引人注目的是一只超大的书桌(本人就让家具厂按我画的尺寸和式样打了个大案,十分好用),上面放了一个土窑瓶,插着佛手花——这几乎是一种意境了,不是每个人都可以做到的,尤其是那些小家子气琐碎繁杂物计较的女人根本望尘莫及的。

宝玉

宝玉也很典型,他喜欢繁华的东西,做诗也是连篇的"红香绿玉",有点俗,但俗得温暖,俗得自然,不故作清雅高深,喜欢红就喜欢红,穿腥红斗篷,采红梅,对妙玉自称"槛内人",参加诗社叫"富贵闲人",颇有自知之明。他的屋子里也堆红砌玉,让刘姥姥一进去就晕了浪,就像现在有些自称富豪的人家:东一个房间,西一个房间,东一个木框子,西一个架子,雕梁画栋,画屏之后,镜子之后,又是一个隔间,兜兜转转,

057

无处不"曲境通幽",以为尽得设计之妙,全了富贵之仪。当然,如果天生喜欢这样的富贵端然之象,又有何不可以?

黛玉

黛玉房里的布置书中着墨不多,只写她屋外竹子多,喻她清高不圆融,与宝玉的俗气和热闹气不同。如果在当代有品位的豪宅里,竹子不失为室外的好点缀,几根即可,未必成林,成林便添萧瑟。可黛玉门外的竹子可能是成林且密麻麻的,而且极有可能就挨在窗外,试想黛玉闲来无事,坐窗前沉吟的时候,是看不到外面风景的,一叶已可障目,何况成林?黛玉一辈子没有走出死胡同,直到泪尽。

可卿

秦可卿的房间比较性感,就像她的人。书里写她长得袅袅婷婷,可能就是我们现在说的不胖却曲线玲珑的身材。另外她也性格可亲、活泼、不拘小节,坦然让小叔子(宝玉)在她房里午睡,还点着神秘的甜香,自己在外面看猫儿打架(《红楼梦》里"看猫儿打架"的说法,和现在流行的"我出来打酱油"的说法有异曲同工之妙)。墙上的海棠春睡图最有意味,有点像现代人在家里挂的浴女裸女图。这种画是很私人的鉴赏，挂在外人看得见的地方，好比你带人来参观你的卧室，突然发现内衣没有放好，堂而皇之在床上扔着。

经典色彩搭配

白与棕

这是最经典的搭配，如同服装中的红与黑。白色必须是雪白，不能掺米色，米白固然温馨自然，但与棕色配就流俗了，而且感觉不干净似的。纯白色的价值在于在强化其他颜色的同时，要把其他颜色"吃"下去，打碎了，溶在一起，出现全新的观感，所以必须用斩钉截铁的白，去融合棕色的庄重和古典，非常有味道。大观园摆的一定就是我们现在说的红木家具，用永不过时的深棕色，配了墙壁和衣服袖子中雪白的颜色，这种经典搭配就出来了。

葱绿配鹅黄

《红楼梦》里最好的色彩课是宝钗的丫鬟黄莺儿开的。她当时在教芳官打络子，讲到葱绿配鹅黄，红色用金线才压得住，桃红一定要配黑的。后两种颜色太沉重，不适合家具，但葱绿和鹅黄是多么轻盈生动的颜色啊。一定要鹅黄，如果是柠檬黄或米黄就显旧了，也一定要葱绿，好像可以滴下水的葱绿，墨绿就看得闷，浅绿轻佻，鹅黄和葱绿这两个不折不扣，同样饱满的颜色摆在一起，既有黄色愉快融合的感觉，又有绿色蓬蓬的生机，是个典型的家庭和睦色。

红与灰

这个颜色搭配在书里并没有写出来，但确是这部石头记的主题色。郑板桥有闲章云："十分红处便成灰"：钟鸣鼎食的贾府占尽了轰轰烈烈的红色，当呼啦啦大厦倾时，便只有满目尘灰，红楼如梦了。

在家居中，红与黑这两个颜色搭配会比较冒险，因为这两个颜色都太刚烈，搭配的时候要非常注意使用比例，在服装中比较好用，因为搭配比例容易掌握，人的体积也大不到哪里去，但大片大片的居室颜色就很难支配，一不小心，就会造成想冲出去，又被硬生生抓住的感觉。

而红与灰就安全得多。红虽然是主色，但所占面积不须多，注意一下呼应，就发现红色无处不在了。灰是烟灰，不能以银灰配红，有"红缨枪"一般的假；烟灰是一种很低调的颜色，配"鼓鼓囊囊"嚣张的红，视觉上就敛得住，斯文中带洋气。而更深远的意义在于：将人生最悲凉的一面和最热闹的一面同时展现在你面前，再生茧的心灵也会鲜活地跳一下的。

（2009－04－12 13：46：36）

红楼梦魇

分类：品相

写下这个题目，初衷不是为了批新《红楼梦》，只是突然想起张爱玲后来好像在美国写过这样一本书——苍白无聊的日子，研究了十年红楼梦，不成美梦，却成梦魇。

李少红的梦魇才刚刚开始。

略微想想就会明白：那样白胖粉嫩姣妍的"林黛玉"，必是某个出大钱的心爱。否则胡玫敢起用无人看好的冷灶"雍正"，却忙了好一阵子突然辞拍红楼？否则少年宝玉少年宝钗辛辛苦苦演了一半，早早被换了成年宝玉宝钗，而唯独林黛玉的小肥脸却能坚持到底我偏不瘦偏不瘦直撑到"死"？可悲可怜可叹李少红，还要脸红脖子粗和媒体拍桌子对骂，说出什么"黛玉刚进府是健康的后来才瘦下来，宝钗开始为家里的事哥哥的事操心是瘦的后来才胖起来的"之类的鬼话，听了让人越发怜惜她：大导演过的是什么日子呀，虽然也豪花过几亿的钱，却要这样忍辱负重。

那个80后记者说的文言对白80后观众看不懂的事，其实是莫名其妙。记者么，没有做准备是经常的，有几个记者采访之前将品牌的新闻稿，Q＆A，以及品牌资料看熟了才来采访？没有当记者的才学却偏偏当了记者是可以理解的——生活逼人啊，很多人写文都成了业余的不为赚钱，为了赚钱操笔杆子是因为也没有旁的一技之长，不会举杠铃也不会转方向盘，只好"拍拍垃圾"。于他们而言，《红楼梦》纸书是一生块垒，或没读完或还没看懂，实指望电视剧和广播剧一样，是有影像音响效果的成人连环画，看不懂当然要愤青一下。李少红于是凛然驳斥那个80后记者道："看不懂，可以回去再读读原著！"掷地有声啊！不过，我疑惑，李大导演读过几遍《红楼梦》？读进去了吗？读懂了吗？爱那本书吗？为那本书哭过吗？茶不思饭不想地爱那本书吗？——无知者无畏啊！我若是她，至少在做定妆照的时候，会将《红楼梦》泛读一遍，像读大学里泛读类的英文科技文章。哦，也许，她这些事还是做不得主？——委屈她了。

说白了，观众目不识丁又如何？他们看不懂，评论几句也在情理之中。而那些原本应该看得懂的人，喝彩了没有？87年版的演员们出来说了几句客气话，李导就当真了；87年版的导演王扶林说了几句鼓励的话，李导当是奖勉和挡箭牌了。

有人还冤枉她没有请红学专家，其实真真切切是请了的，看片尾那一长串专家的名字。要像徐静蕾一样谦虚谨慎：徐美女加才女拍杜拉拉也拉了很多人力资源总监当义务编辑——或者是幌人的，或者是原本还要差，现在出来的已经是博大精深版了。

我对新红楼的态度，也像对杜拉拉一样，看，照看不误，虽然好几次，想跑进屏幕里把那个说话大喘气的王熙凤赶下场，或者将那个总是扮着老顽童鬼脸的贾母拖下炕——我还是——很踊跃很心悦诚服地看了。上个星期，上上个星期，我一直在出差，没有看电视，心里还是有点牵记的：啊呀呀，没有看《红楼梦》！没有看新《三国》不要紧，反正里面那个和伊能静搞婚外恋的"周瑜"，我也不喜欢。回上海了赶紧找机会看红楼，哪都不去了耶！

我是个执著的人啊：喜欢古筝，书上看到一个"筝"（包括华筝的"筝"），心中已有丝弦拨动；喜欢茶道，万般香气闻来只道茶香。《红楼梦》，那三个字，小时候练书法练过千遍万遍各种字体，三个字满堂堂写出来就觉荡气回肠：快乐时读它，忧伤时读它，放假时读它，考试前，课本旁边还是一本它，读一遍功课，看一页红楼；第一次读它还是懵懂小学生，N次读它已尘满面鬓如霜。任他们怎样拍拍改改涂涂抹抹，它还是苍茫大地，宛若隔世，回头再望，红消玉隐，谱尽哀肠的红楼梦……

（2010－07－10 20：09：56）

第二部分

飞　舞

爱情博弈

分类：原相

不知为何，脑子会冒出这个词：博弈。商场中的博弈，情场上的博弈。

有人也许会问，干嘛要博弈啊，干嘛要对立啊，和为贵啦。那就很幸运了，世上真的有人一生顺风顺水，"好风凭借力，送我上青云。"而其他的一些人，如我，苦命，只好一辈子苦力，困于博弈纷纷中。

先来明义，何为博弈。《博弈圣经》中写道："博弈论是二人在平等的对局中各自利用对方的策略变换自己的对抗策略，达到取胜的意义。"博弈的要素包括：决策人，对抗者，生物亲序，局中人，策略，得失，次序和均衡。

这里要说明的是，本人数学很不好，现在对数字敏感是工作中被逼出来的。我是那种在高考时考到数学，实在做不出题索性在考场里睡大觉的数学蠢材。

先说商场中的博弈。竞争对手之间，自然有博弈，现在的商场价格战就是因之而起，而在某个阶段中，消费者于这场博弈中得了实际利益。

另一商场中的博弈于供求双方中。这个有点难。有些人，很拘泥于甲方乙方的位置。客户甲方，供应商乙方，轮到自己是乙方，心已经怯了，只好一味由着甲方予取予求。殊不知，博弈中的第一要则是平等。在 C cost（成本）、-P price（价格）-V value（价值）的三角中，买方和卖方其实处于平等的地位，之所以能够成交，是双方认为这个交易优于其他的最好选择。想到这一点，卖方心应该是定了。

接下来双方短兵相接，我一招，你一招。先出招的人（即决策人），容易处于劣势，因为先将意图和范围透了底。好像打麻将，我妈是此中高手，做上家的时候，会打迷魂阵，各色牌都要扔几个，不能上来就给人看出你做的那一门。又好比掰战，两人一定要同时出拳，就是防一方（即对抗方）激变。电影《非诚勿扰》里的葛优就是靠这个发明赢得第一桶金去泡妹妹。中国人典型的性格，在这个局面中容易占优势。很多本土公司的决策人，听着你不停讲，他就是面无表情不置可否，态度很好，但是让你云山雾罩，一剑出去似乎碰到了绵里针陆菲青。其实是有练门的，人家一大老板，花一两个小时来见你，不会无缘无故，他不说，不见得底下人不说，底下人不说，不见得他就没有所图。商人无不是逐利的。你站在一口井前，老是猜水有多深是没有意义的，最好就是投一个小石头下去试一试。所以，就抛石头吧。不过这个时候，如果给机会让他答是非题的人是不明智的，因为得到否定答案的比例是百分之五十，而且你得不到更多的资讯，要知道资讯对等也是均衡博弈中的关键。所以就用"薯条定律"上去：在麦当劳买汉堡，销售员问："除了汉堡包，还要不要薯条?"你多半会答："不要"。所以你要问："除了汉堡包，你要大包薯条还是小包薯条?"

讲到得失，我更愿意先说权衡得失，这样才是主动选择。前些天有人要我用最精简的字形容谈判成功的要诀，我说是"气场"，他说是"妥协"。我错他对！我说的"气场"其实是一面倒的，而且仅适用于某一部分有特殊魅力的人——一进场，举手投足，领袖魅力，令人油然喜欢进而钦佩，他的段数太高，别人总觉得他的选择和建议一定对一定是最好的，不听他简直是找罪受，于是按他的既定方针办了，大家握手。真正的谈判或是博弈，基于双方的不一致，需要各自有妥协。有些人，只求自己利益的最大化，而不理他人生死，这是"不合作博弈"。现代社会，如果有选择（只要他不是垄断），很少有人愿意一直陪他玩下去。

我们曾经做过一个培训，分成两组，双方出牌，点数大的赢当局，十局定胜负。而胜负不是点数大的赢，而是在双方点数最大化的情况下赢小分。到第六局，双方互派代表谈判，其实有一方就大数而言已经赢定了，但考虑到游戏规则，这方同意谈判。这个时候很关键，主要是信任问题。局面占优的那一方同意让出三局，让对方分数上来，然后在最后一局中，对方故意让，而这方取胜。如果局面不占优的那方言而无信，最后一局不让，局面占优的那方就受骗了。当时我在局面占优的这一组，组内也有争论，我看着那个来谈判的人的眼睛，力排众议："我信任他，他那组内部虽然有不同意见，但他在那一组摆得平，是决策者，我们就让三局"。结果博对了，他没有让我失望。

次序也很重要。博弈中双方以对方的策略和举动，微调自己的策略和推动自己的执行。最常见的体验是在中国白领中风靡一时的"杀人游戏"。博弈双方是"警察平民"和"杀手"。在法官的主持下，大家一轮一轮发表意见，或者平民方找出杀手，或者是"杀手"方杀光"警察"。这是心理的博弈，完全按规则来，不能违反次序：警察从第三局开始才可以验人，最后一次验人后，如果再错，就万劫不复。记得有次，我输得很惨，身为"杀手"，竟然同意平民方的建议在最后第二轮时问被怀疑的所有人，你最不相信是杀手的是谁？结果次序乱了，我马上露馅。

最后要讲的一个要点是"均衡"。其实是超出两方外的整个局面的均衡。三角架比两脚架更容易平衡就是这个道理。我这个天生的平衡失调者，永远学不会骑自行车，三轮车倒是会踩。为何三国鼎立，互相制衡，在一个时期内达成均衡就是这个道理。在商业中，就是不要赶尽杀绝，留多一些人在局面中并不是坏事。在组织架构中，主管总喜欢他的下属分列于扁平的组织架构里，而不是突出于纵向狭窄的团队中。

我们做过一个沙盘演练的培训。四组竞争者每局开始可以调整自己的价格定位和线下投入，但总体定位和线上投入不可以变。其中两组定位相近只略有差别，一组出局后，另一组立刻挡不住，因为其他两家有针对性地往这里挤兑，所有符合他们定位的不忠实客户群全部往这组来，现有的产能立刻爆仓，而利润奇低。

你们会问，等等，这篇文章题目不是"爱情博弈"吗？哈哈，有些人商场上英明神武，在情场上却昏招迭出，完全不在状态。当然，你要是看看前文，会发现博弈要点在情场一一应验。

很久以前，看一部叫《知音》的电影，小凤仙对蔡锷说："朝夕相处，却相隔如同万重山。"爱与不爱，爱多爱少，怎能以直线划出和判断？谁规定谁先说爱，谁永不言爱？爱情如何去设问，如何投石问路，如何保证古井真的泛涟漪起波澜？更不知谁会在月亮背后隐藏却阻挡太阳光芒？

没有完全对等的爱，没有透明不设防的心，没有永恒不变的情，一生一世，博弈爱情，甘苦自知。

(2009－07－05 18：33：19)

传说爱情排山倒海

分类：原相

古时有个人，妻子高烧不退，他脱衣卧于冰上，冻得全身僵冷，再拥抱妻子，为她退烧。他的行为，在当时被传为笑柄：堂堂男儿，壮志未酬，怎可先为女人舍命？纳兰性德将此事谱入哀肠，以蝶恋花曲，悼念妻子。

"辛苦最怜天上月，一夕如环，夕夕都成玦。若似月轮终皎洁，不辞冰雪为卿热。

"无那尘缘容易绝，燕子依然，软踏帘钩说。唱罢秋坟愁未歇，春丛认取双栖蝶。"

任他才气纵横，誉满天下，在家和宝玉一样写写哀词，出门任康熙近身侍卫，铁弓箭啸猎场，与战功无缘。

"不辞冰雪为卿热"的故事，如今被流潋紫写进《后宫甄嬛传》，玄清为甄嬛以此法退烧，自身得了寒症久久不愈，最终以身饮鸩，让至爱的人活下来。小说可能会被搬上银幕，书迷们纷纷议论谁可以演玄清，俊美如他容易找，气质温润也勉强可以演技充，可深情如他……

上海男人被其他城市的男人取笑，却被女人们赞美，因他们对老婆爱得形于色付于行，被质疑难成大事。周立波为上海男人叫屈：爱女人是应该的，打女人才不是真本事。但是上海女人出名现实，"有情饮水饱"是低物质时代的无可选择，身处繁华，面对除了爱你，什么都没有的人，你会爱吗？会一直爱下去不生厌不生变吗？上海的小家碧玉，无一技之长，混个工作赚钱买花戴，也知道趁年轻，跷着腿坐家中漫天要价，要房要车要钻要礼金要婚宴酒水，逼得小男人们，握拳道："先立业再成家！"

大男人，更如是。

奈何造化弄人，真正能将江山奉于美人前的只有汉光武帝刘秀。刘秀偏室皇族，在家务农。喜欢一个比他小九岁的美丽少女阴丽华，又在长安街头看高官执金吾出行，立志："仕宦当作执金吾，娶妻当得阴丽华。"二十八岁的晚婚先锋刘秀在战乱最艰难的时刻如愿以偿娶到十九岁的阴丽华。之后兄长屈死，自己不得不忍辱负重，屈服于更始帝刘玄，白天装傻充愣，晚上泪透枕巾，唯阴丽华陪在身边。之后不久，他将阴丽华送回娘家，自己继续征战，分离整三载。当他领军和真定王刘扬作战的时候，敌众我寡，唯一的办法是和刘扬联姻，权衡之下，他娶了刘扬外甥女即郡主之女郭圣通。郭圣通美貌多姿，比阴丽华年轻几岁，更很快为他诞下长子。登基后，为了刘扬的十万大军，他立郭圣通为皇后，贬糟糠妻阴丽华为贵人，而且按阴丽华的意思，没有分封她的家族，致使九岁就丧父的阴贵人，又失去了母亲和弟弟，凶手竟是乡下普通的盗贼。一直到建武十七年，刘秀终于废后，恢复发妻合法身份，为天下母，立阴丽华的长子刘庄为太子。阴丽华，此时已四十岁。恩爱帝后同掌乾坤十六年后，刘秀崩。十年后，阴丽华去世，与光武帝同葬原陵。又是十年后，明帝刘庄在拜谒原陵的前夜，"夜梦先帝（刘秀），太后（阴丽华）如平生欢。既寤，悲不能寐……其日，降甘露于陵树，帝令百官采取以荐。会毕，帝从席前伏御床，视太后镜奁中物，感动悲涕……左右皆泣，莫能仰视焉。"真感情，动人动天地。有如此的收梢，只因两人都执着，且有岁月眷顾。

　　蒋中正年轻的时候，除了长得帅，也有鸿鹄志。快四十仍在失业时，迷恋十三岁的小姑娘阿凤，苦苦追求，和发妻和妾室断绝，终于娶得美人归，新婚时，为其更名"陈洁如"。婚后，蒋赴广州任陈炯明粤军作战科主任，从此平步青云。中山舰事变后，蒋介石掌握兵权，登台"受命"为总司令。夫妻俩，恩爱如昔，战火硝烟中，陈洁如以"从军夫人"身份陪伴戎马生涯；病中的蒋中正，身边有陈洁如细心照顾；打败仗，嚷着要自杀的蒋介石，只有陈洁如能够劝阻；沮丧绝望泪流满面的夜晚，蒋介石身边，有陈洁如拭泪的手；他的两个儿子经国纬国，陈洁如视如己出，被小儿们亲昵称为"上海姆妈"。

1924年，蒋介石欲继续推进北伐，争夺国家统治权，要求陈洁如退让五年，由他迎娶宋美龄，赢得财政，国际名声的双重支持。于观音像前，蒋介石发誓："五年内，必与陈洁如恢复婚姻关系；如果十年二十年内没有将她接回，祈求我佛推翻我政府，并将我驱逐出国，永远不得回来！"

陈洁如退让去美，仍以蒋介石夫人身份被接待。蒋迫于宋美龄的压力，登报声明："本人于1921年与第一位妻子离婚。其后又曾离异两位侍妾。本人获悉此二位侍妾之一以本人妻室身份前往美国，甚觉诧异"。此申明一出，陈洁如在美国顿成骗子和下堂妇，受尽冷遇，后来到香港孤独终老。1962 年，75 岁的蒋介石由台湾辗转给陈洁如去信："曩昔风雨同舟，所受照拂，未尝须臾去怀……"1971 年，陈洁如临终前致书蒋介石："三十多年来，我的委屈惟君知之……"

岁月并无慢待，给足机缘，唯长天隔绝烟水，终不能续前情履旧约。

北魏孝文帝拓跋宏，在建立强盛帝国，坚决汉化的同时，也对他第二个皇后冯润（野史称冯妙莲）一往情深。冯润初为贵人，专宠，但病弱，被冯太后遣到宫外出家养病，其妹冯清被冯太后立为皇后，拓跋宏在冯太后崩后，即将冯润接回宫中，不惜废冯清而立冯润为后，逼废后出家。后冯润与中常侍私通被告发，已改名元宏的孝文帝，幽禁皇后，但保留她皇后的头衔。元宏死前，遗诏赐死冯润，却要求将她与他同穴葬于长陵。

那还是在很多年前，冯妙莲尚不是皇后。一心化胡为汉的元宏对她说："我不求百年，只要再有二十年，五年经营洛阳，五年征战南方，五年稳固天下，再有五年，做个太平天子，与你日日相伴，最后生同衾，死同穴，如何？"[①] 那年元宏二十九岁。

到底是天下为先，相守其后，壮年壮志，以为还有

①　出自紫流苏：《爱江山更爱美人》。

079

二十年悠悠岁月，可以从容从心。

他死于太和二十三年的四月天，不过三十三岁。北方初定，迁都洛阳，经营其始，天下犹纷争，他已天不假年，情深——不寿。

没有熊熊火焰，炼不出真金，没有地动山摇的利益，也考验不出决绝时的千钧取舍。平凡人间路，推开绿门，还是蓝门，都没有扑面的狂喜；平静的每个早晨，向左走，向右走，都要兜兜转转回到原地，独自膜拜未来。

看向你身边的那个人，似乎爱你，似乎你爱，因为他（她）没有更多璀璨的机会，你也没有更多光明的选择。即便勉强二选一，最后都是殊途同归：任是多么英气逼人踌躇满志的男人，婚后都是摸着肚腩牙签叼在嘴里瘫坐在沙发上看报纸；任是多么灵气可人温柔贤淑的女子，后来都是满头枯乱卷发皮肤干黄乐衷于张家长李家短。

我们，很早就开始寻找爱情，但终其一生，也不知道爱情在哪里；双手打开试图拥抱，却空空如也，始终没有机会，等到爱情排山倒海地来临……

（2010－01－29 22：33：55）

至爱李世民

分类：品相

这个皇帝是我最爱，一切源于玄武门。

每次去西安，商旅匆匆，连兵马俑都没有看过，更何况唐朝旧城门？只从书中知道，玄武门，营房星罗棋布，毗连禁苑，楼观高达六丈八尺，而宫城和皇城不过分别是三丈五尺和二丈八尺，其高，其位置，其险要，注定它要为这段历史承担起无可替代的作用。

很早以前，有一部由颜海平编剧的十幕话剧《秦王李世民》，形象老实巴交中年发福的李祥春演李世民，焦晃演奸角李建成，不算很好看，但当时也没什么好节目，我看了不下五遍，现在看何润东演的，还不如去看这个老版本。

《说唐》《隋唐演义》里的李世民弱智无能（一直等

081

着好汉们去救他），好像是官家指定产品，为李世民的玄武门找理由，以便证明事出有因，如梁山英雄一样被逼无奈。南宫博除了《杨贵妃》外，也写了《玄武门》，可以一读的作品，不过有点过于风光旖旎。赵扬的五卷《唐太宗》中第二卷《玄武晓月》讲的就是这一段的前因后果，不过不失。

最好看的是我在机场里发现的老克的《天下》。没有一句废话，面面展开，层层递进，点点突击，描绘刀光剑影、生死一线的当时情境，我坐在飞机座位上，屏息一气读完，不肯移动，汗透脊背。

不，没有人会没有选择。天热了，可以选择出门和不出门，头发可以选择直还是卷，买车可以选择德系日系还是美系，SUV还是轿车，住处可以选择住浦东还是浦西，这个工作选择努力去做还是吊儿郎当，找一个爱自己的还是自己爱的，如果不能两全，最起码可以选择向左走还是向右走，因为地球是圆的。身为天王贵胄的秦王李世民，怎会没有选择，被迫嗜血玄武门？

李世民，可以韬光养晦，继续写他的诗，练他的字，收他的宝，骑他的马，泡他的女人。长安如履薄冰，被太子府和齐王府众监视着不舒坦，也可以避走洛阳，李渊虽犹豫，但也可能终究答应，从此天高地远，虽无独立掌政掌军的权柄，也可以制衡长安，无人敢动。

然，生死无忧，富贵百年又如何？只要不走这一步，就不能登上皇位。谁说我只会夺天下而不会治天下？这个位子，舍我其谁？这个情形，很像后来明朝的朱棣：战功赫赫，万众敬仰，却始终名不正言不顺进龙位做至尊。

"秦王克定天下功"的褒奖和猜忌，天策府群星璀璨文臣武将雄才未尽展却已触玻璃天花板（因秦王为人臣已升无可升）摩拳擦掌的激愤骚动，尹张二妃的枕边败坏，太子和齐王的蝎蝎蛰蛰，北方战事的日渐明朗，即秦王作为卫国擎天柱的护身宝甲之不牢靠，将这个刚毅狠决的不世英雄带上了这条不归路："我不想苟活，如果上天注定要我死于自己的决策，那我请愿一死。"

时机刚刚好，若错过就成千古恨，必一击而中，不作二想。这不是意外，不是形势所迫下的应变，这是李世民自太原起兵以来，雷霆决意，精心筹划，破釜沉舟，打得最好的一次战役。

以上说的都是背景，现在来看人和能力。不过是人耳，但少了人，什么都不行。先由秦王说起，他当然是最主要的。老克以马周的口吻作了如下分析，我不能分析得更好，只好照抄如下：

"太子布局，步步审慎，注重全局计较细节，可谓滴水不漏，然则秦王治事用兵却截然相反，诸事只抓关键，这也难怪，太子驾前能用事者，不过王圭，魏徵，韦挺，薛万彻等寥寥数人而已，秦王麾下，文有长孙房杜，武有侯张尉迟，无一不是当今世上一等一的顶尖人才。这些人追随秦王日久，根本不用吩咐，一句差遣一个眼神，便能将诸事料理得妥妥帖帖。秦王根本无须诸事亲躬。太子长于治政却拙于驭兵，治政靠的是为政审*丝丝*入细，驭兵讲求的却是当机立断沉稳果决。太子注重全局，就难免忽略重点，临机只是就难免多所犹豫，宫变如同阵战，一个犹豫就可能葬送三军性命，在这一点上，秦王绝非太子可比。"

于用人而言，李世民已至登峰造极，这些人扮演了绝好的角色，一步步随他走至那个血红太阳般的结局。

下面让我们来看几个关键点，李世民如何抓住：

When 何时？

李渊决意裁撤秦王天策将军府，并很有可能废黜秦王。讯息已通，而敕旨未下，李世民在太子府饮宴，在这个节骨眼上好像中了毒，吐血数升，竟没有死，成功地拖延了时间让他筹备玄武门。此时，山雨欲来，房杜被莫名其妙地调出了天策府，太子建成正盘算将天策六将（包括尉迟恭，秦叔宝和程咬金）调往对付突厥大军，明令不得再事秦王，迫李世民孤家寡人赴洛阳。接下来，朝廷明诏以齐王接李世民陕西陇东尚书权，并拜其为帅，不日将领天策军和六将出战突厥。至此已明：举事当在出兵前的三日中。

Who 何人？

以兵力而言，李世民只能调动一千人，随他亲入玄武门的不过两百亲信，连自己的府邸也没有人守，相比李建成所辖禁军屯卫一万八，明显处弱势。但是六将尚在，还有两个关键人物，李世民拿住了：刘弘基和常何。刘弘基守外城，他的京城之师若进朱雀门，任谁也挡不住。李世民的叔叔李神通说服刘弘基不进城，并在事变后将京师全城戒严。另一人是玄武门守军之首常何。老克写这个常何是李世民长久前布下的棋子，赵扬说是李世民以个人魅力信义之名临时说动了常何，南宫博最妙，编的是李世民泡妞妞上了常何的妹妹昔昔，常何想让妹妹做皇妃，就助了李世民。不管怎样，结果是常何从太子阵营归到了秦王旗下，暗地里。

Where 何地？

主战场当然是玄武门，一夫当关万夫莫开的玄武门。中军设在临湖殿。为何临湖殿？世民有一妃为隋炀帝女儿，自幼在长安帝城中生活，熟悉每个宫殿。世民诸事不瞒其妻长孙氏，却没有和杨氏道明（谁说妻不如妾？）。只是故意与之闲聊，得知临湖殿是最好的观察点，可以将玄武门内外尽收眼底。

How 如何？

最后一幕的第一步：

李世民向李渊告发太子预谋在昆明池杀自己，而自己只每日于家中读春秋、尚书、汉书，陪伴妻儿。李渊再顾忌世民，总当他是自己骨肉，骨肉相残是他万万不愿看到的，于是他传敕召见李建成和李元吉连夜进宫面君。

第二步：

李世民召集"起义"将领布置任务，拿出十四年前藏下的太极宫平面图（此人心机，可想而知，当时他才十六岁！）。老克有趣，写李世民出门前还和老婆温存了一下。

第三步：

李世民去长生殿控制了李渊和当朝的宰相们，索要了他们的印信。谁说李世民只抓关键，不重细节？他连看守李渊的人都选了和皇帝有血海深仇的人（刘文静之子、杜伏威之弟），任李渊有再好口才和皇帝威严都无力回天。

第四步：

玄武门内，三兄弟狭路相逢。那两人是面君的打扮，李世民却浑身盔甲，插三十六支狼牙箭。他亲自射死太子，尉迟恭杀齐王。之后，勇猛无敌的尉迟恭杀到殿外，赢得外殿控制权。

第五步：

迫皇帝和宰相们接受现状，封李世民为太子—— 李渊除了李世民，此时再也没有嫡子了。

在新的一天来临的时候，站在玄武门阳光下的李世民，一定百感交集。我们看这个故事，也百感交集。在我们所处的范围内，没有意外，并无腥风血雨。我们小小的微不足道的生命，于平平凡凡点点滴滴中活着，快乐着，伤心着，爱着，不必有那样决裂纷争仇恨以性命相搏，何其幸运！

在今日的阳光中，也有一缕来自唐朝，折射李世民玄武门后勤政爱民宏图伟业一手缔造的灿烂鼎盛。

让我们爱他，就爱那个玄武门之后的李世民吧。

（2009－07－12 09：47：44）

梦想成真的家

分类：色相

昨天去一个外企高管的家，是那种二层小楼，500平方建筑面积，花园也要 500 平方。因是雨夜，根本看不到花园，主人热情邀请我春日再来，又借给我两本他几年前在英国买的园林装修参考书：*changing gardens* 和 *small gardens*。那种英国式的田园，光看图片已经很美，写得又很翔实，把每一种植物都标示在草图上。

那当然是所豪宅，装修和装饰偏向英国古典风格，像是我们在杂志和电影中能够看到英式古堡里的房间：大酒柜、壁炉、大沙发、古董摇椅、老式的书写台、方形的饰品柜，像你在 Burberry、Aqascutum 专卖店里能看到的摆袖口夹的展示柜，当然更要雕琢古朴一点。

我尤其喜欢底楼的一个小房间，有非常舒适躺上去立刻要睡着的沙发，毛绒绒的地毯，小摇椅，小书桌，大屏幕电视，墙上挂着这家曾在英国学习纯美术的女儿画的人像。女主人笑着说："我们一家大部分时间聚在这里，各做各的事，感觉很温暖很融合。"是的，有大壁炉的会客厅是招待客人用的，这样的小房间，尤其是在上海阴冷的冬天，才是一家人主要的活动区域。就如那个挑高原木尖顶的大餐厅，他们一定也不常用，我注意到在半开敞的厨房旁边的有一个可以折放的小圆桌，那才是他们一家平时吃饭的地方。

有一位北京的朋友，家里好像也是这种风格，我却不很喜欢：

首先是底色太沉，到处是深棕色，几乎没有亮点，虽然女主人出名有品位会打扮。女主人刚生了儿子，保姆哄着孩子睡在一个黑沉沉装饰华丽得透不过气的屋子里。隐约觉得孩子稍大后会很害怕这样的场景。

其次是装饰品太多，很多古沉沉的钟，立钟，挂钟，台钟；很多相框，太多了，看不过来，不知道里面摄的是风景还是人；很多灯，一式繁复做旧的样子，没有点亮屋子，反而填塞了屋内所有本可以留白的空间。所有人异口同声问女主人："你们家阿姨很辛苦吧，擦这些东西？"

还有就是东西太显贵，摆的放的都有 logo，家具就不用说了，桌上摆的餐垫，连卫生间里的手巾都打着大大的LV，像样板间，不像宜居之地。

不过话说回来，喜欢就好，女主人一定乐意每天看到这样的场景，不然她何必费心装修了八个月？就像很多人住在满满一整套红木家具的屋子里，也心中阳光灿烂。

我钟情洛可可，柔美润丽，很女人，也很贵气。很久以前看《蝴蝶梦》，丽贝卡的"西房"，由丹佛斯太太领着女主人去看，她"唰"地一下打开了西房的大窗帘，阳光铺设一地金光，我的梦想也凝铸在那一刻，在那个绮丽的屋子里。

中式的我也喜欢，但不可以成套，一两件点缀就可以。家里有一张超大的书桌，是在吴中路的家具厂里定做的，两边特意改成案儿那种的"翘"，好看而且实用，东西不容易掉下去。又配了大圈椅，我最喜欢在大案前，将全身窝进圈椅里打电脑。

有段时间，迷恋日式。受日本战国至幕府时代的片子和史书的毒害太深。"大奥"里那个帅哥将军家光病逝前，躺在一间素丽的房间。春日，门拉开着，樱花在院子里扬扬洒洒，粉色透进病榻前，穿美丽和服的至爱之人，带着爱子仰头寻找一枝最美的樱花准备折给家光，家光微笑着闭上眼睛……

如果还有装修的机会，我会做一个日式的房间。

不用将整个房间做成塌塌米，只是铺沉沉的近乎黑色的地板，抛一个床垫在地上就行了。墙和移门全部贴上日本古典图案的墙纸，一面墙上倚一个艳丽花案的大屏风，四周是日式那种一格一格纸糊似的窗。几乎看不到家具（衣服被子藏在也做成移门的大墙柜里），房间就着地打一圈六七十公分宽的搁板，涂成黑，上面搁类似定州琢红玉的罐，酱釉描金的化妆盒和圆镜，日本人喜欢的那种曜变碗，仿汝窑的青釉蟹爪纹花瓶里插一支两支素雅的花，配一盏日式落地灯和三足大香炉就得了。古筝，也可以架好了放在地上。

梦想的代价，可以沉重（因为花费太巨），但不可以繁复。

很欣赏可以把家打理得恰到好处的人，而不是堆砌富贵，或者堆砌生活的琐碎。那样的人，在工作中，也一定是一把好手：是化繁为简、化腐朽为神奇的妙手。

（2010 - 02 - 07 18：02：11）

喜欢北京的理由

分类：品相

去北京就高兴，理由很多：例如马路宽，打的容易，停车便宜，公园多，人文气息浓，艺术家多，酒吧集中，餐馆有情调，当然都是相对于上海而已。我没有将北京和国外城市比的意思，当然台北路更宽，日内瓦的餐馆更有情调，巴黎的人文气息更浓，阿姆斯特丹的艺术家更多，东京的酒吧更集中；相对于北京的路况、纽约、首尔、圣保罗、曼谷更塞车。——好的不能比，坏的也没法比。就是喜欢北京，远远多于上海，当然首都没得公民来选，但还是高兴我们的首都是这样子的，独一无二。

抵京下飞机就没有排长队等出租车的烦恼，不知上海的虹桥机场为何老是排长龙，自负精明的上海人学了北京的多排出租车待命，却不知道还可以安排多个出租车点。然后你可以发现北京的出租车虽然也有多个车型，但颜色却整齐划一，上海出租车的姹紫嫣红只令人心烦，规划上还不如杭州。

每次来我都要去后海和篁街转转，一个是好情调，一个是好味道；潘家园也是必去的，你在那里晃晃悠悠问东问西，店主举着个烧酒瓶过来问："逛累了，也喝一口？"正对着一个小油灯端详，店主夸你："好眼力，看出来了？王刚扮的和珅关牢里的时候不正是点这个油灯吗？"晚上可以去天桥，凑热闹听京戏听相声嗑瓜子，也可以什么都不做，在后海对着灯红酒绿发呆。

北京人热情，我已经 N 次游长安街了，由不同的人开着车指给我看这是什么建筑那是什么建筑。早上出来的时候，他们说："您真幸运，正赶上天安门升旗"。晚上经过的时候，他们又说："您真幸运，正赶上降旗"。

这次来，安排得很满。在世贸天街吃饭，然后喝咖啡，顺便看天街上的绚丽图像。

约了北京人 Y 吃午饭，正赶上下雨，坐着北京小姑娘的 307 蹭到了工体，定了的饭馆正赶上办婚宴。我们决定换地方，给 Y 电话问他到了吗？他说已经到了，我出门正探头探脑找 Y 的小 golf（他老婆的车子），看到一辆 landrover 横在我面前，我惊喜地冒雨奔出去爬上了副驾驶位，扬声说："我先走了，和 Y 私奔了!"——车里车外一片笑声。去三里屯附近的一家意大利餐馆，车随意地停在宽敞的马路上，雨中的树叶特别绿，衬得餐馆白色的建筑更纯白，从大车里钻出来，我不肯移动，只是淋在雨中对着美景发呆。吃饭的时候谈话主题是：是否应该像 Y 一样在本土公司上市前加入死忍三年赚出赎身钱至少也买一辆 landrover。出身贵族，身家不菲的 Y 雍容地笑。

晚上去看那个著名的大典，知道时间正卡着吃饭的时候，我们买了牛奶和面包，坐在星光剧院里歪着头翻着杂志啃着面包看节目（没法不歪头，这是个 T 台设置的场地）。周围坐着穿 T 恤牛仔的人，我们拍拍胸："好险，还好没有穿晚装来"。姚明出来后就是尾声了，突然有根电线烧了起来，一簇小流星似的夹在"星光"灿烂中，保安开始赶人离场，所有人都很镇静，无畏地继续拍照，北京人牛啊。

大典完了后，拉了一些人去梧桐吃饭。先是坐外面，冷得每个人都要了毯子披着，某北京美女披着大毯踩着人字拖仰着小脸开始扮喇嘛，大家笑成一团。后来转战到室内，看到大秋千每个人都上去坐一坐。菜味道很好，只是盘子小，都疑惑北京人为何有这样精细的菜和盘子，一问才知道是上海人开的，大家同声说：原来如此！然后照例开始辩论，有个绰号大妈的北京小伙（可想有多贫）主张讨论60后、70后和80后的特征优势劣势。喝到后来大家都有点晕乎，又累，只是这穿细麻西装和油漆画花了破牛仔的大妈精神旺健斗志昂扬，连我都住嘴了，和一个60前的皱着眉撑着头看着大妈发呆，心想他何时可以闭嘴呢？

接下来的一晚去看蝴蝶夫人。我们循例穿了裙化了妆，在每个可能的外景内景中拍到此一游的照片。请我们去的北京夫妇当摄影师，不懈努力着要把照相机带进去，后来还是被查出来了，只好寄存了。观众中有很多意大利人，能理解。其他人都穿着随意，我旁边坐着一个老外，十足十像老美，牛仔裤T恤，先是不停打哈欠，然后做头部广播体操。前面一个看着很像大官夫人的女士戴着巨大的镶无数钻石的手表，闪得我们眼疼。这幕剧布景很简单，几乎是抽象艺术带灯光，服装更简单，蝴蝶夫人一共两套衣服，一红一白，式样一模一样，像道袍又像连衣裙，反正最不像的就是和服。女主角很高，不算胖但水牛腰，男主角又矮（比女角矮）又胖。但唱得真是好，尤其是女主，谢幕的时候大家把手都拍烂了。听到有人发誓要将经典歌剧全部看一遍，又听到有人说前几天的图兰朵布景好看很多，价格也略平民一点。

明天？有人建议我们去参观奥林匹克公园。这个城市的天已经蓝了，沙尘暴比其他北方城市好了，按着车牌号的尾数轮着开车出门了，再没有理由说它不美了，再没有理由在不是北京的城市不想念她的。

（2009－06－08 00：57：50）

漫舞过人生

——东晋文人事

分类：品相

　　曾经与人辩论两晋文人，他不喜，因其颓废不思进取，我喜之，为其纵情才气，接天引流，国家兴亡之际，亦能挺身而出，握笔手拔剑四顾，文人至武士至死士，无怨无悔。

　　慢慢写这篇文，需要点时间。情绪已经在此，以很久前读的林燕妮诗启端：

　　　　如果能够漫舞过人生，

　　　　遍体伤痕

　　　　粉身碎骨

　　　　也是心甘情愿

如果只能披枷又带锁

被称圣者

被誉勇者

都是活着何苦来

　　有次去做一个活动，一位同事递给我一本很厚的书，是梅毅（又叫赫连勃勃大王，天知道他为何要取这个笔名，历史上的刘勃勃实在是个嗜血而卑劣的家伙）的《华丽血时代》。我乘讲话的间隙翻这本书，舞台上是现代动感的布景和服饰，我的面前只浮现那个混乱时代的生生死死，血雨刀光中，早已忘记是哪个朝代。

　　合起书来，我于节奏音乐中冥想：如果可以穿越历史，我愿意到两晋，而不是南北朝；如果要从两晋中选择，我会毫不犹豫选择东晋。

　　痛恨续集，顺畅有意味的好故事，被狗尾续貂，朝代也是如此：被斩断又硬生生接起来的冠同一名的两个朝代，一朝不如一朝，一日不如一日。东汉，虽然由美男子皇帝刘秀建立，续了刘氏天下，但仅经一朝，已落于宦官手，一蹶不振；南宋苟安淮水以南，历九朝，却何时有一日好战无畏如北宋前期？但是西晋比之东晋，却非常没意思，绝对不算好开头。

西晋留给我们的历史记忆里，有个著名的"何不食肉糜"的傻瓜皇帝晋惠帝，和路易十六是一样的材质，可能还要差一点，再就是那个又黑又矮又悍又色的皇后贾南风，其妹贾午，颇有姿色，制造了偷香窃玉的典故。"八王之乱"折腾一阵后，就是汉人都不愿提的"五胡乱华"。期间有些文人，例如陆机，例如除了长得很好，写悼亡诗外什么都写不好，人也混不好的潘岳，例如长得很丑也比较多作怪的左思，例如在现代知名度不高，当年知名度也不怎么高（就诗歌而言），志向还比较高的刘琨郭璞。

可是东晋啊，东晋有王谢庾，单这三个家族已是星光灿烂，与日月争辉……排名不分先后。

琅琊王氏

琅琊王氏不为后则为相的风光，由晋朝始，至千秋万代，历朝琅琊王氏有如下辉煌清单：皇后 36 人，驸马 35 人，做宰相或者级别相当的高官者 186 人。

清谈误国的王衍，让很多晋朝的文人志士为他背了黑锅，但还是不得不要提一下的关键人物。

其族弟王导，被东晋开国皇帝司马睿称为"仲父"，以"如果太阳下同万物，苍生何由仰照"让帝位，却仍有"王马共天下"的盛名；野心家王敦，人不好，一笔字倒非常好，好像王羲之书法还是家学渊源。

然后就有我不用多费笔墨介绍的王羲之，王献之，王凝之（王羲之的儿子，谢道韫的丈夫）。王融，立志三十岁内成为公辅，率军北伐，功败垂成，死于27岁。

陈郡谢氏

这一门，风流宰相谢安，领导"小儿郎，大破贼"；谢朓，李白登宣城北楼"谁念北楼上，临风怀谢公"，这个谢公不是谢安，而是谢朓；疏狂如谢灵运，"将穷山水迹，永绝赏心晤"，著《辩宗论》，当然还有我们耳熟能详的一些好诗文。谢氏一门，不知祖上积了什么德，不但个个文才出众，而且都长得不赖：谢混，如玉似圭；谢晦，与谢混并称"两玉人"；谢惠连，风神楚楚；谢庄，"肌肤若冰雪，绰约如处子"，以《月赋》名满江南，又精绘画，音乐和填词，被范晔称赞"年少中，谢庄最有其分"。

两晋南朝，以貌取人，"先貌后才"，那样的才貌，当然是天之骄子了。

颖川庾氏

首先要提标杆人物庾亮，其历东晋三朝，集军政大权于一身，博览群书，文集六朝大成。晋朝书法四大家，王、谢、郗、庾，庾亮领庾怿庾冰等自创一门。

之后北周有庾信，宫廷文学大家，晚年风格变沉郁苍凉，创作最著名的是《哀江南赋》，杜甫赞其"庾信文章老更成"。

庾筝悠，中韩沟通使者，其后代成高丽名门巨族。

还有一个庾后，生显宗皇帝，被尊太后，苏峻乱中忧思而崩。

庾家的"庾家粽"选上好糯米，精制馅料，到了唐朝，连玄宗也赞不绝口。

晋朝文人，被人诟病的，无非是信行老庄，无理无法，清谈误国。

让我们追根思源。

曹魏时世族被压制得呼吸维艰。曹阿瞒，由宦官养大，诗写得极佳，心里还是那个为达目的不择手段的野蛮小子，择才美其名曰"唯才是举"不问出身，其实就是要招募和他一样的野蛮小子从别人手里夺天下。

司马懿夺权后，假儒家礼法篡权，树新风立新人，讲究门第，世族这才缓过气来。穷过苦过的有钱人，比从来没有富过，或者从未失去过的富人相比要可怕得多：求利不止，斗富不息。有趣的是，明明乌烟瘴气，铜臭逼人，却偏偏散着衣襟，不带冠帽，盘腿于席上，摇着扇子，做出世隐遁的样子；那些朝廷精英峨冠博带，剃面熏香，聚在一起吹牛聊天，说得越不着边际越受吹捧，"每捉玉饼麈尾，与手同色。义理有所不安，随即更改"，"信口雌黄"。

谈到晋朝，一定会谈到个性解放的"元康之放"："惠帝元康中，贵游子弟相与散发裸身之饮，对弄俾妾。逆之者伤好，非之者负讥。"

上层如此，下面普通老百姓更无所顾忌。期间有些文人，以竹林七贤为代表，处在朝代变异期，深感无能为力，开清谈之滥觞，愤世嫉俗，蔑视礼法，虚无厌世，胆子也不够大，一颗红心两手准备，以隐避祸，适时再求达。这个达字，可以指仕途发达，也可以指"玄达"："从容为高妙，放荡为达士"。当时的"达士"们，每人一笔糊涂账，连喝几天酒，钻狗洞的，在马厩中痛饮的，不知谁是"众醉"的一分子，谁是"独醒"的那一个。

奢靡风，门阀制度，上下清谈荒唐的恶果是统治腐败，终燃八王之乱、五胡乱华的硝烟。王衍临死前道："吾等若不祖尚浮虚，不至于此"。追悔莫及了。

东晋建国后，清谈的人才还是比比皆是，但谁也没有这个闲心。王敦、苏峻相继叛乱之后是桓温士族夺权，皇权不兴，世族也恹恹无声。

这个时候，一个人，一个家族，在一场战争中挽救了皇权，也挽回了世族的声誉。

这个人，大家都知道是谢安。

太元八年（公元383年），淝水一战的时候，谢安已经63岁，他的生命也进入了倒计时的第三年。我总是想，在这前六十三年中，谢安都干了什么。我喜欢数字，就将他的前六十三年的日程分了类：

29%的时间（十八岁前）：

长大成人，读书练字，学习弹琴跳舞和玄学。世人称清谈荒废政务，他反驳，认为西晋灭亡不在清谈；这段时间，他娶了一个他终生畏之如虎的老婆刘氏。

37%的时间（四十一岁前）：

隐。与王谢家族中人和其他名士一起，求田问舍，广辟庄园，在四明山以北的东山，谢安一呆就是二十年，吟诗论文，徒步旅行，"处家常以仪范训子弟"。他是个随和的人，仪范是很特别的，为讨小老婆和刘氏耍耍花枪之类的，还有就是确认了"圣人有情论"。盛名而不出仕，"谢安不肯出，将如苍生何？"

34%的时间：仕。

这一年，他意识到，再不出山，谢氏将成衰门。没有人可以真正做到无欲无求，身为谢氏大家长的谢安更不能。从桓温的军中司马一职起，经十六年，谢安一步步往上走，多方周旋，终于总揽朝政。他的学识教养清谈玄学，关键时刻总能助他一臂之力：恒温埋伏兵，他从容走来，吟嵇康诗句："浩浩洪流，带我邦畿"，顺利涉险过关。

383 年，前秦帝王苻坚率号称百万大军来袭。谢安被任命为征讨大都督，领八万军队。

似乎没有取胜可能的局面：以司马道子为主的皇族主降，谢安为首的官员们主战，争执激烈到在皇太后面前也差点打起来。世袭的晋朝兵，和所有的人一样，悠然松懈，吃大锅饭无战斗力，一看就不是北方彪悍虎狼之师的对手。

幸哉。上天注定，有这样一个人，要承担一个任务，改变国家的命运，虽最终无力改变自己和家族的命运。和很多昙花一现的英雄人物一样，这一瞬间的燃烧就是一生。

他任命自己的侄儿谢玄为将先锋。这个任命广受非议，但谢安置之不理。

谢玄，是谢安游山玩水最积极的跟随者，十八二十岁的时候，佩带紫罗香袋，腰间披一条花手绢，招摇过市，只以为与众不同。谢玄也是清谈大家，"能清言，善名理"，尤其喜欢垂钓。收到新任命的时候，谢玄三十多岁，早在四年前，他已受谢安之密令将江淮老兵、流民武装收编集合成"北府军"，日夜训练。就是这支队伍最终打败了北方的猛士。和叔父一样，他当时也饱受非议以为他沽名，即慨然道："大丈夫率大军，入死地，不过是为国家社稷而已，岂为个人功名？"

另一个重要的任命是谢安六弟谢石为元帅。谢石，人称"谢白面"，温文尔雅，精细能干。

其他主要的将领，都由谢氏族人担任，是真正的谢氏"小儿郎"，而且大部分是初上战场。这种"任人唯亲"和现代很多私企老板喜欢安插亲戚的做法完全不同：这是真正的死战，敌众我寡悬殊到 1：12，死亡的阴影每一刻悬于头上，而慢歌雅量、游山玩水、奢靡考究、和靖任情的谢安，义无反顾地押上了全部身家性命，不留一分余地。

妙的是，在前线，谢安仍然清谈不辍。谢玄问战事安排如何，谢安答："我自有安排"。谢玄因心中无底，下棋时连出昏招，谢安笑道："你以为鸿鹄将至？"正是这样的镇静，稳定了军心。苻坚输在一个错误的指令而军心大乱，而晋军心从未撼动过，这是领袖的力量。

初战。谢玄部下刘牢之强渡洛涧，斩断桥梁，活活淹死敌军。谢安闻讯，只微微一笑。

此战后，苻坚心已怯，"草木皆兵"。

决战时，谢玄挑战苻融，让其退一箭之地，让晋军渡江决战。苻坚鬼使神差，同意引兵退让。一失成千古恨啊：这一退，竟止不住，晋军勇进，秦军以为败了，自残践踏，风声鹤唳，一败涂地。

此时此刻，谢安也在鏖战，在一深山豪宅中与人下棋。捷报送来，他看了一眼，随即放下，继续下棋。很久，他才说："小儿郎，大破贼。"可是下棋后回内室，过门槛时，他竟绊了脚，连木屐的齿都拗断了。多么矫情坚忍的男人啊，老天在那一刻也站到了他一边！

战后：

苻坚兵败受伤，在一个破庙里，被部下姚苌所杀。

谢安受皇族猜忌，虽与谢石谢玄一起略有升迁，但只是空衔。至两年后，谢安无奈离京，在途中病殁。

谢玄，在谢安死后继续北伐，但遭猜忌，宏图莫展，亦病倒，幸运的是他死在会稽山的庄园里，他和叔父最爱的地方。

随后的谢氏子孙，风流依旧，才名鼎盛，却命运多舛。

谢琰、谢冲、谢邈、谢明慧等六人被杀于孙恩之乱。

谢晦，废杀刘宋刘义符，与弟弟、侄儿、儿子一起被刘义隆囚杀。

谢灵运放纵无行，写了反诗，最后被斩首。

谢综和谢约卷入范晔的弑君案，一同被杀。

谢朓首告岳父，伤透妻子的心，之后因祸从口出，被莫名其妙屈死狱中……

乌衣巷口夕阳斜。乌衣巷，现在是南京一道仅三米宽的小巷，不要说燕雀，其间行走的也是寻常百姓，不喜无惊。

会稽山上，兰亭安在？那一次的聚会有四十二个人，王谢同游，谢安，谢万，王羲之，王凝之，王献之等等。大家白衣素冠，坐于水边，春风和煦，曲水流觞，杯到哪里，谁就作诗。这些诗都为玄言，是那个清谈隐逸时代的缩影，现在看不懂也没什么关系，反正已经不能被感动了。

在所有快乐而宁静的瞬间，我总要想：没有永远我知道，但要知道这个短暂有多短暂。那时的人，可有这样的忧虑，还是真的飞于物外无所慎？

这世界上，没有永远的归隐。

不应有恨：你选择了，这样由山林舞至朝堂，由朝堂舞至修罗场，步履不乱，端容未改，死亦无悔的那个，生生世世是真的你啊！

(2009－08－25 07：27：09)

参考书目：

《六朝陈郡谢氏家传》

《六朝琅琊王氏家传》

《卧底公元三八三》

《天朝落日》

金刚不坏，美人不败

分类：色相

　　我本来打算写孟小冬，发现雪小禅写过了，又打算写各种颜色，发现雪小禅又写过了。珠玉在前啊。只得写自己了，雪小禅一定没有写过本博这个寂寂无名的我。

　　不知道别人怎么想，总觉得每个人都要对自己的色相有点认真负责的态度，不必个个赛天仙，端正整齐干净是应该的。即使是太幸福了，也不要有恃无恐，吓了家人尚可，家人还要你供饭只能忍人所不能忍，出去吓人就不行，开门也要益街坊。形容一个人好看，也许会词穷，描述一个人的坏形色，也会至无语——实在没有寻找词句的情绪，只好闭嘴。

　　我爱美爱得成妖了，也不怕别人笑话，有得折腾

109

了，只要一息尚存。现在已经很吃力，不久的将来，肉身就再也挡不住岁月如潮汹涌。其实老了才更百无禁忌：老了眼皮要拉，颈纹要拉，法令纹要拉，该怎样就怎样，俺不怕。不是浪得虚名的，我一向为了美勇往直前。三岁看到老：上小学四年级的时候，见老师手指不敢张开，将裤腿用图钉别在后面，后来还是被老师发现涂了指甲油，裤腿管偏大，老师颤抖着手指点我这个全校知名度最高的人物——市三好学生，全校大队长，囊括所有主要学科的课代表，几乎是痛心疾首，感觉我已经堕落成修正主义了。我撇撇嘴：又红又专又美不可以吗？非要艰苦朴素蓬头垢面才算最好？

后来去做化妆品销售的头，老板让我去站柜台，他的想法是：自己不是一个 top sales，也就管不好销售员。我很雀跃地去站柜台了，如鱼得水。老板来查岗，看到我蹲在那里和一位面色憔悴的中年妇女谈心："我们只会一天比一天老，今日不敢为美丽做的尝试，今后更加不会；与其遗憾一生，从未美过，不如在今天试一试。"她一下子买了全套的彩妆护肤品。付了钱，拿了产品，她走了。过一会又掉头回来，我一惊，以为她后悔。她说："你明天还在这里吗？能抽空陪我去买衣服吗？"她终于想明白了，可喜。

有位有钱且爱炫耀的男士，五十岁自称是四十岁，只为骗骗那些如蜜蜂一样嗡嗡过来的小女孩们。忽发奇想去打针瘦脸，瘦得两边不对称，成了歪脸。别人笑他，我却理解：钱已经不是问题了，作为一个有追求的男人，还是应该尝试一下的，现在试过了，知道不行，也就罢了，也无憾，省得老想：我的脸再瘦一点就更吸引女孩子了。只是不知道他何时会悟出来，吸引那些女孩子的绝对不是他的脸。

有位两个孩子的妈，不用上班靠老公养得白白胖胖的。迷上了做蛋糕，特地去学了西点，每天晚上带"习作"回家给孩子们吃，孩子们没有胖，她却更加茁壮了。狠狠心去抽脂，几乎是哭回了家，称自己痛得生不如死。抽过脂的手不能弯，举得高高，腿不能动，只能坐在沙发上，饿了，她决定叫外卖：牛肉面加蛋加排骨。好东东，香的辣的好吃，总有一天她会意识到自己白遭了那样的罪。

我从病床上爬起来复出了。将夏天美丽的裙子们整理好，暂时和它们挥手再会。回头盘点秋冬装，疑惑去年我是怎样过来的，那几件衣服怎么够活两季。于是如饿狼一样扑向所有能让我美滋滋的地方：美容院、美发厅、化妆品店，当然还有服装店。我这一辈子，被人叫"美女""亲爱的"最多的地方是这些美容院和服装店，没有人会那样无条件无原则地赞美我包容我，我穿什么他们都惊艳地五体投地山呼万岁。有天我被夸奖得浑身起鸡皮疙瘩，突然很爷们很粗鲁地咆哮道："再夸我，再叫我'美女'，我跟你们急!"一定要原谅这样疯狂物欲的自己，我只是想明白了：原先以为自己是金刚不坏身，百毒不侵，车祸那一刻才知道人身脆弱，转眼可以灰飞烟灭，一切富贵荣华职位名声积蓄房子车子都会远远退去，只留长恨绵绵。

王贝的事确是悲剧，但不会阻挡爱美之人的探险。当然我还不到那个境界，小打小闹可以，动真格儿的还是有点怯场，不为别的，只为本博靠本事吃饭，不靠色相吃饭。不靠色相吃饭的我，已经这样胡天胡地了，王贝等就更让人理解。不动手脚，李冰冰原来那么短的下巴怎么红出来，黄晓明脸部轮廓不清不楚怎么能被尊称内地第一帅哥?

这段时间，不知为何，很容易鼻子酸，读到一句好词，听到一首好歌，液体会从鼻子里窜出来，掩也掩不住。例如那一句"自古美人如名将，不许人间见白头"。我当然首先愿意是名将，想到如长江东逝一去不回头的时光，就不能面对无力回舟的此刻，更不能禁受万世皆休的茫茫今后。

贴一张近期宛若新生的自拍照出来，以证一片赤胆红心向太阳。在这万物皆归尘土的世界上，我们有时明白，有时糊涂，观水月，照明镜，镜里心里，还是独一无二的自己；心已经绝望地小了，只剩一张脸，张扬着至死方休。

（2010－12－06 19：51：11）

选　择

分类：原相

　　这些天除了从中午到晚上不停的告别饮宴外，最多是被人追问："去哪里？"我微笑，不肯作答，留点神秘感到下个星期吧。

　　每个人都觉得我应该去到更辉煌、站得更高的地方，尤其是我现在的这份头衔和品牌是这样风光无限。

　　让大家失望了，我要走出聚光灯了。

　　大家太过看好我，包括我亲近的人们，他们有点不能接受，频频问我："为何选择这个公司这个品牌？"在网上和店里找这个牌子，然后失望地说："为何价格卖不贵？"我最喜欢的前任老板也从美国打电话问我是否认准了这是 career progression。职业经理人真像架在马车上的头马，只能拉着大家飞奔前行，而不可稍作平移。

选择这个品牌这家公司并不只为脱离现在，更是为了一个跌宕起伏但也许短暂的未来。

这里拥有的一切，将如绮云散尽。

我深信，对每个人都要以真心以公平心对待。他们现在开始回报我，每个人都来我办公室坐一坐，问还能为我做什么。让清洁阿姨为我打包，她早已准备好了纸盒，然后担心纸盒被人拿走，这两天一天要过来几次看纸盒还在不在；司机说不懂得说感谢也无从感谢，只是拍着胸脯说在我明日告别宴醉倒后送我安全到家；财务部的人为结算我的账户一次次跑上跑下；办公室助理们将告别宴的名单和细节和我再三确认；人事部的女头领天天和我混做一堆，吃完饭还要与我喝第二轮的酒，我终于忍无可忍："难道要让我在走之前一直看你的脸看到厌恶吗？"……

是的，我比任何人更明白，这些以多年心血积累的感情和礼遇在这里是划句号了。

由衷喜欢将要管理的那个牌子。那样内敛的品牌，美好的产品，应该被更多人欣赏。普罗大众不知道它没有关系，暂时平庸的生意没有关系，就让我来一试，也许我永不能再创辉煌，但三年为期。

而且——荣耀总会过去，我们从容走下山路，最后孤独平淡告别人生。

再去看下《巴顿将军》的结尾吧：一个战无不胜为战争而生的将领，从马上下来，走在平缓的山丘上，迎着远处夕阳胜境，慢慢走远，消失在大家的视线中……

"一切都是命运，一切都是烟云"，北岛诗云。

(2009－08－04 21：12：02)

离　　歌

分类：原相

"黯然销魂者，唯别而已矣。"

都说江郎才尽，其实委屈江郎：已经写到离别，更有何情可超越？

"多情自古伤离别，更那堪冷落清秋节！今宵酒醒何处？杨柳岸晓风残月。"

也许会一时扼腕痛惜郁郁不得志的"黄金榜上，偶失龙头望"，终不及读雨霖铃更动人心扉：因为其离情恨意，无可排遣，无可比拟。

明日一场大活动，全班人马飞至南方。召集大家吃饭，酒足饭饱，我忽道："天下无不散之筵席。"大家茫然看我，似被弃孩童般张皇的白板面孔，有人喃喃道："老板为何这样说话？好深刻，我们不懂"。我不忍，叫结账。

晚饭后，到达现场，工人们在搭布景，模特在试身，agency 的人全体出动跑上跑下。我和得力干将们一处处察看，一一询问和嘱咐细节，唯恐有失。

无人知道这个活动竟是我的谢幕礼。

即使到了明日，也不可以宣布这个消息。我的职业精神早已超越个人情绪和一己私利，却仍被老板猜忌。上周五，在公司写很长的邮件给老板，他不是最佳领导人，也甚为凉薄。心情如同诸葛亮给阿斗写出师表，明知枉费心思，仍丹心一片，知无不言，只望他能识片言只字，善待我辛苦打拼的基业和我的团队。

明日模特谢幕的时候，会在心中和所有人告别：打天下同甘共苦多年的团队，从零开始至互相支持互相信任的客户们。

并无流水长席，十八相送。只选择匆匆转身，拂袖而去，不带云彩，不含愁绪，也不做 farewell。这两年我队伍里的人走，我都没有办 farewell，只照例一顿午餐，如报到的那天一样。并非无情，只是不禁伤感离别，以往每次送别，大家就在卡拉 OK 肩并肩抱着胳膊唱张学友的《朋友》，此情此景，实不忍重复。轮到我，也不必破这个例。

这样的离别，人生不可经历太多。十一年前，当我离开一份工作，我的队伍在后场哭成一堆，有人过来拉他们出去正常工作，唯有他的眼中没有泪水，这个人正是我悉心培养的接班人。——只有欣慰，并无半分难过。

这世界，少了谁地球会不转呢？只是往前走的走了，留下的留下了，以不同长短的时日消融离愁别绪，终而恢复平静。

他们也会明白和接受吧。多年来，我如一把大伞，为他们罩住风风雨雨，他们可希望赤足在雨中走一走？

山不动，我动；我动了，山就不用动了。

十年磨一剑，不只磨剑也凝石：在此我已如不能轻易被撼动的巨石，不如选择做愚公把自己移走。我一走，局势立刻明朗。

只是"谁能摹暂离之状，写永诀之情着乎？"又抑或如弘一法师临终颤手写下的"悲欣交集"？

在这一刻，午夜时分，独自在酒店，喝着啤酒，明明南方暑夜，却似漫天雨雪，无限伤感，只有天知地知我知和读这篇文章的你们知而已。

(2009－07－27 23：43：16)

119

我那些外企的老板们

分类：原相

有个晚上做梦，梦中在做预算，办公室熙熙攘攘全是人，数字对了又对，又老是对不上，deadline 已在眼前，急得扑来扑去的……突然醒来，一身冷汗，凝神一想，知道是个梦，才释然。

外企二十三年岁月，隔着岁月的老花镜：不戴花镜，镜像模糊；戴上花镜，清晰如昨。

存于世上为人，遇到的也无非是人。各色人等，在回忆里跳跃着来到身前，由着你细细端详。

一、A & S

我在外企中的老板们，绝大部分是男士，只有两位女老板，是很早时候我在奢侈品百货公司做总经理秘书然后管专卖店的那两年。

1994年，当总经理秘书的时候，有一位香港女老板S，虽我未曾正式汇报给她，因她是助理总经理级别，我也当她是老板了。这一位，几乎就是我们当时一帮小年轻的大姐大，长得实在不美，把各种鲜艳亮丽颜色堆在身上，如火凤凰，如锦鸡，对冲的颜色还相互呼应，比如戴橘色围巾，绿外套，袜子就是橘色绿色相间条纹的。她每天喝许多罐可乐，可乐成箱买了堆在办公室。我们那位成天穿着各种灰色Hugo Boss的总经理A对她的品味很嗤之以鼻，又排揎她把可乐当兴奋剂喝，我却很喜欢她。她在小办公室里放着音乐，点着香炉，带着我们一起读亦舒的书。每次她从香港给我带一本竖版精致的亦舒最新小说，我把书封面看了又看摸了又摸，觉得那是世界上最好的书籍装帧。我们的友谊，维持了好几年，即使早就不在一个公司。后来她要做一个敦煌临摹画的展览，我给她找了不少人，跑前跑后帮了她很多，她的要求极其琐碎，好似我仍是她的小跟班。我那时工作也忙，渐渐就有点应接不了。有次她打电话来，我一看那个号码，就说了句"好烦"，不想电话已经通了，她那边一定已经听到了，以后就疏远了。可是潜移默化地，我在之后的职业生涯中，不知不觉带上了

121

她那种趺扈的大姐大姿态。

那时候，成天和Ｓ公私不分地混在一起，我正经老板总经理Ａ，就很是介意，尤其他们俩还一直明争暗斗，我夹在中间，左右为难。

Ａ，是一位看着很体面的绅士，我喜欢看他开每周的例会，能够每次坐进会议室做会议记录，于我，是很幸福的事。他思维非常敏锐，看事物本质很准，指哪打哪，没有一句废话，也不给别人推脱的余地，效率奇高，但是想偷懒或者浑水摸鱼的人，不会喜欢他。

我最初应聘的时候，是"办公室主任"，在一个闹哄哄的人才交流会现场，看见一位气质女性，剪着清爽的短发，五官清秀。我越过人群，抢着把简历递到她面前，她竟然接了，远远地与我聊了几句。后来到公司面试，她游说我改任"总经理秘书"，并说这个职位和"办公室主任"同级，我懵懂地说"好吧"。

总经理Ａ中等个，偏瘦，偏黑，五官不出奇，端正面已。看到简历上写着我大学毕业24岁了，他脱口而出："那么老"。然后挑剔我胖，说我坐那儿挡住窗的光线了。但是不知道为何，他还是接受了。估计那位美丽的人事总监Ｗ女士对他颇有影响力。这种影响力持续着，一个月以后，Ａ不打算让我继续做下去，理由是"性格不合"。可能我毕竟木讷和倔强，不讨他人喜欢。

W女士对A讲:"什么性格不合?又不是找对象。你要换人,也不是马上换的了,我还得找人……"

听说A的情人就是前任秘书,他自是万般称心满意,结果大老板B勒令他们俩工作分开,女的去管专卖店,男的找新秘书。结果是我撞枪口了。那位前秘书,超短发,魅惑大眼,丰满而玲珑有致的身材,我和她——根本是两码事。有天,那位前秘书的手臂长了个肿胞,让我给她看看严不严重。看到她那胸脯涨扑扑地展示在我面前,我惊愕地下巴也掉下来了,她得意地说:"很多人都垂涎这个,对吧?"我逃出了洗手间,越发明白:我与她,斩钉截铁,就不是一类人。

当时只有破釜成舟了。别的不会,中文系毕业的,整理文件是小菜一碟。我把A办公室里乱糟糟的文件柜分门别类重新整理,贴上标签。各部门每天递上来的文件,A批了file,我就归档,并在电脑内编码录入,A需要找任何文件,我三下五除二就能找到,A觉得我颇有效率;各部门经理或者副总,要找A开会,我都会详细询问开会目的和需要的时间,然后按轻重缓急安排A出席,这样一来,他的时间管理明显优化,筛选掉了不重要紧急的事项,得以更从容花时间在与总部的沟通上。自此,他再未提过将我换掉的事情。W女士微笑。

A 真正把我当自己人，是经历了如下三件事后：

第一件：有天他惊闻母亲去世了，那么个威严的人，站在我面前，喃喃说："我妈妈没了"，眼圈通红，泪水如泉涌。我让他在办公桌前坐下，关起办公室的门，"一夫当关万夫莫开"，不让任何人进来找他。——那是他最脆弱的时候，安慰无用；在下属面前痛哭流涕，又如何保持一贯威严？

第二件：他和人事总监决定解聘一位主管行政保安部门副总的秘书，因她玩弄办公室政治。那位秘书要求与总经理面谈，A 特地叫了人事总监 W 女士进来，不想说了没几句，那彪悍女子一拳打在 A 脸上，A 的眼镜被击碎，眼部流血。W 女士拦住那秘书，我冲出去叫保安，不想保安早就被她收买，竟无人肯上来。我立刻冷静报警，又和 W 女士一起，把那秘书劝出来。

第三件：S 女士趁 A 回加国度假，召开了一个针对 A 的会议，在会议上历数 A 的管理失误，最有意思的是，她竟然让我去做会议记录。当然，每次管理层开会，我做记录是惯例，但是我毕竟是 A 的秘书，她也许以为我与她私交如此好，必定站在她一边。不想我如实做完会议记录，立刻打国际长途，那时加国凌晨，我让接电话的 A 夫人叫 A 起床："这件事情太重要，拜托您请他起床听电话。"同时我把会议记录原件传真到 A

家里。A 起床后，听了电话，立刻改写会议记录，让我即刻把修改过的会议记录传真总部。之后，大老板 B 女士听说了这件事，评论道："如果 Helen 没有及时通知 A，她就再也不适合当 A 的秘书，也算我看错了她。"

半年后，A 终于被其他管理人员逼到辞职。他找了份其他百货公司的总经理工作，问我是否愿意跟着他一起换到那边。

我问："是不是还是总经理秘书?"

他说："那当然。"

我继续问："您想过我可以担任其他职务吗?"

他有点吃惊，如实答："从未。"

我立刻决定留下静观其变。

胜利者 S 慵懒地坐在我的桌子前："你现在有两个选择，一是等新的总经理来，继续当秘书，二是跟着 A 走。"我点点头："看来好像是这样的。"

几天以后，大老板 B 女士的新红人 L 女士过来问我是否考虑换到门店做管理，我知道，等待了那么久的机会终于来了!

S 听到消息后，跑过来说："原来你想去做门店管理，我以为你就想一直当秘书呢，你明明是我们见过最好的秘书人才!"

我哈哈笑："谁说的，我想一辈子当秘书?"

她惊讶地说："我们那么接近，你都从未说过，我以为你安于现状。"

我微笑着看着她："这两年以来，我的每一分努力，都是在以行动告诉你们，我不想一直做秘书，这还用得着说出口吗？"

二、K 老板

我的新老板 L 女士成天顶着一头乌黑黑的乱发，到处告诉人她每天用橄榄油洗头。不觉得滋润，只显得脏。她喜欢越级，与门店的主管和领班混在一起，让我觉得匪夷所思，后来我发现她得以把我们专卖店的很多空余鞋盒子购物袋都拿回家了，终于明白有些人的底线就是那么 low，于是辞职加入了当时在中国最早的超级购物中心之一，成为 softline（服装鞋帽和婴儿用品部）的楼面经理。

从奢侈品百货，一下子到大卖场，的确落差有点大。不再领奢侈品牌的岗位津贴买特价顶级名牌衣服鞋子，我每天穿着大超市的工作服和帆布鞋跑上跑下，那件紫色的 T 恤颜色如冻坏了的茄子，换穿那件绿色的 T 恤，又如罩着腌过了头的咸菜。

回想那段日子，感觉像是打了鸡血似的。

我们的工作有三个部分：

一、翻译总部的规章条例。占了店长室满满一屋子的规章条例，就被我们几个人翻译出来，再按中国国情和营运特征做了修改。从此，我在制定规章制度、流程和步骤方面超有感觉。

二、筹备第一家大型超市。

三、招聘、培训和管理卖场员工。

第一家店在浦东，我住浦西，每天早上4点多起床，坐5点多班车，到现场参加6：30的巡店。晚上晚班人员来了之后，布置完工作后，坐大约11：30的最后一班公司班车回家。有时候，为了鼓励晚班员工，索性就留在卖场，累了就倚着货架上打个盹儿。

有一个早晨，店长带着大家开始巡店，我疲惫地从货架旁站起来跟着大队走，那时候我已经连续48小时没休息了。突然听到一个异常高亢的老外声音响起："Hi，Helen，why are you still here?"（为什么你还在这里？）

那是我们VP K，一个小小个子、总是面带微笑、精神抖擞的美国人。

我职业生涯中，最早接受的管理培训，就是K和另一位VP B给我们亲自做的，他们都来自Walmart。B大约有300斤，传说他有次站到秤上，秤也无所适从，拼命乱转数字，就是跳不出最终的体重数。B每天晚上等我们下班后，特意回来把我们办公桌上的杂物、文具和文件全部收掉，第二天，我们不得不到他那里去领我们的"失物"，并向他解释为何我们身为管理人员，连自己的桌子也整理不好。——很多年后，我在下属的经理房间里暴跳着让她立刻收拾房间，或者勒令坐在外面的员工把办公室通道腾出来，都是拜B的教育所赐。

K热衷于随时随地教育我们。当我们急匆匆地从自己的部门经过其他部门时，他会冲过来把我们叫住，问我们其他部门的情况。只要我们回答说："不知道，那不是我们的部门"，他就会严肃地教育我们："在卖场里，每件事情你都要关注，知道为何设置，知道怎样操作，因为你们每天遇到的顾客，不会知道你是哪个部门的。"——多年后，我讲领导力课程中的关注圈和影响圈，脑海中总是跳出K的影子。

K非常认可我，也不知道为何，也许我真的很拼。当他发现我连续工作48小时，疲惫到站也站不住的时候，让我离开卖场："Go back home，Now! I don't want to see you here today（现在就回家，今天我不想再看到你了)!"他让他的司机开了他的沃尔沃车送我回家，后来同事问我："多幸运，那是沃尔沃车啊，你觉得怎样？"那是 1996 年，很多人都没有见过沃尔沃车，我坐了也不知道这车怎样，因为我一上车就倒在椅子上睡着了。

我尚有机会，第二次坐了他的沃尔沃车。有天我告诉他，商品部的人要找我开会，估计是要找我们营运部的人麻烦。他说："那我和你一起去"。坐着他的沃尔沃，我们到了总部开会。我先进去，会议室黑压压全是商品部的人，看来他们打算以人海战术拿下我。突然他们安静下来，看到 K 踱步进来，站在会场最后面，双手交叉抱在胸前，一言不发。那样已胜过千言万语，我顺利地开了个团结而有效率的跨部门会议。

K 每天喷着浓烈香水招摇过市，我看到他就叹气："西装很好，鞋子很好，就是这个香水么……"他跳起来打我，我跑。

有次我在看报表，闻到那熟悉的香水味儿，知道 K 来了，他神秘地让我跟着他到办公室。办公室墙上贴着组织架构图，他指着被泰国人占据的位子对我说："你，将会坐在那里，我需要可以带着团队克服重重困难，想尽办法解决问题的经理，你就应该升到那里。但是，你要给我时间。"

我没有等到那个时候，已经快累死了，连续发高烧，直到昏倒在会场里。我提出辞职以后的第二天，正在卖场和员工说话，突然听到广播："Helen，请到店长室。"我跑到店长室，看到 K 和他的老板 EVP 站在那里给我鞠躬："Helen，please，stay with us. Give us a chance to support you，please!（请留下来和我们在一起，给我们机会来支持你)!"我不知所措地站在那里——从未有人，以这样的方式来肯定我。我只得说："Yes，I will stay（好的，我留下)。"

又过了一段时间，我和我的下属经理为一位坚持要陈列在空中的裙子的顾客，千辛万苦开了大扶梯过来，爬上天花板位置取下了那条裙子。那是压死骆驼的最后一根稻草，我瘫坐地上，看着我脏兮兮的跑鞋，皱巴巴的"咸菜"衣服，知道是该离开的时候了。

K 听到消息，扑过来打算掐死我，我绕着货架躲来躲去。他止住了脚步，站在货架那边说："你知道，人生最大的遗憾是什么，你喜欢的人总要离去，而你不喜欢的，永远在你身边不离不弃。"我从未见过，像他这样乐呵呵的人，眼中会有如许深重的悲哀。

三、J 老板

收到那著名的 L 公司的录取通知电话时，我正在洗脚，一激动，把脚盆打翻了。那时，我手里还有国外某某大学 MBA 录取通知书，但是这份通知书突然就没有意义了，因为我知道，即使我读了 MBA，也未必能进入很多职场人梦寐以求的 L 公司。

我的直接老板 J，是我们那个行业里的超级外企中，那个级别最年轻的人，而且是唯一的本土经理人。他面试我的时候，把手上的结婚戒指拿下来当滚筒，在办公桌上玩来玩去，然后又对着自己的鞋底端详了很久，用他那轻松到几乎是漫不经心的声音问："我还有什么该问的问题没问吗？"我张大了嘴，无言以对。他于是开心地站了起来说："那就意味着，我都问完了。"我以为没戏了，沮丧地走出他的办公室，走了几步，突然听到有人在我身后高声说："Hi，Helen，希望你尽快搞定人事部那帮家伙，来这里上班，能多快就多快！"

但是我等了足足半年，渐渐失去耐心，打算索性去国外深造。

当我终于能向 J 报到的时候，他看来蛮高兴又见到我。他背着手，佝偻着大高个子，在一层层办公室里转，给我引荐每一位他觉得需要打个招呼的人。在楼梯间，他哼着歌，迈着大长腿两三个阶梯一蹦，摇头晃脑，得意洋洋的。我很荣幸，能成为外企本土职业经理人标杆的下属。

过了一段时间，觉得不大对，因为 J 老板从来不找

131

我，好像我不存在。我跑到他办公室，问整个身子都被堆积如山的文件遮住的J老板："你需要我做什么？"他像是听到了天方夜谭："工作不是你自己找了做吗，还需要我告诉你？"

我只得到处告诉那些同事们，我是谁，是干嘛的，需不需要我的帮助。可惜我的这个职位，是新加的，谁都不知道我得负责什么。

有天，我听说，J老板的名言是："把我的人扔海里，游出来了的就是我的人，淹死了拉倒"。晚上，我做了个噩梦湮没在海里。醒来一头汗，在黑暗中立下誓言："我不能把自己埋没下去。"

于是我又跑到J的办公室。他有个好处，没什么老板谱儿，谁想找他，进去就可以。他从文件堆里伸出头来，圆圆的脸上带着童真的笑容。我开始劝说他，让我启动一个项目，为所有门店做一个管理手册，包括所有的流程和规范。他鼓着圆圆的腮帮子，脑袋摇得跟拨浪鼓似的："我们是L公司，我们都是插着浪漫翅膀飞在空中的诗人，不需要任何鸡毛蒜皮的束缚。"

我决定自己先做起来再说，因为这是值得做的事：公司销售网络急剧扩张，必须有一套标准化的管理体制，否则一线销售会乱了套，而他们是面对消费者最近的一拨人。过了段日子，J老板破天荒跳到我面前大声命令："你，现在就去搞那个系统，不行了不行了，牛鬼蛇神都出来了!"终于，我找到自己的价值。

那段时光过得很快。L公司，女性占了95%，她们不是带着妖气，就是带着仙气，每天要么披披挂挂围巾链子流苏什么的，要么光溜溜肩膀上就是两根吊带，或者索性啥也没有。有位喜欢用手指蘸唾沫看文件或者卷自己长长鬓角的葡萄牙籍老板，与女同事谈工作，一高兴拍了一下她的肩膀，突然发现大冬天她的肩膀光溜溜的，大叫道："Hey, you have nothing here（哇，你这里什么都没穿）!"那女同事回头一看，发现老板那老是蘸唾沫的手指，已经触及自己香肩，顿时恶心坏了。

我属于为数不多，看起来中性的人物，很快就和兄弟姐妹们勾肩搭背混得很熟。也没法混不熟，每天超长工作时间，和同事们一起吃三顿饭，午餐、晚餐和夜宵。晚上下班，出租车在我们大厦门前排一溜儿，排在后面的司机探出头来问我们："你们L公司的人都出来了吗？销售的都出来了？那个财务呢？"

后来有人说财务部复印机那里，半夜以后会有一个只有头和肩膀的鬼影出现，于是，每到晚上十二点，像辛格瑞拉一样，女人们咿咿呀呀连蹦带滚地离开办公室。人事总监E，摇着头叹息："你们这帮女人，心术不正，才会遇到鬼。"那天晚上，他在办公室加班到半夜，站在阳台上喘口气，突然，阳台门吱呀呀关了……

同事们老是混在一起，中午的时候也聚在一起 AA 吃圆桌菜。比菜更香的是笑话，尤其是那种带点颜色的笑话。部门内部笑话都听了一遍，就去和其他部门吃饭，批发一些新鲜笑话，再传播回本部门。J 老板，基本就是大家说笑话的靶子，任意一个故事，都会被编排成："想象一下，如果是 J……"。J 好脾气地接受着大家别样的爱戴。——我离开 L 公司最大的遗憾是，哪里去更新我的笑话库呢？

我经常往他的办公室扔我的方案，等很久没有回音，去找他追问，他奋力从一摞摞的文件里，异常准确地找到我那个报告，扬着那张充满童趣的笑脸："哈哈，我没时间看，给你三分钟，告诉我，你想干吗？"就此学会出了用最精炼的语言打动最没有耐性的老板，副作用是，我以后对我的销售经理们的最大耐心，不多不少也只有三分钟。——听我说完了想法，他把那份报告顺手一扔，叫道："go go go，do it now，don't wait（走走走，快去做，别等了）!"我飞出门。

销售部和市场部吵架是永恒的主题，他把我们像狗一样放出去咬人，声明："吵不赢，别回来。"我们吵胜了，班师回部门，他站在办公室门口笑得很慈祥。他去巡市场，做了一堆口头承诺，回来后羞赧地来找我：

"我已经答应销售们了，怎么办？你快去写个申请，交人事批。"我只得写了，先给 J 看，他扔我的文件，大吼："你能不能写点儿人话？老用那些英文 big word？"改完了送人事总监 E 批，他怒极："你们的 J，让他不要下去市场就胡乱答应人，这公司还有没有王法了？"我像小媳妇一样站在他面前挨骂，他骂完了，我还是坚持让他签。他逃到洗手间，我站门口等，E 从洗手间出来，哭笑不得地看着我："有时候，我看你真的很可怜。"是可怜，谁让我摊上那样一个老板？

L 公司像当时很多外企一样，中国市场在得到最多关注和投入的同时，也接受了最多的压力。全球 CEO 来中国开 Town hall meeting（全体员工会议），我们中国区的大老板，那么个不可一世的人，不得不低着头面对着 CEO 半真半假的质疑："每次来中国，我都带着好多钱，什么时候能让我也带点儿钱回去？"

全球和 Asia Zone 的大老板访问中国的次数之多，让中国团队应接不暇，每年几乎要花几个月时间准备大老板来视察开会时用的 PPT。那是 2000 年左右，大家还使用那种叫 transparency 的胶片，把 PPT 打印到胶片上，然后用幻灯机放出来。胶片没法修改，PPT 一旦修改就得重新打印，打印机前面的纸篓里堆满了废掉了 transparency。我们没日没夜修改 PPT、印胶片，到后来已经累得精神恍惚了。这个时候，J还总是突然跳出来，兴奋地睁大了眼睛，用手指着他的脑袋："Hey，girls，I have a great idea！"那个时候，我们真有掐死他的心——他的好主意，意味着我们得从头至尾修改一遍PPT。

大老板们来了，在一个大会议室坐成一个panel，我们一个个分别被提溜进去过堂。J把我们一个个送进会议室，他在门口等着。我捧着一大叠贴了无数标签的transparency走进会议室，幻灯片的光照得我无处遁形。前面有好几位同事过堂出来，有人脸色惨白，有人似笑非笑，有人直接就不见了。我颤抖着开始讲我的PPT，一张张按次序把transparency放上去，老板们很心急，不停追问我还没有陈述到的内容。我突然就踏实下来了，凡人能想到的问题，我都想到了，即使我想不到，J也一定想到了，正式的PPT以外，我还准备了一大堆备用内容的胶片，"兵来将挡"，我还用害怕什么？于是我"严厉"地回复大老板们："耐心一点，我很快就会谈到这个问题的。"十几分钟以后，我"活着"出了会议室，J站在门口，给我大大的拥抱。全部陈述结束后，J带着我们这些"幸存"的同伴们，呼啸着出去聚餐庆祝胜利。经历了L公司的"生死考验"之后，加入再大的公司，我也不再害怕在全球大老板面前做陈述，甚至能够做到一手插裤兜里，嘻笑怒骂插科打诨。

　　就是那样一个老板，行业公认的商业天才，带着我们创出了一个又一个奇迹，从一个胜利走向又一个胜利！直到今天，我仍以自己曾是 J 团队的成员而感到无比自豪。

　　那样堂皇的宴席，也有散的时候。有次 J 告诉我，我是他的直接下属排名在前三的人。当时真高兴坏了，和 E 聊天的时候，说到了这个。E 睁大了眼睛："J 逗你呢，你哪里轮得上他的前三？"这也许是句大实话，但是当时的确很伤——K 们好不容易培养起来的我的骄傲，折载在人才济济璀璨一时的 L 公司里。这个事实，在我试图和猎头接洽的时候，又得到了验证。有个猎头翻着我的简历实话实说："你在进 L 公司以前，就没干过像样的公司，J 凭什么会录用你呢？"又是一万点的伤害啊。就此明白，外企也是分档次的，香港的，台湾的，东南亚的，我们都当是街坊邻居开的杂货铺，只有世界上排名前列的洋人公司，在那个时代骄傲的外企人里心目中，才算是高门大户。从此以后，我再没有加入过全球排名第二的公司，L 是那个行业全球第一，之后我服务的公司，都是各自行业里当之无愧的全球第一。

四、Momo

离开 L 公司，我去了一个民营企业担任销售和市场总监，除了财务和人事都管了，咬着牙齿苦干，成绩彪炳，深受老板认可，就是企业文化适应不了，员工素质基础较弱，而且是在深圳。于是思乡心切的我，辞职回到了上海。这才想起来向 J 辞职的时候，他说的一句话："当你在我们公司时，不会觉得自己其实要什么有什么，当你去到一个民营企业，才能明白你背后再也没有强大的资源支撑，只有你自己孤军奋战。"

接下来，进入两百多年历史的化工巨头 D 公司，我花了差不多半年的时间，经历了一轮又一轮的面试，越到后面，越相信自己是这个职位的不二人选。

最后一轮，见我直接老板美国人 P，他长得颇为典雅，虽然我之后听说，为了和别的部门争市场预算，他曾经抢起椅子和人打。不管怎样，我当时加入 D 公司的热情顿时高涨。幸亏我面试之前的准备工作相当充分，通过查网上资料，理清了业务模式，用电脑画了个从制造到消费者的价值链图，标注了每个重要环节。当我把这张图亮出来后，P 几乎被感动了，诚恳问我："我可以不可以保留这一张图？因为你做的功课实在太棒了！"

结束面试的时候，他说："我们公司的文化，就是安全、尊重、谦虚，最不能容忍的就是经理们对下属严厉。"也许他一眼就看出来，我是个 tough、aggressive（强硬和野心很大的）的管理者。

入职之后，我才领略到一个公司的文化，能如此穿透到每一位员工的心里。和同事一块坐车，即使坐在后座，也会有人立刻提醒系好安全带；在厂区走路，必须沿着行走通道也就是黄线内，一旦走出一步，就有人出来干涉；上下楼梯的时候，必须扶着扶手；开会之前，先在投影里播放紧急通道图示，有时间就带所有人演习走一次逃生路线。

同样，他们对员工也宽容到极致。从 L 公司那样竞争激烈，你死我活的修罗场，切换到 D 公司田园牧歌似的工作氛围，刚开始的时候真浑身难受，尤其受不了那种慢悠悠，几个月都没工作进度的节奏。但是同事们个人素质上佳，和善体贴，不像我刚加入 L 公司那会儿，同事们各忙各的没人搭理我，D 公司的同事们，会耐心陪着我这个新人，长时间地聊公司里各种掌故，还亲切地说："不用急，慢慢来。有什么事不明白，找我再聊啊。"

招我进来的 P 老板，忽然就调回美国总部了。我的新老板是个韩国人，像很多韩国人一样姓 KIM。他总是带着谦和、稍微害羞的样子，非常绅士风度，当我大喇喇坐在办公室里让助理倒茶给客人的时候，他从隔壁房间出来，亲自倒好茶双手递给我的客人。有次，他从办公室里费力地擎出两张镶着镜框的巨幅照片，指着其中一张他自己的照片说："你看，我长得又老又丑。"又高举另一张照片："这是另外一个部门的韩国老板 S，他有一张开麦拉面孔，你看多帅啊!"我愣在那里，都不知道怎么接话。

在业务上，他不怎么帮忙，我的 PPT 和邮件内容，他没啥意见，就是注意标点符号和文法。比如骄傲的我，总按中国人的思维，写：I and…他指出："必须写... and I，即便是说一条狗，狗也要先说，自我放在后面。"

一旦我略有成绩，他逢人就对我大加吹捧，好像我是多了不起的人物似的，即使像我那么自大的人，都觉得有点不好意思。入职的时候，我才发现 D 公司层级有 17 级，每个层级中间还分个半级，也就是总共 34 级。入职后，发现自己的职级很低，工资也很低，与我前一份民企工作薪水差了很多，而且我们部门的客户名单只有九个，打电话过去，一半是查无此人，但是我一言不发，埋头苦干。过了不出两个月，公司就发了 announcement，给我了升了半级，这其中自然少不了 Kim 对我的吹捧。

过了大半年，又从美国空降了一名直接老板过来，他就是 MOMO，一个巴西与德国混血的美国人。MOMO 在办公室见我，问："你是负责那个区域的?"我说："是我这个部门业务的全国呀。"他有点不置信地看着我："啊，是全国啊?"他当然知道，比巴西面积都要大的中国该是多么辽阔，而我是个女子。在 D 公司女性比例低于 20％，而且位子普遍都不高。有次大老板看见我抽烟，惊讶地和别人说："她，竟然抽烟!"

MOMO 又瘦又高，严肃、认真、一丝不苟，德国血统那一面的特征明显。他花了很长时间了解、分析，继而和我们一起思辨业务模式以及所有的执行细节。他的思维极其缜密，我们与他们搞脑子日子久了，就练出了非常结构性的思维模式，这简直是我一生的财富，所有散漫的现象和数据，都能被我整合成一套可以提升到战略层面，也可以贯彻到执行层面的思维体系。渐渐，我们喜欢上了和 MOMO 一起开会，有事没事，也要坐到他面前去聊两句，练练脑子。

但是他对细节的控制，实在令人发指。有次，他召集我们这几个经理一起开会，详细询问客户拜访的周期、目的和跟进内容，然后把客户分成不同类别，把销售人员分成不同级别，规定每个人与每个类别的客户打

141

电话、书面邮件联系、面对面拜访的周期，形成了非常德国式的框架。我被激怒了，因为我自认执行力很强，对于团队的督促管理已经达到非常高的标准，而 B2B 销售的过程，不是通过程序化的规章流程就可以达成的。他之所以规定到那么细节且死板，无非就是不信任我们这个层面的中级管理人员。于是我站起来大放厥词："我是一名经理，不需要你教育怎么做这样细节的管理，如果你不信任我们，可以除掉我们!"我滔滔不绝说了整整半个小时，把我这段时间受够了德国式管教的愤懑一股脑喷了出来——MOMO 会一个个字修改我们给市场调研公司的 brief（项目要求），MOMO 会跑到商场里一件件商品清点我们报上去的销售成绩……我讲话的时候，与我同级的经理全愣了，张皇地看着我，又看看 MOMO。MOMO 双手捂住脸，但掩饰不住他的脸由红到白，嘴唇都开始发抖。我说够了，一甩袖子，很豪气地离开了会议室。

　　一出会议室，我就后悔了。浑浑噩噩晃了半天，到了晚上，发了个短信给 MOMO："I'm sorry!"没想到，MOMO 立刻回了："Keep doing like this，otherwise，you're not Helen!"（继续这样做，否则你就不是 Helen 了）——我感动得快哭了，因为他的宽容，他的智慧，他的信任……这条短信，我在 blackberry 里保留了好几年，一直不舍得删除。

从此以后，我理解了他对结果的在意，努力阶段性告知进展，并尽可能量化。我把 L 公司热血澎湃的激情，超级购物中心铁一样的纪律，我与生俱来风一样的速度贯彻到每个执行层面；他也理解了我需要的管理空间，开始放手让我去承担、去组织、去收获。直到有一天，他评价道："Helen, you can implement any strategy in the world"（你可以执行世界上任何的策略）。全球总部给我颁了个"最快行动领导人"的奖杯。我同级的那位经理后来告诉我，MOMO 和他讲："当我们还在反反复复讨论策略每个细节的时候，Helen 已经跑在路上了。策略她并不是不想，但是但凡想清楚了，她就会马上执行到位。这一点，你要向她学习。"

很长一段时间，我没有办公室，坐在外面。那一年我 30 岁生日，坐在我的 cubical（屏风区域）里哭。MOMO 过来看见了，不知所措地站在我旁边，不停问："为什么哭，有什么可以帮你吗？"我抹着眼泪："我今天 30 岁了，一事无成，至今还坐在 cubical 里"。他无言以对，拿了纸巾给我，站在我身边沉默地陪伴了好一会儿。

MOMO 统辖四个业务部门和一个推广部，各有一位负责人，我是所有人中进公司最晚的一个。几个月以后，他把每两个业务部门合并成一个，由我和另外一位男同事，分别负责。这样，MOMO 的三位直接下属，都有办公室了。MOMO 后来告诉我："当时我已经决定扩大你的管理范围，但是最终的任命总部还没有批下来。看着你哭，我很难过，但是那个时候我不能提前告诉你什么，因为这样做不够专业。但是现在，你可以自豪，你并非一事无成。"相比于多年前，K 老板在未得到批复新任命的时候，提前向我透露了消息，却始终无法达成承诺，MOMO 这样的方式是否更妥当一些呢？对于每一位积极进取的职业经理而言，等待的滋味不好过，但是空白承诺更消磨人的意志。

我母亲对我有个总结："我的女儿，不在乎利，不在乎名，只要权。"

D 公司我们这个业务板块，被美国最大的私营企业收购，成为全资子公司。为了稳定管理层，D 公司和新的东家，都做了极大的努力。MOMO 向我宣布了一个好消息：我的基本工资涨了 78%，获得一笔分三年支付的特别奖金，并且可以参与到高级管理人员的分红项目中。而 D 公司当年为我们存的一笔退休金，也会逐年累积。

我很冷静，并不雀跃——我的职业目标，跨过人群，投在更高更远的地方，当前的工资福利，都不在

144

话下。

　　MOMO 之后被 CEO 调回美国总部，围绕着他的继任者，公司高层推敲再三，他们甚至为 MOMO 的三位直接下属分别做了评估。过了很多年才知道，我的得分位于第二，得分第一的那位是管品牌推广叫莎莎的大美女，她自己后来告诉我，MOMO 找她谈了，但是她不愿意领导我们，尤其不想来领导我。而我当时，对此一无所知，仍悄悄盼望着某个好消息。一直到 MOMO 参加我们的 annual dinner 准备回美国的时候，还没有任何消息。也就是在年会的当中，MOMO 通知我们：会有一名新的老板，是从其他行业招聘过来，希望我们努力配合他工作。

　　MOMO 那段时间充分展现了他巴西的一面，聚会中捧着啤酒瓶坐在地上摇头晃脑——原来这是他藏在"德国"血统下的另一面：奔放的"巴西"！那一年 annual dinner（年会），满座衣冠锦绣，欢歌燕舞，领导人们扮成十二生肖供大家驱使取乐，而我独憔悴，连展一个笑容都勉强。MOMO 发现不对劲，连连问我为何不开心。智慧如他，又怎能不知我心中勃勃野心，和未能得偿所愿的强烈失落？

　　还有一个插曲：我在一年多前，发现部门之间的管理流程、职责边界不清晰，花了两周时间重新梳理了一套文件，发给了 MOMO，但是如石沉大海。过了一年多，也就是 MOMO 离开中国的前夕，他转发了我这封邮件给我们三个人，并称这样的流程非常值得推行。——我看到这封邮件，百感交加。我们可以用很多方式来揣测或者判断人性复杂，这个例子可以作为练习题。

MOMO 和我们一起吃了顿他热爱的水煮鱼后走了。我们一直保持邮件沟通，他还飞洋过海回来过两次，每次必定在同一家餐厅吃水煮鱼，吃的时候，围着白色的餐巾，嘴角挂着辣油，呼呼叫"太爽"。不过那时候，他已经辞职离开了公司。当年我们 CEO 调他回美国的意图到底是什么，至今是个谜。

我后来离开 D 公司，找了 MOMO 做 reference check（证明人），他高兴地回邮件说："I'm so happy having the chance to tell how good you're."（我太高兴有机会告诉别人你有多好），我也为 MOMO 做过 reference check，当他应聘一家美国本土公司 CEO 的时候——这是后话。

没有了 MOMO 的我们很失落，上哪儿去找这样一个仁厚耐心而又充满智慧的人唠唠叨叨说心里话呢？他走前的那一个月，我们三个直接下属走马灯地坐进他的办公室谈心，一谈很久，赖着不走。MOMO 以前的办公室，就在前台后面，而且是经过这一层洗手间的必经之路（备注：这是他自己选的办公室，办公室外面人来人往，整天喧闹不停）。他有次很好奇地问我们："为什么隔壁部门的那两个女孩子，每天总要手拉手一起去洗手间"？他接着说："每次她们手挽手过来，我就在心里说'see，they are coming.'"（瞧，她们又来了）。他搞不懂，如果其中一个女孩子出差或休假了，另一个就整天不上洗手间了？可惜，一直到他走，他都没弄明白为什么，就像我们搞不懂为啥他会选这样的"风水"位子办公室。

那个风水位子办公室，终于有人坐进来了。我们三个人，第一次坐进新老板办公室和他开会，他看着大喇喇坐在他面前的三个人，突然涨红了脸，一句话都说不出。我们三人憋着笑，出来后，笑倒在地上。莎莎嗤笑："他哪里降得住我们这样三个人！"

这位老板始终没有弄明白我们的业务模式，尽管我本着下属职责，一次又一次耐心向他讲解。莎莎有一次，看见我又在新老板房间里，唠唠叨叨给他上基础"培训课"，一把将我拉出办公室，拽到她的办公室坐下，她道："这样一个人，有必要花那么多时间教他吗？"我傻傻地说："但是，他是我们的老板。"她大笑，看我好似看另一个傻子。

没过了多久，莎莎辞职去往更广阔的天地。大家评论我们俩，她外柔内刚，而我外刚内柔，始终是我吃点亏。她曾经向 MOMO 请假一年去美国生孩子，MOMO 批准了，她也在不多不少刚好一年的时候回归。MOMO 走了，就不受羁绊了。

又过了一段时间，那位管其他两个部门的男同事也辞职了。于是，顺理成章，我管了我们这部门所有的业务，也继续忠心耿耿地为我的新老板准备和大老板们开会时用的 PPT。我们这个 BU 的全球 CEO F 来中国视察，照例要开会。我事无巨细准备了所有的资料，又和新老板当面过了一遍所有的内容，告诉他那些数字是怎么出来的，哪些数字比较重要。他点头好似挺明白。开会的时候，他把所有数字搞混了，F，那个强壮的意大利美国人，气红了脸在他面前嚷嚷，我站起来为老板解释。F 笑着对我说："你坐下，不用讲了，我知道你都懂。"

后来，F 让 EVP（全球资深副总裁）召集我的新老板和我一起去香港开会。我这次的准备工作，比上一次更细致，但什么都没有和我的老板说，他竟然什么也不问，糊里糊涂地去开会了。他是位绅士，人很好。我们在欧洲一起出差的时候租了车，他稳稳地开着车，我在车上放心地打瞌睡。而在业务上，我全神贯注地把着方向盘，而他总是不合时宜地"睡着了"。

EVP让我们在会议室坐下，问我老板准备讨论什么。他展示了几页PPT（竟然也有所准备，还没有告诉我，哈哈），但是并无例外的，那几页内容质量很差。我于是说："其实我们还准备了些内容。"——等待了那么久，在熙熙攘攘的办公室里，在颠来倒去的出差路上，在明晃晃光灿灿的舞榭歌台，在伸手不见五指职业天花板下的黑暗中，我摸索着走了太长的路，就是等待这样的时刻！那一刻，我突然想用MOMO特有的腔调，对着大洋彼岸的他，拖长了声音，说一句："see，it comes"（瞧，机会来了）。

这次不用我等太久。至关重要的香港会议之后的一个星期，EVP给我打电话："告诉你一个真实的故事：前几天，F和我在讨论今年各位重要经理的加薪幅度，谈到你的时候，F说：'Why not give Helen a new title？'是的，我们做了决定，让你的老板离开，由你来坐这个极其重要的位子，我们确信，你当之无愧。"当任命正式向全球发布，我的邮箱里一下子涌进了无数从全世界各地发来的邮件，每位同事都写了这句话"You deserved"（你当之无愧）。这家古老、保守，甚至对女性过于尊重到几乎轻视的大型跨国企业，头一次把这个从来由expatiate（外籍人）来占据的位子，给了一位女

149

性，而且是本土职业经理人。我给 MOMO 写邮件，他的回复，毫无例外的，也有这么一句"你当之无愧"。

五、D 公司的全球大老板们

我成为了向全球 GLT（global leadership team 全球最高管理层）直接汇报的地区级领导人，并且担任 Global Marketing leadership team member（全球市场营销管理层成员），经常出国开会旅行。

这次我的直接老板，就是那位 EVP（全球资深副总裁）。他是英国人，被誉为整个公司最聪明的人之一。我与他处得不错，他聪明，我也不傻，而且还比较愿意做决定。我与他通常的讨论方式是：当他以 analytical（分析型）人才特有的方式，列举所有细枝末节的业务可能性、利与弊、盈利与损失，在三四个不同的业务模式面前摇摆不定时，我就说，建议我们选择方案二吧，因为方案二有这样那样的好处。于是，他就万般愉快地拍板决定了。他从未否决过我任何方案，这是非常大的信赖。我有时想给予成绩突出的员工特殊奖励，他马上批准，并且按我的请求，亲自给那位员工写感谢信。

后来，我的直接老板又换成了一位从食品行业过来的美男子 V，他也是 Global EVP（全球资深副总裁），按照 CEO F 的命令，考虑到亚洲市场的重要性，一半时间呆在亚洲总部上海，一半时间呆在全球市场营销总部日内瓦。我和 V 处得一般，因为我也花了很多时间给他解释我们的生意模式，他比 MOMO 的后一任聪明，但带着法国人特有的高傲——职业生涯头一次，进我老板的办公室需要事先预约。他几乎每个季度都要召集一次全球地区领导人会议，我们千里迢迢赶过去，就是为了帮他粉饰述职 PPT，我和一位管南美的同事气得要命，因为就我们俩最远。他对 PPT 的每个标点符号、字体大小，颜色，都斟酌再三，但是对于生意模式始终不求甚解。我当时只能批 50 万美金项目，有时需要他审批大的市场投入，他始终拖拖拉拉没回复，托词是："今天回复，和过几天回复，有区别吗？"恨得人牙痒痒，谁都知道市场机会转瞬即逝。

我们的 CEO F，是所有人或者恐惧，或者憎恶的人，反正大部分人都对他怀着强烈的感情，但都不是正面的。我喜欢他，就像他喜欢我。我们中国公司的法人代表 G 先生，本土杰出经理人的代表，他评论："Helen is F's favorite"（Helen 是 F 最喜欢的）。我也不明白为何，就像当年 K 那样欣赏我，我也不知缘由。不过，F 对我和颜悦色，却朝着其他领导人大吼大叫，把他们逼到墙角，用锋利的语言刺出无数伤口，嘿嘿狞笑。

每次 F 来中国，大家会有很长一段时间活在忐忑不安中。他坐镇在大会议室里，所有高层管理者等在门口，一个个被叫进去做陈述。我在门外嘻嘻哈哈若无其事地和人开玩笑，看着除了稳如泰山的 G 以外，都噤若寒蝉的一帮人，不明白他们到底怕什么。

我进去的时候，发现 V 也在里面，F 坐在我们俩对面。我开始做陈述，V 听着。我的内容，F 都没有异议，讲了一半，突然发现 V 坐在我旁边，因为太过无聊，往后靠着，摇着椅子，一不小心失了重心，从椅子上栽了下来。真是佩服自己如此敏捷，我一边毫不停顿继续做汇报，一边伸手把我那位快滚到地上身高近 190 公分的帅哥老板捞了起来。F 哈哈狂笑，笑出了眼泪，之后他逢人就说："Helen 用她的铁臂，救了她老板的命。"

当我快要讲完的时候，F 开始整理文件往外走，这个鬼老外，实在太狡猾了，知道我接下来一定会谈员工薪水奖金的事情，赶紧溜之大吉。果然，他声称要上洗手间，一溜烟跑了。过了那么多年，我实在做不到像在 L 公司那样，追讨人力资源总监的签名追到厕所外。其实在准备陈述的时候，我的确想过先说员工薪酬的那一部分，但是如果是这样，F会不会当场给我没脸，连我的业务计划都否决呢？

有段时间，我和他颇有争执，他一直希望我们彻底改变盈利模式，以一种全新的孤注一掷的方式，在很短的时间内用品牌价值获取最多现金，因为传统的业务模式，随着产品、品牌的日益成熟，将逐步商品化，失去我们丰厚的溢价空间。我用了很多调研数据，做了各种状况下的模拟，试图证明他的方法，会让我们"死"得很快。每次他提及这个主题，我不断论证他的方法行不通。谢天谢地，他没有强求，虽然最后告诫我："你可以不用我的方式，但是你有责任回答我的疑问，或者用其他方式，消除我巨大的隐忧"。我们想了一些其他替代方式，他接受了，虽然不那么情愿，也因此没有让我成为毁掉品牌业务的罪人。

F后来离职的原因很奇特，董事会发现他每周坐公司的直升飞机去纽约看女朋友，就在他创造了全球最佳业绩那一年的最后一天解雇了他，剥夺了他获得丰厚年终奖的机会。不知道别人怎么想，我始终认为，刻薄坏脾气的他，比他的继任者要实干太多了。

F的继任者D，我们的新CEO，对我不感冒，虽然他保持着礼貌，没有刻意表现出这一点。也许他不喜欢F，也就顺带不喜欢F欣赏提拔的人，也许因为我是本土女经理人。而我对全球领导人的期待是，他们或者特别敬业，或者有卓越的洞见。很遗憾，D 两项都沾不上。D 每次见我，几乎不谈业务，我们的谈论话题，基本可以概括成以下几类：

1. D："你喜欢钓鱼吗？"我："……"

2. D："很奇怪，很多人每天都要抹香水。"我："奇怪，我每天都要抹香水。"

3. D："你知道哪个牌子的拉杆箱轮子比较结实吗？我的旧箱子轮子坏了。"我："……"

4. D："你跟我妹妹很像，都不想结婚。我为她着急。"我："谁说我不想结婚？"

就是这样，我突然发现我和我的直接上级 V，和上级的上级 D，都处得一般，而我的后面，还有我的团队巴巴看着我。

还好有 DD，他是 D 的老板。在外企工作的最大好处是，每位老板上面还有老板，而且他们经常被换。而在民企，就没有一朝天子一朝臣的道理，老板就一个，他不喜欢你，你就完蛋了，因为他是创始人，也不想有接班人，以为能万古长存……

DD 经常来中国，把所有高管召集起来在工厂开会，然后去集体晚餐。我们不用一个个过堂，所有人挤在一个会议室里，一个个轮着陈述。我讲的时候，很轻松，时不时开个玩笑，逗逗大家，DD 尤其笑得咯咯的。他很帅，头发略少，不过还没影响颜值。他比 D 年轻，是全球总部的一颗璀璨之星。我讲完了，转身就走，不想多啰嗦，后来我听说，我的一些同级们，尤其香港那两位，硬是挤上了 DD 的专车，从工厂到市区的路上，拉着老板聊了一路。

我从会议室走出来，向停车场走去，听到有人在背后高声叫我的名字："Helen, see you!"我回头一看，原来是 DD，他特地跑出会议室，把会议室一大堆人晾在那里，就为了和我说声再见。远远的，一个高高瘦瘦的身影，站在底楼的门廊那里，向我不停挥手，风吹着他白衬衫的袖子鼓起来，我想我在那一刻，几乎是爱他的。

DD 开 Town Hall（全体员工会议）的时候，我坐在一个角落里，把长发拨过来盖着脸，和我的一位推广经理说莫名其妙的笑话，两个正笑得抽风。突然听到台上有人提到我，我猛一抬头，听到 DD 讲"Helen's team..."一堆赞扬劈头盖脸过来，我何德何能？

晚上管理层晚餐的时候，DD 和 D 都要坐我旁边，我受宠若惊，也不知道该说什么好，只得不停喝啤酒。DD 拉着我聊事情，我因为啤酒喝多了急着上厕所，他诚恳地不停讲，我不好意思立刻走开，憋得直跳脚，旁边的人力资源总监看到笑疯了，到处告诉别人："Helen因为憋尿在 DD 面前拼命蹦腾"。

有一个大冬天，美国总部让每个地区的高管，带一名直接下属去美国总部开 summit meeting（巅峰会议）。我和我的推广总监，还有我们的人力资源总监一起从中国出发，在达拉斯转机的时候，遇到大风雪，我们滞留在机场一夜，被带到一个酒店又凑合了一个晚上，再转一次飞机，终于到达那个我们称为鸟不生蛋地方的位于美国中部的城市。我们进入会场的时候，全场响起了巨大的揶揄声："很高兴见到你们，会议结束了!"我们郁闷极了。

接下来照例是大晚餐，晚餐结束，老外们全部混在酒吧里，酒吧里乌烟瘴气全是人，一转身就能撞见一个大人物。那样天昏地暗的地方，DD 还是能找到我，亲切地聊了会儿，我好像又有点喝多，这次不是被尿憋的，是烟瘾上来了。美国很多地方严格禁烟，屋内根本不可能抽烟。我这次又在 DD 面前突然逃遁，他莫名其妙在我身后叫了我一声，我那一刻对于烟的渴望，比对美男子强烈多了。就这么穿着薄连衣裙，踩着高跟鞋，冲出酒吧，跑向附近的一个室外抽烟点，跑到了发现打火机没有带，只得跑回那堆人里，向一位韩国同事借了打火机，又跑回抽烟点，悲哀地发现揣在裙子兜里的一包烟，不知道在哪里跑丢了。那时候室外温度估计有零下二十几度，我这一身丝袜连衣裙，没有为我挡一点寒冷。突然，我对烟充满了憎恶，对嗜烟的自己也深恶痛绝——就此戒掉了抽了十几年的烟，从此未沾。

那也是我最后一次见到DD。

那个时候，我开始对亚洲的位置梦寐以求，觉得自己准备好了，我的下属们，也准备好了。对于自己的商业智慧和带团队的能力，我很有信心。记得有次，我与那位英国老板在一个会议上，听别的团队领导人做陈述，听了一半，我们互相看了一眼，这位从来不出恶言的英国绅士叹了口气道："真不知道他们在说什么？乱七八糟！他们真的懂生意吗？"把我和这一类人放在同一级，我如果太谦虚，就是对我智商的侮辱，如果我不move on（继续前行），是虚掷了自己和团队这么多年的不懈努力。

当时我和另一位香港女士，各管理亚洲的一半生意，我是中国大陆和香港，她管 rest of Asia（亚洲其他地区），中国大陆和香港的生意占了亚洲的大部分，她结婚了以后提出辞职。我给直接老板 V 写了封很长的邮件，列举事实，以证明我是亚洲那个职位最合适的人选，从资源分配和价值链延伸的角度而言，把亚洲下面两个区域合并，是对生意最妥当的安排。过了两个星期，V找我谈了一次。

他说："我把你的邮件发给了D，我们讨论了一下。我们认可你的能力和贡献，但是在公司里，你每两年就得到一次升职，而最近一次升职不过是一年前，你还可以再等一等。"随后，他们出了个公告：鉴于我的能力和贡献，亚洲的最大客户，划归我旗下。

这家大客户是个德国企业，管理层大部分傲慢，作为一位华人女性，我尽了最大的努力，但是觉得不太对劲，因为他们总是希望能绕开我，和美国那边直接谈。幸好，对方的一名头目，为人公平和善，我们维持着平等的关系，也推出了一些看着蛮亮眼的合作项目，总体业务状况相当可喜。

很快一年过去了。

我又写了封邮件给V，他的回复模棱两可，大致意思是：什么都对，就是时间不对。很快，他们从瑞士转过来一位绅士，担任 rest of Asia（亚洲其他地区）的头领。这一位，和我的关系不错，几乎像兄弟姐妹一样，我和他在一起最大的乐趣就是"欺负"老实巴交的他，灌他酒，打趣他，嘲笑他就爱花时间修饰 PPT 的字体格式。他总是逆来顺受，从不反抗。所以，当D派了这样一个人过来，我的心情很复杂。江湖传言，他原来是D的网球搭档，因为网球打得好，才进了核心团队。——我调侃地和我的团队说："会一样特殊的技艺是多么重要啊！"

就此决定找工作。开始是半真半假的，后来拿到offer，就递了辞职信，大家哗然。

V说："I thought you would stay here for-ever."（我以为你会一直——呆在这里）；

D说："It's our shame，someone like Helen will leave us..."（这是我们的耻辱，像 Helen 这样的人，会离开我们）；

V带着极度震惊的表情去找 HRD（人力资源总监），这位明慧的女士对他说："当你们两次拒绝她升职要求的时候，就应该料到有今天！"

DD对于我的辞职，未发一言。是啊，全球那么多人，他哪能个个记得并关怀？

V 和 DD 他们，也给我一些新的可能性，例如换到欧洲工作之类的，但是都是些没谱的说法。事到如今，也没有恋栈的必要了。我发了最后一封邮件，和全球知道我的同事们告别，第一句就是：This company made us old. I joined when I looked young，and left as a middle-age woman truly...（这家公司令人老：我加入的时候看着还年轻，离开的时候，就不折不扣是位中年妇女了）。我接手的时候，只有 9 个客户，我离开的时

候，有 200 个客户，我们的生意从占比 10％上升到
35％，而大盘在涨。

当时我并不知道：我再也不会爱一家公司，像爱 D
公司那么多，也再也不会从一家公司中，收获那么多真
正的朋友。

六、M 老板

我加入 S 公司的第一个星期，我们品牌的全球总裁
就带着亚洲地区经理来考察我了。他有着罗马角斗士般
的挺拔体格，雕塑一样棱角分明的脸。人长得酷，性格
也酷，不爱笑，即使笑起来，只有呵呵的声音，眼睛依
然严肃，整个人绷紧着，充满了居高临下的威势。

但是赢得他的好感，好像并不是很难的事。尤其当
我和我的批发商负责人，带着他在全国各地连续出差两
周见了无数经销商，在无数场酒席宴请中"存活"下来
以后，我们仨混成了哥们。他坐在车上突然宣布道：
"我与家人，都从来没有两周整天在一起，从今往后，
我们三个人就是兄弟姐妹了"。他对我的评价是："我没
法相信你才来了两个星期，你像是来这里工作了整整两
年似的，好像什么都搞明白了。"

为了保持身材，他几乎不怎么吃东西。在酒店餐厅

160

吃早餐遇到他，他的盘子只有色拉和一块面包，而我的盘子里有蛋、肠、炒菜，还端着一碗油乎乎的汤面。他吃惊地看着我："你怎么能吃那么多！"我们到哈尔滨的时候，当地的经销商特别忠厚，不会喝酒，只知道买了好几瓶当地特色的格瓦斯汽水，殷勤地给我们俩一人递了一瓶。他一看是汽水，如同见了毒药似的，马上推开拒绝。我赶紧帮他收下，告诉他："这样是不礼貌的。"他只好拿着汽水，但一口不喝。

虽然不怎么吃东西，喝酒可不含糊。中国的经销商能喝酒能劝酒，那是著名的，他从来不拒绝，白酒、葡萄酒、洋酒、啤酒，有人敬，一口净，豪气！酒品人品，商场上，他亦遵守承诺，从不食言。那个时候，每天换一个城市，每天喝得醉陶陶。有次大家都喝多了，他说错了话，有点冒犯我，在电梯里，我一脚踹过去，M只得拼命躲，令批发商负责人目瞪口呆。

第二天一早，M遇到我就问："Why were you mad at me yesterday?"我吼道："You will never know!"

有次，他得意洋洋地告诉我们俩：一位很美丽的中国女士，在和他正好并排一起酒店入住的时候，特地给了他手写的电话号码和邮箱地址。接下来每天，我们俩都要问一次："你们有没有进展啊？"他恼羞成怒："以后再也不告诉你们这种事了。"

他特别事儿逼：接送他的车子一定要停到他面前才迈步上车，车子里有一点异味，就皱着眉不说话；发现西装下摆脱线了，就不肯出门，我只得用拙劣的缝纫手艺将他的下摆缝好，他才走出酒店。当他告诉我们他离过两次婚，每次都付不少赡养费，现在与未婚妻有个孩子但还没结婚时，我们说："不改了你的臭脾气，还是别结婚了，否则还得离，越离越穷。"他深以为然。

他一直说要看中医，又不肯说什么病。我疑惑他有啥暗疾，只得给安排了一个能说英文的中医。他自己进去看了，出来手上贴了针灸埋线的膏药，很沮丧地说："她说什么病都没有，就是得多喝水。我就让她想法子让我先戒了烟再说。"中医给他开了一个药方，我们带他到大药房抓了药做成汤药，塑封成好些袋子，每天一剂。把他送到机场，等我拿出那些中药让他自己带回去时，他大叫大嚷拼命拨开那些袋子："如果这些袋子破了，汤药流出了行李箱，会不会造成大问题啊？"我问："那你打算怎么办？难道我扔了这些药？"他又说还是想喝药。最后的解决方法，是让另一位做售后服务的同事，回瑞士的时候，给他带了过去。至于别人的行李箱有没有沾染了汤药，不在他的考虑范围内。

那段时间一起出差的时候，已经发现处女座的特性，在他身上比我更显性。他对于细节，例如产品设

162

计、陈列方式，尤其质量把控的顶真态度是有目共睹的。在商场巡店，他会跑到竞争对手的柜台里观察别人道具的优点，看了又看，甚至还想去拿样品回来做比较。我看到他手里抓了一把道具在商场里东撞西转，提醒他这样可能略失总裁身份，但他不介意。我只好说："你现在不用拿，我之后让经销商整理一整套给你，好不好？"像哄孩子，这才把他手里的道具一个个拿掉。

偶尔也有争执：他有次责怪我没有第一时间在全部门店上新道具，挥动着手臂异常激动，我向他解释，他不听，在商场里，我们竟然当着团队和客户的面，杵在中庭争执了很久。看着大家的尴尬面色，我只好一把拽着这个大个子壮男人，把他推回到车上。坐在车里，他沉默良久，突然说："I'm sorry!"原来是终于想起来，我的确事先发过一个邮件，说明了暂缓上新道具的原因。知道错怪了我，这位大男人的总裁，并不介意马上向他强悍的女下属道歉。

这样的好日子很快到了头，他被公司的 owner（集团主席），指派担任另一个稍微大一点的品牌的全球总裁，并在全球最高管理层会议中代表这两个品牌。而我们的销售副总裁，被升为这个品牌的全球总裁。

他和我坐在一个咖啡店里，忧心忡忡地说："我知道那个牌子很难，但我必须很快翻盘，老板不会给我很

163

多时间。"以他的个性，压力之大可想而知。自从管了那个牌子，他一下子老了很多，烟抽得更凶。

我们的新任总裁 S，是与 M 截然相反的人：如果说，他在公司高层宴会上，喝醉了脱裤子，或者因为喝不过客户讨饶跪在人家面前等行为，不过是一时之难堪；他对于客户毫无原则地迎合，开空头支票的后果，我以一己之力可以挽救；但是他对于产品定位的急功近利决策，为了获得低价位走量市场，而强行降低产品制造成本，牺牲产品质量的种种后果，是灾难性的。自他上任之后，我们的产品质量急速下降，我写了无数的邮件，打了无数的电话，他却坚决不承认有质量问题，也没有采取任何措施。直到三年后，32％的产品出现严重质量问题，且全是畅销品，我们售出的有相当一部分被消费者退回来，报纸上、网上，充斥着对于我们质量问题的非议，甚至有愤怒的消费者印了写有我们有质量问题标语的 T 恤坐在我们店里不走；经销商不肯进货，要求我们即刻处理问题；销售人员们垂头丧气，不敢面对客户。

我要求全部召回问题产品，包括门店中和经销商仓库中的。S 却只同意收回仓库中的，不肯对于经销商已经购买的门店内产品负责任，即使明知我们将会在未来至少三年时间，不断面临客户和消费者投诉。因为这样做的话，他当年的 P ＆ L（利润损耗）会很难看，无法向最高管理层交代。为了稳定经销商信心，避免团队这几年的拓展努力、市场推广活动付之东流，我不肯让步，个性中特别坚硬的部分，这个时候占了绝对上风，我发了封邮件给他："如果三年前，当我提醒你改进质量问题，你去调查、去研究、去改进，就不会有今天的问题……"与 S 的最后一次通话，我口气强硬地坚持100％换货。从此我们再也没有通过电话，更没有会面。——我把一位战战兢兢、日日夜夜担心失去报酬丰厚全球总裁工作，不敢对客户、消费者和团队负责，没有底线的中年男人逼到了墙角，他开始反击……

　　M 总裁，在这个时候，一言不发，我也从未想过要向他投诉。相比之下，批发商老板、经销商们给我打电话，他们情愿放弃换货的权利，牺牲自己的商业利益，只要我能留下，如果我离开，他们将更没有信心再坚持下去。

　　可我不能妥协，多年以来，我所受的教育，令我不能放弃自己的价值观：最早的时候，在奢侈品百货的时候，公司管理层规定：当商品低于一折在内部特卖也卖不掉的时候，就全部销毁，不能以低价流通到市场里影响品牌形象；在 L 公司的时候，因为指甲油刷子有问题，所有指甲油全部销毁重新生产；即使在这家公司，

165

M老板也曾经因为部分产品表面磨损的问题，毫不犹豫100％全部召回……

《大宅门》里有句台词："退一步？为什么要退一步？白家老号每进一步有多难，我凭什么要退一步？他就砸碎了我这把老骨头，我也不能退！"——我也寸步不退！

我提前结束了职业生涯，并决定从此不再受雇于人。

客户们，继续和我保持联系；我的下属们，每年记得我生日，每次做重要决定之前，会打电话先咨询我的意见；我所有的供应商和服务商，一致称我是极少见的、那么多年以来分文不取不义之财的管理者。二十三年以来，我严谨自律，珍惜羽毛，注重声誉，都是值得的，毕竟人在做，天在看！

后话是，前年M总裁被查出来肺癌晚期；去年，我也被查出同样的病，是早期……过于执著、纠结，对别人和自己同样高标准，尊重规范法则，非黑即白的处女座，对于这样的病，竟然毫无抵抗力。

七、感恩

写完以上的记述，平静多了。二十多年以来，我汇报过的每位老板，和其他所有的人一样，都是借着这一个肉身寄居在这个世界上的我注定会遇见、相处和最终相忘的人。怀着谦卑感恩的心，宽恕所有我曾带有负面情绪的人，因我也有过失，如果自大是罪，骄傲是罪，刻薄是罪。

曾经有一段时间，我因未能达成职业上的宏图大志而心有遗憾。现在终于明白，所有的攀登，不论在山巅，还是在半山，都已是竭尽全力的我，此行最高的到达。

"The Sun has one kind of splendor, the moon another and the stars another, and star differs from star in splendor（日有日的荣光，月有月的荣光，星有星的荣光，这颗星和那颗星的荣光也有分别——哥林多前书15：41）"。

2018 年 11 月

男人梦

分类：原相

龌龊的香港男人里，除了陈冠希还有刘銮雄（大刘），前者如过街老鼠，偶尔在异地剪个彩，也被当通缉犯一样摄个小图又用红圈标出来。后者却左拥右抱，乐此不疲。此人艳史，几乎涉及香港演艺圈所有著名的美人。他的龌龊不在于怎么用钱哄女人开心（这个好像不算缺点），而在于他试图为他所有"宠幸"的女人贴上他刘式标签，而且越是现在属于别人的女人他越不想取下标签。

最典型的标签是他喜欢送他的女人们爱玛仕柏金包，人手一个，按材质不同几万到百万不等。这样的包，没有女人愿意束之高阁，于是大刘的各式女人们，拿着挽着背着同一牌子的各式包招摇过市，成香港奇景。

另一奇招是招惹已为人妇的曾经女人，例如李嘉欣。三年前李未嫁，但已与许公子郎情妾意有影成双。大刘以大幅套红广告祝美人芳辰，署名"the one"（天不知地不知只他们两人知这 the one 的典故）。这两天大刘好像又起意了，以 the one 的名义招惹刚刚出嫁的李美人。有人问，他为何不去招惹现在还单身的关之琳，也许关美人嫁了，他也会挽了袖子上去惹一惹的。

所有龌龊招数只为一个词"占有欲"。有钱的如赌王可以三房四妾，为每个老婆买个慈善机构或医院的主席头衔，有钱的也可如大刘，名包之外每人赏若干房产，于是归属权被确定了，女人们争风吃醋，"大人"们拈须微笑乐在其中。

普通男人么，也做梦，齐人之福梦。有个老实巴交结婚十五年的男人最近振臂高呼："为何我不可以有两个老婆？"男人们可能都梦想着回到一夫多妻的年代吧。可惜这社会男女同工同酬之后，女人谋生能力得到证明，少数人还远远生猛过普通男人。大多数男人的齐人梦只好是梦而已：自己都过得不咋样，而打算养两个女人？曾经拥有又如何，你凭什么要求两个女人同时与你天长地久？

说句题外话，李嘉欣真是牛人。美得不像话，现在有点皮包骨头，可还是美得惊人，美貌之外，个性也很彪悍：粗话骂大刘，当街掌掴许公子；不生孩子就不生孩子，婆婆要赶她出去也还是不自己生找代孕母亲生。缘何这样有恃无恐？除了恃美行凶以外，她也是大富婆一名，前段时间投资损失几千万，那也得有钱损，笨笨的没本事的像我这样的女人连买股票从那个门进都不知道，更不用说是基金"鸭金"了。

所以还是要自己争气啊，争气把自己打扮得千娇百媚，争气带眼睛识人，争气独立自主谋生。男人梦，于是干卿何事？

（2009－06－25 07：43：13）

女人花

分类：原相

有位博友说："写完《男人梦》，打算写《女人花》了？"谢谢赐名，我正意犹未尽地写，还未正名。这个名字太好了，不会再好了。

卡拉 OK，幽幽灯光中，四边坐满人，却静寂无声，熟悉前奏响起，于是轻声吟唱："我有花一朵种在我心中，含苞待放意幽幽，朝朝与暮暮我切切地等候，有心的人来入梦。女人花摇曳在红尘中，女人花随风轻轻摆动，只盼望有一双温暖手，能抚慰我内心的寂寞……"

如果时空可以交错，听到黄真伊沐于朴渊瀑布下，游于徐花潭上，以玄琴配时调弹"青山我意"，却一愿以山丛草色掩体，以流水素琴伴归；也可听豪放女道士鱼玄机临刑前哀哀泣唱："易求无价宝，难得有情郎"；又有李季兰在与雅道诗僧谈笑之间，回眸告诫："至近至远东西，至深至浅清溪，至高至明日月，至亲至疏夫妻"；法国玛丽皇后说："我只是个美丽温柔、奢华无知的女人，断头前我碰到刽子手的脚，我还是要向他说对不起"；杨玉环，婉转娥眉马前死，只不知，为何霓裳羽衣会引渔阳鼙鼓动地来。

古代一次战争结束的时候，浑身鲜血灰尘的战将们，洗去污垢，帐篷中堆满美酒，聚满美人，大口饮酒，随意享用美色；夜晚狂欢过去，黎明到来，天空曙白，梦中醒来，浑望前事，整顿衣裳行囊，跨上骏马，呼啸而去，奔入新的战场。庙堂高高，谁还记得曾经杯酒？角斗修罗场，谁还记得沉醉半夜的暖暖余温？

都是女人花呢，被收纳，被呵护……被错待，被委尘，被放逐，被忘却……

花当草，杖做柴，珍珠为土玉为尘，骏马卸鞍当磨驴，还说"都是爱花人"？

还好时空转天地宽。被赞貌美不如赞气质好，被赞气质好，不如赞能干有才。"无须浅碧深红，总是花开第一枝"。

太阳升起的时候，如是花，照样还会怒放，如是杖，照样山行无阻，如是至宝，照样被捧于掌心，珍爱如珠如玉，如是骏马，照样驰千山万水，谁能阻我？

（2009－06－28 19：37：39）

爱与不爱之间

分类：原相

多年前读廖静文的《徐悲鸿传》，如今依稀还记得的情节是类似灰姑娘遇王子的那一幕：徐悲鸿先生夹着本书走进教室，一言不发，在黑板上写下题目……那次的考试，廖静文以第一名的成绩，被录用为图书管理员。

现在重读这本书，觉得寡味：她那样崇拜他，爱他如神，爱得高，却不鲜活，因为他大半的岁月与她不相干，所有的故事，由他自己按爱憎分条目来口述，是与非，由他自己一槌定音，而她不敢也不愿追究真实，只好照搬录下——那可的的确确是一名图书管理员所擅长的工作。但是她能够将所有天价的徐画及其毕生收藏全部捐建国家，也就当得起世人对她的尊敬，无论她是否

174

改嫁——让一个二十多岁的妇人独自守一辈子，说来容易，有几人能够亲身做到？

于是拿了蒋碧微的《我与悲鸿》来对比着读。我的观点，正好与吕立新相反，他觉得廖静文的《徐悲鸿传》充满感情，而蒋碧微的《我与悲鸿》纯粹叙事。但蒋碧微的文章，入我的眼，其叙事之外，描绘社会风貌世态人情，令人身在其境，毕竟那一件件一桩桩，由她亲身经过，廖静文那样毕恭毕敬的抄录，哪能得其中真髓？

蒋碧微是美女，也是妙人。

美女么，大家自有公论，在徐悲鸿的画中，在照片中，她肤如凝脂，袅袅婷婷，纤浓合度，齐刘海，挽双髻，一生都没有走形过，配着徐悲鸿风流倜傥相貌英俊，确是佳偶天成。

妙人么，因其出身富足高门第，父母都是雅人，家学渊源，从小就吹笛弹琴画画唱曲吟诗，才气在大师面前也许算不上什么，才情是有的。那样的妙人，一举一动牵人心肠——徐悲鸿的画中，蒋碧微无处不在：坐着的蒋碧微，熟睡中的蒋碧微，吹笛的蒋碧微，弹琴的蒋碧微，穿旗袍的蒋碧微，人体的蒋碧微，思乡看信的蒋碧微，看书的蒋碧微，抱着猫的蒋碧微——谁能否认她是他的灵感，他的缪斯？画一幅画要多久我不知道，但那样久久对着一个人，细细描绘到纤毫毕现，时时想画，想记录下来，就真的像韩剧《风之画师》中说的，"画画是为了记录想念"。画和照片，都是为了记录，记忆终会模糊，想念一直存在，时刻翻上心头。

碧微的名字，也来自徐悲鸿，她原名棠珍字书楣，徐自己取名"悲鸿"，把她叫做"碧微"，刻了一对水晶戒指，镌刻彼此名字，他将"碧微"戒戴在指上。浪漫少年，一腔情热，都寄于"碧微"二字，不能再复制。也看过所有他俩的照片，蒋碧微总是气定神闲地占据照片焦点，徐悲鸿小心呵护在后。再看他与廖静文的合影，不管笑与不笑，他的目光总向远处别顾，她在背后尽量展足称心的笑容，眼里心里只有丈内的这一个夫，没了他，她什么也不是。

读完蒋碧微的《我与悲鸿》，掩卷叹息，原来蒋碧微满腔都是对徐悲鸿的埋怨与不欣赏，即使加码上他的绝世才华，他在她眼里，还是一无是处，无论怎么做都是错。而另外一个人，张道藩，已经成为她心中的神，举手投足总合她心意。

所以我同意吕立新在《从画师到大师》中的论点：蒋碧微对于徐悲鸿，以对丈夫的心态，求全责备，对于张道藩，以情人之心，处处谅解怜惜。

出走欧洲后，他们经济拮据，他用买面包的钱买艺术品，她当然不欣赏——那又不是她喜欢的皮大衣银餐具。

在徐的家乡探亲，适逢兵乱，她和孩子在家里备受惊吓，他却在晚上才回来，头发衣服满是尘土，原来他听到枪响，一个人跑到屋后谷仓躲避，根本不顾妻儿。其实，这也是人之常情，怎能奢望他爱你胜过爱他自己？我认识的一位大美人，很晚才嫁得佳婿，那次蜜月后回香港，两个人坐在后座，都没有系保险带，突遇车祸，新婚丈夫第一时间团身抱住自己的头，大美人反应不够快，撞在司机后座的安全保护铁栏上头破血流，额头缝了十几针破了相，她从此改了齐刘海的发型，若无其事地甜蜜生活下去。那才是大智慧。

徐悲鸿先期回国，她之后一个人踏上归程，他也不来接，而是声称先回上海给她安一个家，她不满意，因为私奔去国的两个人，双双回家是她多年的盼望，比当一个现成女主人要重要得多。

徐悲鸿为了她放弃了一心向往的南国社，陪她留在了南京，她心中还是不快。

她得了猩红热想吃冰，徐悲鸿在腊月里满大街找冰淇淋，她一时感激，病后照样还是为琐事生隙。

孙多慈的出现，是横在徐蒋之间的坚冰，任徐悲鸿怎么呵暖也捂不热了。

就此徐悲鸿在蒋碧微笔下，成了彻头彻尾为了美色抛妻弃子的无情汉。孙多慈多姿且才华横溢，以一百分被徐悲鸿录取（不知道廖静文以一百分被录用为图书管理员是否出自一样的路数？）。

回头来说徐蒋的事，蒋碧微的绝招就是将徐悲鸿为孙多慈画的像放在家里客厅，让他日日见天天看，寝食难安。夫妻间的争斗，此时博弈的是谁能伤谁更狠：徐悲鸿戴了一只很大的红豆戒指，戒指上刻了"慈悲"两字——徐悲鸿的"悲"，孙多慈的"慈"，红豆为孙多慈所赠。徐悲鸿又登报启事："鄙人与蒋碧微女士久已脱离同居关系，彼在社会上一切事业概由其个人负责。特此声明"。其狠绝不输蒋介石离弃陈洁如的声明，不可为不薄幸。此中还有一段插曲，蒋与一位好友常先生锁门出去买菜，徐悲鸿敲门不开，以为蒋与常在房内幽会。——这也是常理，很多由女方辛苦缝补的婚姻，最后往往因为男方疑女方出轨而断绝，男人在这方面的容忍，与女人相比，当然天差地别。

终至于仳离，代价是一百万元和一百幅画。之后三天，徐即宣布与廖静文订婚。廖静文后来回忆徐其实拼了老命画了两百幅，才算了结。这个说法可信，蒋碧微此后几十年，锦衣玉食，一没再嫁，二没工作，全拜徐悲鸿所赐。而徐悲鸿和廖静文的生活，从来就与富贵无

178

缘。所以廖静文能将亿万画作全部捐献国家，此境界，与蒋碧微比，高下自知。

接下来就是蒋碧微与张道藩的故事了。蒋碧微从此幡然换了个人，原来对徐悲鸿处处挑剔，现在张道藩的一举一动，在她眼里都如仙如画。

张道藩瘦骨嶙峋，颇像现在的吸毒者，与徐悲鸿的端正潇洒没得比，却偏偏对了蒋碧微的脾性。所以相貌重要吗？如果过了"初见"那道槛，相貌起的作用，远远比不了那一点点真心。徐悲鸿买了大闸蟹回来，她只觉其虚伪，张道藩同样拎了大闸蟹上门，她觉得贴心。说来说去，还是因为爱与不爱的差别。

世上有些人，只肯出力，不肯出钱；还有些人，不肯出力，总拿钱弥补；还有很少的一部分人，出力全力以赴，出钱，倾囊而出，堪称楷模。

张道藩无疑是第一种人。他出力最多的地方，是写信。张自称"宗"，蒋自道"雪"，那样的暗语，可想暧昧早已发芽在前，蒋越看张，就越厌弃徐。张文采尚可，又愿意写，所以他的成绩和梁实秋一样惊人，否则凭什么韩菁菁要嫁与梁老头，否则柳如是凭什么在陈子龙身故后与钱牧斋白发红颜？

现代科技泽被苍生，何劳提笔，手指活动就可以与爱人保持联系，早上道早安，中午午安，晚上晚安，短信如影随形，正如张爱玲胡兰成互称的"张召""张牵"，若有一点点放他/她在心上，用短信可以比信件更干脆及时地告诉你："就在此时此刻，我想着你呀～"。你立刻就可以回应："啊，现在我也在想你呀！"牵牵挂挂，你侬我侬！所以么，出钱可以不痛快，出力可以舍不得力气，短信是所有人都可以承受也乐意奉献的，成本非常低，收效甚巨。现代人何其幸也！

张道藩的另一番好处是，肯调动资源帮助美人。蒋的父亲去世，徐悲鸿送来两千元，蒋不收；张道藩请来政界要人社会名流送花圈及挽联，蒋就十分感动。蒋独自离开南京，张道藩来送行，犹是不舍，动用关系一直送到船上，后来在风雨飘摇中乘小船离开。不要说蒋碧微感动，鄙人这样冷面冷心的人也感动。

蒋碧微总为钱与徐悲鸿争执，每月的家用少一点，她就责问他"对家庭经济负不负责"，又道，"请你漂亮一点吧，要知道我二十年来，从来没有为钱跟你吵过。"那是她记性不好，她自己的传记里也记了不下二十次她与徐悲鸿为钱斤斤计较。所以男人们不要埋怨老婆小心眼计较钱，因为是你们授予了她们计较的权力。

所以调转头来，蒋碧微从未向张道藩要过钱，总说自己有一身傲骨从不求别人。当然，她再也不缺钱了，徐悲鸿给的赡养费也够她余生不愁，另还有豪宅一栋，因徐悲鸿和廖静文从未动议要过这栋房子和地产，就理所当然归了她，她先是租出去，后来重新装修，还给张道藩建了间舒适美丽的画室，廖静文讽刺道："张道藩在这间精美的画室里连一副画也没有画出来"，徐悲鸿倒是在斗室里画了不少传世之作。——讽刺得很对。

后来蒋碧微随张道藩去台湾，也是蒋碧微自己用卖画的钱顶了台北的房子，她满大街跑，买了家具回来的时候，收到张道藩的信，信中"殷殷地系挂着我的饮食起居"。精神的力量真是顶啊！张道藩就理所当然地住了进来，一直到上面分配他房子。

同居了二十多年后分手，张道藩问："那么你以后做什么打算呢?"蒋碧微答："我可以卖房子。"犹要在所爱的人面前斩钉截铁地保持尊严——还是爱与不爱的区别。

有很多女子，是无奈之下，才折堕为妾，蒋碧微为妾，是强烈的主观意愿。当初张道藩给她三条路，其中有一条是他和妻子离异与她结婚，而她偏偏选了充满荆棘的第三条路。赤足走在这条路上，辛苦自知——蒋碧微有次突然拜访张道藩的办公室，惹得张极度不悦。——由此可以断定张对她不过尔尔，一旦见不得光的女人走到阳光底下，就打破了所有平衡；也因此张道藩在权位和半老徐娘两难的情况下，终于决定接回妻女，抛弃同居二十载的蒋碧微。

女人怕什么，不是怕死，不是怕老，是怕孤独终老而心有所属，"同心而离居，忧伤以终老"，是世上最悲的歌。

但是，蒋碧微不是寻常人，她没有怨愤，没有忧伤，爱张道藩已爱至骨髓，不由人叹张道藩何德何能，赢得这样倾心眷恋，而徐悲鸿，绝世英才，却与这份炙热的感情擦肩而过。想来我们中的很多人，也曾经途中遭遇爱情，常因结尾不如人意，一腔爱恋顿成怨愤，或者一心否定过往情感。我认识的一位男子，口口声声说与 EX 的那儿年是浪费时间，因为他的时间宝贵，不容虚掷。听这样的话，只觉齿冷，那样凉薄的人谁敢近？

就以蒋碧微自传中最后一段给张道藩的信作为结尾，为所有爱过且不悔的人，不管爱过的是谁，他又是谁的良人，终归爱的本身，无从审判。

"我将独自一个留在这幢房子里，这幢曾经洋溢着我们欢声笑语的屋子里，容我将你的躯体关闭在门外，而把你的影子铭刻在心中。我会在那间小小的阳光室里，沐着落日余辉，看时光流转，花开花谢，然后，我会像一粒尘埃，冉冉飘浮，徐徐隐去。宗，天下无不散之筵席，我还是坚持那么说：真挚的爱无须形体相连，让我们重新回到纯洁的爱之梦。宗，我请求你，别再打破我这人生末期的最后愿望，我已经很疲惫了，而且我也垂垂老矣！"

仓央嘉措

分类：品相

那一夜，我们一伙人在 Napa 喝到招待们站成一排，手背在后面，一个个轮着过来问："你们还要点什么吗?"我们大笑。这一晚上胡扯着，从钻进 EMBA 课堂的小花痴们谈到 PP 手表，从 PP 手表谈到旅游，从旅游谈到减肥，从减肥谈到健康检查，从健康检查谈到台湾小吃，从台湾小吃谈到——仓央嘉措……已经谈到仓央嘉措，就收梢了——夜色已浓，乐已歇，酒已酣，人已倦，蚊子也已喂饱，还不起立，留恋什么?

一路逶迤而行，夜色如此浓烈，为何竟能闻到清晨的清冽?

有人还在大声吟诵仓央嘉措的诗:

那一天　我闭目在经殿香雾中　蓦然听见
你颂经中的真言

那一月　我摇动所有的转经筒　不为超度
只为触摸你的指尖

那一年　我磕长头匍匐在山路　不为觐见
只为贴着你的温暖

那一世　我转山转水转佛塔啊　不为修来生
只为途中与你相见

那一夜　我听了一宿梵唱　不为参悟
只为寻你的一丝气息

那一月　我转过所有经筒　不为超度
只为触摸你的指纹

那一年　我磕长头拥抱尘埃　不为朝佛
只为贴着你的温暖

那一世　我翻遍十万大山　不为修来世
只为路中能与你相遇

那一瞬　我飞升成仙　不为长生
只为佑你喜乐平安

仓央嘉措，六世达赖，十五岁才被发现是灵童，二
十四岁病殁，留下藏文诗歌六十多首，和无限惆怅的

185

爱情。

为何不早入佛门，可以一生逃离爱情？为何不晚入佛门，可以一尝爱欲，经历爱幻变迁，也不必牵挂一生？为何早不早晚不晚，见到清风中明月下的她，才被拖入苍茫无极？

好多年了
你一直在我的伤口中幽居
我放下过天地
却从未放下过你
我生命中的千山万水
任你一一告别
世间事
除了生死
都是等闲
……

自己都已情关难过，如何普渡众生？世间安得双全法，不负如来不负卿！终究意难平：

第一最好不相见，如此便可不相恋。
第二最好不相知，如此便可不相思。

186

第三最好不相伴，如此便可不相欠。

第四最好不相惜，如此便可不相忆。

……

我问：他帅吗？

有人答：是最帅的僧侣。

我又问：你如何知？三百多年前又没有照相机。

答道：有活佛画像传世。

我道：那作不了真。

又有人说：写那样的诗，帅不帅已不重要。

我叹道：我重色相，重于品相。

其实心里明白，色相转瞬即逝，能数百年流传的，只有一丝丝情绪，一些些心伤，让沉沌无聊的你，拾起一点灵魂，尚能救赎。

(2009－09－15 07：22：56)

希腊圣托里尼游记

分类：色相

想去希腊源于拜伦，动念因波塞冬，成行么，仰赖闺蜜文文。这次去往的圣托里尼，无从代表历史深厚神话传说流光溢彩的希腊，它只是一座被游客占据的小岛——圣托里尼，爱琴海基克拉迪群岛中的一个岛屿，地形复杂，由火山口岩石组成，原本一无所有，因蓝天碧海白房蓝门，成为世间独一无二的"圣岛"。

爱上拜伦和他的诗，恰是叛逆的中学时代：因同桌好友要转学离开，两个被教数学的班主任鄙夷的偏科傻女孩，踩着棉鞋，长发被寒风吹得散乱，在冬天大操场的薄冰上滑来滑去，嘴里诵着拜伦诗句："我吉祥的日子已一去不返，我命运的星辰正黯然陨落……"忧郁的英俊的跛脚的才华横溢的被英国社会鄙夷并驱逐的拜

188

伦，正是陨落在希腊的独立战争中，以一生的苦苦奋斗与惨惨失败铸成了拜伦式英雄典型。

很久很久以后，读到缪娟的《我的波塞冬》，想着要去希腊。波塞冬化身为民俗学大学生，辗转到现世寻找因误会分手的流浪仙女安菲特里忒公主，爱人却不记得前尘往事，偏偏爱上他人，令波塞冬震怒……波塞冬，海皇，众神之父宙斯的哥哥，喜怒无常（大海当然喜怒无常），好战（淹没了雅典娜的雅典城），好色（情人无数，在神庙中与美杜莎私通，后者的头发被变成毒蛇，头被砍下，波塞冬硬是让她升天成为星辰）。

其他比较重要的希腊诸神，这里一并介绍：打败了波塞冬的是阿波罗，宙斯的儿子，文明之神；雅典娜是宙斯最爱的女儿，艺术和智慧之神；阿佛洛狄忒，从泡沫中诞生的爱神；阿尔忒弥斯，宙斯长女，月亮女神；丘比特，爱神的儿子。其他的如死神睡神，估计大家一时半会儿，或不想早早相识，或不想青天白日面对，不说也罢。

我们的闺蜜群共有九人，经常聚餐，间或三三两两结伴出游。不管去哪里，我总是一员，确定了就再也不变，赢得"靠谱"美名，其实是我比较空，晃晃悠悠无处可去……有天，文文说："去希腊吧"。我立刻举手报名，也看到杭杭举起了她的小胖手。文文是劳碌命，查攻略订酒店机票安排地面交通，我与杭杭脑子不够用，也乐得啥事不管，一直到出发，都没有搞明白行程，只是各自兴兴头头打着希腊游的旗号买了一堆艳色衣服。

出发前的一段时间，咽不下固体食物，也许胃，也许食道出了问题，又或许是那一团不能释怀的痛终成块垒，反正就是吃口面，也会在胸口阻塞，半天透不过气来；每天黎明即醒，空落落不知道做什么才好；每晚很早就睡，想躺在床上昏沉沉睡死了，就算明日天塌地陷浮生千万世，也不关我事了。

希腊旅行于我，不过是一次短暂的自我放逐。如果需要妥协，我情愿，向着我爱的人低到尘埃，而不是随手捡起温情。我明白，人到了这个时候不可任性，可已经任性了大半辈子，无论之前如何忏悔，每每走到关键时刻，克制不住的真我就飞出来，将所有欲向世俗妥协的念头掐灭。——瑞典女王克里斯汀娜的名言："我注定，一生孤独。"人，都是那样，踩着自己最后的那点幸运，一步步堕入无极的黑暗，咎由自取。

人说，圣托里尼岛，像一个落在海上的大蛋糕。当我们的 Easy Jet 飞机于早晨降落小岛的时候，这块蛋糕已经在阳光中甜蜜蜜地向我们招手了。

在飞机上，文文向杭杭和我再次口述了行程：圣托里尼岛三天都是住在首府锡拉（Thira），因为她们订的酒店房间不够，我和她俩住不同的酒店。当然，在接下去的行程中，我们三人再也不会分开了。

在机场门口，我一眼看到了我将下榻的酒店司机举的牌子，很潇洒地和她们挥挥手，让司机拉上我的大红新秀丽行李就走了。一路上，感觉这个地方真是荒凉，没有像样的大建筑，到处是简陋的圆顶白色房屋和蓝色门窗，也很少见到绿化。亏得老天赋予的绝美海景，这个岛才店铺林立游人如织。

圆顶房子渐渐密集，终于看到面向大海的一整座山上层层叠叠兜兜转转的洞穴旅店。酒店间是蜿蜒的石子路，白色的遮阳棚，或蓝或绿或红的木门，扇形的铁艺隔栏，土罐里随意插着的红花绿叶，将一间间密集到声声相闻的旅店稍稍隔开。行李员扛着我的箱子矫健地走在前，我东张西望跟在后面：是一个人了，可在这样的地方，又如何认路，并找到杭杭文文？

左边是旅店，商店，人群，极密，右边是万顷山海蓝成一片，偶尔海鸥飞过，极简。公元前 1625 年，旧圣托里尼岛，被火山喷发摧毁，同时摧毁的有"亚特兰蒂斯"文明，而现今的圣托里尼岛屿，也在地壳变动中诞生，并以肥沃的火山土滋养着新的文明。一次次的火山喷发，令诸岛一时分一时合，一时升一时没，如同瞬息浮生的爱情。

有一种名叫阿瑟提科的葡萄特别适合在岛上生长，在荒漠中，我们常能看到的，几乎是贴地生长的篮子树就是葡萄藤，所以这里盛产白葡萄酒和甜酒。欧洲的酒类价格特别公道，因为酒与水以及咖啡一样，是最常用的饮料，政府将酒类价格控制到每家每户都可以尽情饮用。我之后的每顿午饭晚饭，都会叫上一瓶白葡萄酒或者气泡酒，不过 5 到 10 欧元，品质都不坏。

在一个只能站两个人的 RECEPTION，遇到了店主。她在一张地图上，一边说一边勾勾画画，这里是海，那里是山，这里是路，那里有交通，听得天生路盲的我愈加晕晕乎乎，只好不停点头证明自己不傻。我只问了一个问题：酒店有哪里可以吃东西喝一杯吗？她说这个旅馆没有，出门右转有家旅店有咖啡吧。

在我的房间安顿下来，心里不是不失望的：这也太简陋了，不过是一床一几一喷淋，没有一点多余的装饰，唯一优点是干净。也许甚至不一定干净，只是整个房间涂了白墙粉的缘故。房间外，有个小小露台，放一张小圆桌，两把椅子。对着海，我拿出相机，站在那儿一阵儿拍。

挑了两套衣服挂好，背起相机和长焦镜头，踱到隔壁酒店的咖啡吧，叫上一杯 Mojito，喝完一杯又一杯，心渐渐松弛下来。好像还在昨天，我挣扎于钢筋混凝土的城市和绝望的爱情里，几乎要窒息，而这一刻，对着碧海蓝天，风吹起我老也留不长的短发，鼻腔里是海的味道，耳边是呼呼风声和海鸥细碎的叫声，感觉又活过来了。原来，我的悲与欢，不由你来赏赐或判决，你的福与祸，不需我来蝎蝎螫螫参与共生死。

而这一刻，我并不知道，公元前四世纪建造的波塞冬和安菲特里忒神殿的废墟，就在不远处的提诺斯岛上。你看，无论多么辉煌的爱情，都会死亡，无论多么疼痛的依恋，都会被时间遗忘。

只在飞机上吃了个小汉堡一杯咖啡饥肠辘辘的三个人，在我的酒店里，商量着去吃顿好的。在城市里的时候，我的饮食比较容易控制，一出门，就莫名容易饿，也许是在旅途中，多少有点儿不安全感，食物是最好的安定剂。我们挑了家 waiter 特别热情的饭店坐了下来，点了淡菜、烤虾、烤鱼、龙虾面，以及 waiter 推荐的当地气泡酒。龙虾面端上来时，又要了 TOBASCO，狠狠倒足了，让每条面都均匀染上辣汁，卷起一大团面送嘴里，呼啦啦吃完，喝一大口酒，靠在椅子上，双手摊开在椅背上，满意地评价："这样风光，这样面条，这样酒，爽。"很多时候，我都喜欢耸着肩膀把手插裤兜里，赞自己好帅，可也只有最 MAN 的人，才可以把我的女人那一面逼出来。可又不纯粹，好强斗狠的男人性格时不时冒出来，夹着作天作地挑精拣肥的上海小女人做派，实非常人能禁受……

那一带的店铺挺有得逛，但我们都没有心思买，因为这里住三天后，要坐船去米克诺斯岛住两天，再回来住一天，购买小礼物可以留待那时。杭杭一吃完饭，就嚷嚷着要吃冰淇淋，文文对她的小孩子气极鄙视，我却笑眯眯地惯着她，也顺便惯着自己：每天午饭后一到两个冰淇淋球，很落胃。

午餐后，在酒店房间歇息，洗了个澡换套衣服，手机充电狂的我第一时间把手机电池充到100%。烈日下，三人出门闲逛。文文坚持要租辆车自己开，也不和我们商量，一径找到一个租车铺，要求租第二天一天的车。我听着听着觉得不对，想起来这个岛上尘土飞扬的蜿蜒土路和成群结队横行在路上的游客，实在不是自驾的地方，便问租车铺的那个男生："我们问的是带司机的那种，要多少钱？"他答："一天租车带司机380欧元，七个小时。"我劝文文："知道你要强，可出门在外还是示弱一点比较好。我们人生地不熟，都是女的，就踏实点儿让司机开吧。"她没有反对，三人商量着都觉得价格合适，就订了车。

然后回到她们的酒店休息。这个酒店明显比我的好，她俩是间套房，我躺在她们客厅的炕上，看着自己

194

新买的红色大草帽和防晒霜，回忆又漫上来：那些特事儿逼的毛病，渐渐沉淀成了我的习惯，例如到一个地方，先去便利店买防晒霜和草帽，旅行结束，将用了一大半的防晒霜一扔，草帽带回来麻烦，也弃之；一顿饭吃完了，剩菜全部扔……扔着扔着，我们把爱情也弄丢了……

将近黄昏，文文一声令下，我和杭杭跟着她去坐了几站公车，来到 Imerovgli 看落日。这一带，明显比我们住的 Fira（圣托里尼岛市中心）安静，酒店亦大而雅。文文不理我们俩一路的抱怨，飞快地在前面寻找最佳的观景处。我与杭杭一人背一相机，在后面嚷嚷："别找了，就随便找个地方拍吧，再找下去，太阳落山了"。那牛人的背影一路向前毫不动摇……半小时以后，文文的执着终于见功效，我们最后坐在一所酒店的大平台上，叫了份色拉和一瓶白葡萄酒，把夕阳一路拍到入海。文文得意……

旁边有对恋人，依偎在一起看落日，霞光把女孩儿的长发，和她紧紧挽着男孩儿的手染成金色……是谁说的，落日太伤感，恋人一起看落日，感情不得善终。好吧，就算你说对了我们的种种错，可那样美好的事，这一生又岂能轻易错过？

第二天，约定睡到自然醒。旅途中最怕赶路和早起，虽然不管在哪儿，我还是黎明即起，但不用急着出门，心情很松弛，虽居陋室，隔壁房间那一对喧闹到很晚才睡，我还是睡得不错，断断续续有梦，而心事渐渐成非。

清晨，穿着睡衣，在露台上拍远山，碧波，晨光与飞鸟，竟有一点点清冷：这宁静的海面，可记得曾经的战火纷飞与不求回报的牺牲？

我青少年时代的偶像，都叫乔治（不是穿裤子的乔治桑，呵呵）：乔治拜伦和乔治巴顿。

拜伦小时候肥胖，本来跛脚已颇伤自尊，肥胖的苹果脸和丰壮的身体，更添笑柄。后来他以节食练剑游泳来减肥。水中的他是自由而平衡的，不用穿着木头矫正鞋，高低不平地走路，惹背后一串笑声。瘦了以后，他成了一个脸像瓷瓶一样的苍白英俊少年，符合英国贵族忧郁的形象，一下子成了社交界和女人心中的宠儿。可惜他铸成大错，选择了有丰厚嫁妆的密尔班克小姐。她不好看，而且极其狭隘守旧，被拜伦讽刺为"平行四边形女人"。婚后不过一年，她就离开了拜伦，并捏造了拜伦与其同父异母姐姐奥古斯塔的暧昧谣言。谣言中的拜伦，恰好出版了自由主义的辉煌诗篇《唐璜》，被当时所谓体面的英国上流社会抨击唾弃，只得流亡。

希腊，在拜占庭王国灭亡后，一直在奥斯曼土耳其帝国的铁蹄之下挣扎，而拜伦生性倔强，痛恨压迫和不平等，希腊美丽的河山，更令他无比感慨这个国家多舛的命运：

《哀希腊—唐璜》：

希腊群岛，美丽的希腊群岛

火热的沙弗在这里唱过恋歌

在这里，战争与和平的艺术同生共死

狄洛斯崛起，阿波罗跃出海面

永恒的夏天镀岛成金，

可是除了太阳，一切皆已消沉

……

起伏的山峦望着马拉松

马拉松望着苍茫的海面

我独自在那里冥想一刻钟

梦想希腊仍旧自由而快乐

因为，当我在波斯墓上站立

我不能想象自己是个奴隶

于是，他全身心地投入了希腊的独立解放战争，被希腊政府任命为征利杜潘远征军总司令。没有军饷，拜伦用自己的资金来供给，并以私人关系向银行贷款；没有政府与地方军之间的协作，他奔走各地以"公关"手段来协调；没有起码的军事训练，他雇来德国和瑞典的军官，自己以身作则和士兵一起训练。终至于积劳成疾，却还冒雨出门看望士兵，回来后高烧不退，于36岁英年早逝。希腊，在他去世六年后，终于独立。拜伦，那位清瘦孤傲，常常穿着希腊传统服装的悲剧英雄，终于可以无憾了。

上午9点多，去往文文杭杭的酒店，走在曲曲弯弯的路上，热到无处遁形：拜伦诗中的金色阳光，炎炎照着岛上每一寸土地上和每一个孤独行走的人。一个个酒店咖啡店，只有不到十分之一的店开门营业供早点，希腊人慵懒自由的生活节奏可见一斑。

嘴里念叨着杭杭昨天晚上告诉的行路攻略："出酒店先上台阶，看到红色牌坊往左，看到缆车站往右，再看到长得像蛋糕一样的教堂顶，就看见 NOVA 酒店了。"还是走错，途中遇到驴队，由一人赶着七八头驴，去往山脚或山顶的驴站，驴们很自在地一边吃着路边的野草一边拉屎。我只得偏转身体，站在狭窄的路边，等着臭烘烘的驴队过去。继续走，走了几步又错了，正琢磨着，闻到异味，不好，另一支驴队又过来了！……路上一共遇到驴队四次，本来十分钟的路，走了一个五十分钟，还来得及拍下驴队过后，马路清洁工清扫驴粪的勤劳身影。

终于到达她们酒店，对其中周折绝口不提。这家酒店的早餐一级棒，我们发现正对海景的那一圈位子已经被占掉，只好找了个半阴的位子坐下来。侍应生极有姿态，不急不慢地询问我们是否可以开始早餐，问完不卑不亢欠了欠身，过了一会，推过来早餐车，把鸡蛋果汁面包果酱酸奶和咖啡整整齐齐码在桌上。吃早餐的时候，鸟儿在脚边回旋，悉悉索索吃着面包粒，虽然热得背脊湿透，还是觉得美好。

早餐后，坐缆车上山，坐驴子下山。早上几次与驴子擦身而过，感觉不坐一下不够尽兴。坐上驴子，才发现穿错衣服：红艳艳的连衣短裙站着挺美，侧坐回首拗造型也可，坐上驴子么，可就遮住了前，就遮不住后了。我在保持身体平衡给杭杭拍照之余，还不时拉着裙子下摆以防走光，一路上甚是辛苦，竟然还觉得有趣。下了驴以后，看见那边板墙上有摄影师拍的游客照片，我一看见自己那张，立刻扑过去买下来——不买下来，走光照就太现眼了！

简单吃了点儿烤鱼烤虾葡萄酒后，我们坐上租来的车环岛游。先来到那个几乎成为圣托里尼岛标志的三扇

199

门蓝顶教堂，到此一游留影后，到购票处买第四天到米克诺斯岛的船票。文文买船票的时候，杭杭和我发现一面橘色的大墙，站在尘土飞扬的马路边，躲闪着飞驰的车子，杭杭拍我，我拍杭杭，对着狂拍大片，玩得不亦乐乎。文文同志买完船票出来，我们还兴奋着叽叽喳喳看照片，她威严地皱皱眉。

去往黑沙滩红沙滩。那种火山石碎渣堆积的路很难走，文文一马当先，我居中，间或拍些在礁石上或跳水或玩闹的情侣们，杭杭在后面远远地，还算跟得上。红沙滩和黑沙滩的分别不大，当然红沙滩略好一点儿，但海滩的规模和海的颜色并不出色。走累了，杭杭和我买冰咖啡喝，文文已经刀枪不入不知道累了。

坐上车，去往小岛北部的伊亚 Oia。很美的小镇，比在中部的嘈杂的费拉 FIRA 有格调，店铺的商品品质和价格也比 FIRA 的要高，一些颇有设计感的衣服和手工饰品相当不错，材质亦佳，可惜太贵了，购物狂如杭杭与我，都没有下手。又逛了几家教堂，都有点儿厌倦了那样的圆顶造型和蓝色。又是文文，在靠海的位置，找到一家酒店的平台：有三张圆桌子，一人霸占一张，摘下草帽放桌上，头发已经湿透。在午后的热烈阳光里，人声不闻，静静看海上的淡金色粼粼波浪，身背后，酒店客人已经在躺椅上沉沉睡入白日梦。

晚上七点，在小店里买了几包盐渍的橄榄后，我们坐车前往伊亚那个著名的渔村吃晚饭并观日落。到达的时候，时间刚刚好，沿着海，一排饭店如扇形分布，远处的火山峭壁，帆影，近处斜斜停泊的小船，饭店里的客人，桌上的酒杯餐具，炉子里烤着的虾蟹章鱼，都被一网打尽笼在奇幻的金色里，美得似幻似真。叫好了菜和酒以后，我们三个轮流出来拍照。太阳沉入大海的那一刻，崖壁上的人们，顿时变成剪影；太阳刚刚落下的时候的那一阵子黑暗，是如此神秘而宁静——是注定的，我们那么轻易失去了曾经光辉灿烂的一切！可又不过一瞬间，渔村的所有夜间灯火齐刷刷点亮，夜色开始接班了，不必害怕。

微醺，我们走在回酒店的路上，我手舞足蹈地继续拍照，忽然想起来红草帽不见了，原来在那个酒店的圆桌上，是见到它的最后一次。

这一生，那么长，一路走来，丢失的种种珍贵，有时能找回来，有时永远不再拥有。

第三天，在自己的小阳台上吃早餐，感觉和文文她们酒店的差很远，好在海景无边，亦安静。岛上猫极多，每次在户外吃饭，脚边都会绕上几只猫，但她们还懂规矩，并没有跃到桌子上抢食的举动。一个人的早餐，还有两只猫陪着，不算寂寥。她们对鸡蛋不感兴趣，扔了点面包，她们就赏面吃了。

之后又晃到文文她们的酒店去，午餐还在在第一天吃的餐馆，龙虾面又被我一扫而空。然后就乘双桅船出海了。上船前，大家都把鞋子脱了放一个大篮筐里。一条船，不过十几个人，不拥挤，不空落，刚刚好。

出海带了 SONY 全画幅的长焦，虽然比 NIKON 的 70－200 轻很多，但扛着照相机赤着脚在船边缘上走，还得极小心。嫌内舱气闷，我与杭杭在前舱的大网兜前占了位，半躺着，脚伸直到了够到了网兜，估计以我的体重，站在网兜上就会跌下船的；再密密涂一层防晒霜，把帽子搁脸上遮阳，还是极晒，但也顾不得了，这里有风，甚惬意。前路数点帆影，周遭火山崖壁起起伏伏，海上点点金光漫延到天边无极处，戴了墨镜，就不觉刺眼。互拍了一阵照片后，我们开始拍船上的人：有若干帅哥，一位鼻子扁扁的韩国先生带一位孕妇，几位模样平平的年轻女子，有一位随着老先生来的老妇，有奥黛丽赫本年老时的消瘦气质，古铜色的皮肤已经松弛，穿着极简单的背心短裤，褪了一点金色的头发随意扎起束在头顶，架着墨镜，在镜头里，怎么看都有温婉的女人味。看看自己，中年女汉子一名，壮壮的胳膊腿，再老几岁，恐怕就直接是俄罗斯大妈了。不禁再次总结："瘦是王道"。不过，这个课题，等这次回国后再修行吧。

　　船员一共三位，一人驾船，一人招呼船客，一人取出平底锅煎虾做鱼，听说还有葡萄酒喝，我就踏实了。——这段时间以来，我的酒鬼性子凸显，偏爱鸡尾酒和白葡萄酒，但也不过量，无醉，也不敢醉。

　　吃过颇丰盛的晚餐，船员将剩菜抛向海里，招来无数海鸥，在船头盘旋，俯冲，衔食，寻觅，奇观！我将相机放在速度优先连续拍摄模式，如开机关枪似的狂拍海鸥翱翔的姿态。

　　不知不觉中，夕阳绚烂起来了。从没有，在海上，于这样不早不晚时分，视线无极无遮挡地观日落，也从未见，海水片刻变幻一个颜色：起初海蓝，那种透明的晶莹，没有半分杂质，如一条新染的素色蓝布，满天铺开来，与天无缝衔接；须臾，衔接处，晕出一点点豆粉，逐渐加深，由鲜忌廉一点点加浓成慕斯芒果那明亮的正黄；霎那又生出万般红艳，堪堪要落下的太阳，一点点接近海平面，将海水染成梵高的色彩：那些火焰般跃动的颜色，蓝是宝蓝，红是朱红，褐是土褐，都是各自色系中最张扬的本色，毫不调和地冲撞在一起，要的就是那种极致到惊天动地的美！

　　太阳落下，天边浅浅霞光，刚好给纷纷回航的帆船照出明亮的归途；月亮缓缓升起，以曼妙的S形俯视芸芸众生。圣托里尼的万家灯火，也瞬间点亮。

　　文文总结：三天的落日，以各种姿态，在各种地方，给予各种不同的美。我们很幸运，波塞冬更幸运，因这每一种灿烂的颜色，每一种辉煌的升起和降落，都属于他。在所有的波塞冬雕像里，他都被塑造成一名手持三叉戟的虬髯武夫。其实，经久的传说中，无论君临大海权倾天下时候，还是被宙斯赶往人间成为侍者的时候，他对安菲特里忒的款款深情都须以浓墨重写：第一次看到安菲特里忒和她的姊妹们在纳克索斯岛玩耍，他就情不自禁地爱上了她，但是安菲特里忒并不想嫁他，欲与他人成婚。婚礼前，他由德菲纽斯海豚指引找到了安菲特里忒，并强行娶她为妻。波塞冬感激海豚的功劳，把它上升为海豚星座永生不朽。婚后，波塞冬和安菲特里忒感情很好，虽然波塞冬仍然喜欢沾花惹草，但安菲特里忒未曾大吵大闹。那时，波塞冬先为雅典城的命名与雅典娜争吵，后来又与她争夺雅典城的统治权。经过大战，波塞冬败，而百姓亦选择了伸出橄榄枝的雅典娜，而不是祭出三叉戟的波塞冬。在《我的波塞冬》中，波塞冬其实是要夺取雅典城，把城市作为礼物送给安菲特里忒，估计他是想以爱人的名字来命名这座城市。可惜安菲特里忒不明白，并因波塞冬和美杜莎的暧昧不快。那一天，两人最后一次在一起，波塞冬未提及为何挑起雅典争夺战，安菲特里忒也没有追问美杜莎的事，但芥蒂已深，不能挽回……辗转许多世，连波塞冬的亚特兰蒂斯也被宙斯报复淹没，他们都没能寻回当初深爱的那个人。

第二天中午，我们收拾行装，乘坐 highspeed 游轮前往米克诺斯岛。这是一艘巨大的客船，可以承载上千人。机舱分普通和商务，而价格只差十几欧，我们坐了很空的商务舱。可见欧洲人还是颇节俭的。船舱里空调很强，我找了个靠窗的位子坐着，让阳光也照在身上增添暖意。出发前，一共花了不到 200 欧买了两条连衣裙，并分别配了手镯。把蓝色的手镯放在窗口，在阳光的折射下，手镯晶莹璀璨，海水被飞驰的船卷起来，打在窗上腾起烟雾。突然想起亦舒的话："什么时候叫惆怅旧欢如梦，大雨倾盆的时候，浪花卷上沙滩的时候……"想起来他每个新年到道观给我求一个平安符，一年又一年，年年如是……突然泪流满面，事到如今，没有喜乐，唯有平安。

(2014－07－29 10：44：15)

旅人回头就一生

——土耳其游记

分类：色相

从土耳其回来，就想着写游记，一直不得空，也因为太快乐了，挥舞着晒黑的粗胳膊赶来赶去，没有心情坐下来，一个字一个字把文章敲进屏幕去。其实在那儿的一路上，都传照片到微信朋友圈，间或写几段字数受限的微博配个把图，便有人称我是"世界上最幸福的人"。极其惊讶，不明缘由。前天与家里人吃饭，嫂嫂说把我的照片给朋友看，那个友人也说："你家姑娘真幸福。"细问，无非是大家觉得我没有家累可以到处跑而已。原来，人都只看月亮正面，或者自己不能够，便莫名艳羡别人。但那个时刻，不可以说，我很不幸福，那太虚伪。几天前，我至大烦恼是，晒出的雀斑如何处理，是否还要去打美白针。

好吧，不管怎样，我现在有空了，手机微信都成了无用的了，却有心情写了。文字那东西，不痛不痒，还真写不出来。今天一边整理旅游照片，一边看萧红文传，看到最后，她生着肺病，被端木蕻良一个人扔在医院里，被误诊喉瘤，气管被割，喉管开刀处不断有泡沫涌出来，纸上绝笔："我将与蓝天碧水永处，留得那半部《红楼》给别人写了。半生尽遭白眼冷遇……身先死，不甘，不甘。"读到这里，痛哭失声，自己的泣血伤痛，愤恨不甘，一并流下。

回归正题。

我属于那种特别放松不操心的旅人。看看别人忙着查资料，看攻略，查地图，订机票，安排酒店，也想帮忙，但实在没那个能力。本博我，第一不认识路，第二不知道省钱，第三胆小怕事不敢出面，第四懒惰贪吃贪睡，早就被人总结是"最无用的旅伴，但脾气好听话。"这话耳熟，《围城》里的方鸿渐也是这样的人，我不算独有。我这次的旅伴，小李同学，曾经一起工作七年，她在本次旅途中，越来越深刻地意识到：旅途中的我，真是工作中的绝对反面。

可我爱旅行。从一个城市到一个城市，吃不同的美食，看不同的风光，家所在那个城市的烦恼，好像暂时隔绝，可以装作不闻，不问，不想，不愁。最喜欢一个人望海，天与海如此辽阔，足以包容心中惆怅如梦情怀，再望下去，几乎就融入海水，如海上泡沫，无迹可寻。其实人死的时候，也无非是出远门，只有去无回而已。小时候，一次次经历死别，起初以为亲人是去远方暂不归，后来知道归期永无定，而生者辗转红尘亲身受苦福佑难得。

这次去土耳其，起初也当是险旅。我们出门前，伊斯坦布尔开始游行示威，政府动用警察及催泪瓦斯。看到照片，也心惊肉跳，冒险性为零的我，立刻打退堂鼓，叫嚷要取消旅程。能征善战的小李，先三言两语把我稳住，然后写邮件给在伊斯坦布尔的同事了解情况，最后告诉我情况不严重，只要不去游行进行的广场就平安无事。谁让我没主见呢，只好提着我的小号行李出门了。虽说无印良品的小储物袋一次性化妆品罐罐颇节省了空间，但我只带了薄衣服无厚外套，带了一双拖鞋穿一双轻便鞋，后来确实捉襟见肘。但其他的，好像还带全了。这个小行李，之后被人取笑，因为我行李的样子正好与我的身材相反……

晚上 10：40 浦东机场，土航和国航代码共享航班。第二天当地时间 4：55 到达伊斯坦布尔。土航飞机第一次坐，总结下来是硬件很好，软件极差。去程，空调开得冻死人，所有乘客快起义了，都不调温，情愿给大家一次次送毛毯，我最后拥有了三条毛毯；饮料只给了一次，按铃也不理；回程，把小李的位子和另一位买了 comfort 位子的乘客搞错。上航没有商务舱，只有 comfort 和 economy。我们在机场 check in 的时候就很奇怪，为何给了我们一个人 economy，另一个 comfort，而我们只是要求和去程一样的靠紧急出口位而已，后来还去售票口问了，答复是国航的安排。小李还以为因为她是国航金卡的缘故。她一心要把舒适的位子换给我，我一直不肯。坐定后，发现小李又被驱赶到很后舱的位子，乘务员很傲慢地要她换位子，也不道歉，也不帮忙拿东西，小李气得嚷嚷投诉。

反正，去程还可以的，我提前到了机场，拿了两个紧急出口位，第一排，脚伸得几乎可以躺下来了。伊斯坦布尔机场，和所有国际大都市的机场一样，该有的都有。因为途中睡了，精神状态尚可，小李咨询了我的意见，决定第一天按原定计划，先到酒店放行李，再开始步行路线：蓝色清真寺，圣索菲亚大教堂，皇宫。之后的十二天，每天小李都会很彪悍地问我的意见，我一直都同意她的安排，从来没有反抗过，即使累得不行，体力不支到生病，也一直顺从小李领导的命令。也不晓得，我如果说不，后果如何……啊呀，想也不敢想啊——我最怕旅途中，被人扔下不管，或被坏人劫持，所以一味乖顺。

我旅行，一怕步行，二怕人多。在土耳其这十几天，除了在费特西耶，到哪里都是烈日苦行，挤在人堆里，没有一张照片是空镜头，边边角角都是人影——真是怕啥来啥。不过，客观总结，这是一次畅快的旅游。当然不能说最快乐，出行，永远是，和谁在一起最重要，即使哪都不去，只静静卧于凉亭，对一角海景，不必说话，放一段音乐，时光快乐到可以飞跑起来，又更愿意凝固于当下……

伊斯坦布尔酒店的车来机场接我们，到了市内，就在陡峭狭窄的小巷子路上飞快穿行，简直像迷宫一样，我一路唠叨：这些破小巷子进出安全吗？怎么认路呀？小李理也不理我，胸有成竹根据地面有轨电车路线认路。

终于在街头巷末，见到 Orient Express Hotel，听名字就知道是家小旅馆。清晨，睡眠不足，穿着七分裤，于细雨中，拍酒店外围照片的时候，冷得哆嗦一下，思虑衣服好似带得不够厚了。小李同志，扎扎实实穿着厚夹克围着红纱巾，站在酒店前台，让接待取出城市地图，开始咨询出行路线，餐饮酒吧，包括那个她念念不忘但最终没有去成的 360 度酒吧，那个酒吧离游行地点太近，两个女人深更半夜踟蹰在那儿是不明智的。

房间照例得到中午以后才有，我们打开行李，在酒店泳池边的浴室痛痛快快洗了个澡。又在酒店餐厅吃了早饭，这里的餐食还算丰富，除了常规的炒蛋蘑菇班戟色拉奶酪，也有卷饼和热菜。重又站在酒店大门外的时候，小李鼓溜溜大眼睛看着我，小肥手比了个跑步的姿势："好吧，开始今天的步行了。"我将薄夹克朝胸前拢了拢，祸福不知地跟着她开始行进。

小李同志，郑重介绍一下，业余摄影爱好者，刚参加了个摄影班，携带了佳能单反多个镜头兼三角架出来，到哪里都能左左右右前前后后上上下下拍半天；我带了奥林帕斯微单，每至一处，iphone 手机拍两张，照相机拍两张，就算完成任务，余下时间都在等小李完成她的专业拍摄。为了传微信，我也常常要求小李为我拍到此一游的照片。她的摄影技术还是让我获得了不少好人像。而我帮小李拍的照片，不是太肥（占九成），就是拍全身没拍脚。一路上，小李为此没少纠结。

我们俩沿着电车铁轨走，间中去糖果店或者首饰店看看。因为喜欢这里糖果豆子奇奇怪怪的样子，买了两包豆子，因是早晨第一单生意，把那家店乐得直献殷勤，就此开始领教土耳其男人的热情。一路上，小店的店主们站在门口，看到我们就说日文，韩文，然后中文，我们一言不发往前冲。天气时阴时雨，我没有带伞，看到路人有撑伞的，小李提示我买那种透明的伞，举着透明伞拍照，景色还是一览无余。我终究还是选了把透明的粉红色伞，小李咂嘴。不过十多分钟，就到了广场上，一边是圣索菲亚大教堂，一边是蓝色清真寺。阳光露出脸来，广场上的喷水池，一边阴凉，一边明媚，清真寺和教堂，都有古朴的建筑美。圣索菲亚教堂门前，排了一长溜的队伍，我们决定先去蓝色清真寺，好奇为何叫蓝色清真寺，青天白日的，浑没有看出一点蓝色调来。

在清真寺门前，小李举着大相机为我拍照，我刚摆好姿势，有个男人蹿上来，硬是进了小李的镜头。后来，他就没完没了地搭讪，其实长途飞机下来，觉没睡脸没洗头没梳的人，根本没法看。

蓝色清真寺门前，还是排队的人龙。和教堂不同，这里免费，但是进门要脱下鞋子放在一个塑料袋里自己提着，又给每个不戴头巾的女人发了白色的头巾。头巾不是很干净有股霉尘味儿，我一手相机，一手手机，在清真寺的大蜡烛灯底下拍照，头巾不会挽，一会儿就掉下来，很是狼狈。晃了一会，在人堆里找到小李，她也觉得实在没啥好拍的了——盛名之下的蓝色清真寺，不过如此。

圣索菲亚教堂的弧形内壁天顶，都有奇妙的明暗光影，摄入镜头，造就天然好照片。有对老夫妇，过门槛的时候，老太太小心翼翼过，攀着门槛另一边老先生的胳膊，老先生微笑着，在她过门槛的一瞬间将她的手握住，又一起慢慢地相携而去。放下手机，呆呆站着，鼻子酸涩——白头偕老，听来寻常，却不是每个人都配拥有的福分吧？当我老了，夕阳里回首，能看见谁，向我一展沧桑笑脸？

嚼着刚买的豆子，和小李商量："午饭不吃了吧？"小李坚持午餐，就在街边找了家餐馆。店主依旧很热情，听说我们要去卡帕多西亚，便说自己就是那里的人。我们挑了些熟菜、茄子、咸菜，小李吃羊肉卷，我吃牛肉卷。价格不便宜，也要 100 多里拉，非常不好吃，从这一顿起，胃里老有一股茄子味。小李更惨，吃得拉肚子。我们到了皇宫，小李老跑厕所，我在大门口等、在花园里等，和一堆人围着喷水池坐着，太阳火辣，人都晒傻了。

其实我们也闹清楚了，去哪儿不重要，只要小李能拍上好照片，我能拗出好造型，就是好去处。在皇宫的各个角落，我们俩如纷飞的蝴蝶，扑腾腾到哪儿拍哪儿，门洞里、树洞里、角窗边、阳台上、壁柜前，左摆右摆，留下"丽影"，很无厘头地忙活着，一拍完，腾起身来拍拍手走，将拍照位留给等了很久的其他游客。

皇宫美是美，但如撤去装饰陈列的故宫一样，没有生趣，苏丹皇宫也这样，还另设了珠宝馆，画像馆，服饰馆，每次排很久的队进去看，珠宝灿烂，服饰精美，但东西很少，也不过是黄金美玉，很单调的工艺，远远不如北京故宫、台北故宫和卢浮宫之藏品丰富多彩。

皇宫分成外宫殿和内宫。进入内宫（Harim），墙陡然高耸，原本普照大地的阳光，被硬生生隔绝在疏影里，墙根下，回廊中，一花一草一木，都是寂寞。幸好内宫不大，苏丹兴许也能常见，不像我们的紫禁城，深宫如海，漫进去一生也冒不出头来。

小李说："一千零一夜说的是这里吗？回去把这本书再读一下。"我也不读这本书很久了，能零碎记得的无非是公主王子的艳史。

皇宫花了整整三个小时的时间，而且还是走马观花，好些厅没去。唯一可观的地方，是皇宫的大露台，面对一览无余湛蓝海景，旁边有间颇大的傍海餐厅，如果不是在街上胡吃了那一顿，在这里坐下，哪怕只喝杯咖啡，也应是好享受。至此，我们得到教训，再也不吃路边餐了。

回到酒店，疲塌的我，很想在酒店吃。小李说攻略上有人提到一个餐厅，可以看到城市全景。补充一下，小李随身的大包里，有厚厚一叠从网上下载打印出来的土耳其旅游攻略，每到一个地方，小李会告诉我，有篇攻略是这样描述的，那条路线还行；那篇攻略最贴心，连每个景点的门票价格都写了。到达最后一站塞尔丘克时，那个大厚本就终于功德圆满被弃了。

第一天的晚上，坐在那家著名的餐厅里，肚子里还是一股茄子味，什么吃不下，勉强点了个扁豆汤，牛肉饭。土耳其的饭都是一小粒类似我们的小米炒饭，点任何菜，都会在盘子一角配上这样的饭。也是从这一晚开始，每晚喝一杯两杯白葡萄酒，晚上好睡，第二天精神足。在餐厅平台上，喝着葡萄酒，看夕阳笼罩的清真寺，广场上飞舞的鸽子，心满意足地想：第一天，就这样结束了。

第二天坐在洞穴酒店派来机场的小巴上，窗外苍茫天空，连绵石山，类似丹霞地貌的特征。我很是雀跃："不一样了，和伊斯坦布尔不一样就好！"用相机不停照，每个角度都有迷人的炫紫，惊喜："天空是紫色的呢！"小李冷冷道："你没发现车窗玻璃是紫色调的么？"

小巴来到卡帕多西亚的镇中心，群山之中，弯路之间，到处是洞穴酒店，一路盘旋而上，终于到达Traveler酒店。店主辛巴，是个一天到晚开玩笑没正形的胖小伙儿，也不问我们收什么押金信用卡担保，叫来一小伙儿，指了指我们大小两个行李，那小伙儿把两行

215

李抗上左右肩膀，轻捷地走在我们前头，我们斜背小包，呼哧呼哧跟在后面，绕来绕去，沿着石阶一层层上，来到我们的房间。一推开房门，我们就满意地"啊"了一声。洞穴酒店，听着名字，就必是阴暗潮湿的，洗手间，由嵌在石壁里的小灯隐隐照着，每次洗澡或上厕所，都觉得头皮发紧。但是房间，布置得很温馨舒适，床上铺了绣有优雅花形的白色床单，堆了好几个厚实枕头靠垫——那两天，我睡得很安稳。

补充一下，我们一路上的酒店机票接机送机，都是小李细密筹划，对比多家，妥当安排。我虽然也知道Booking，Expedia 和去哪儿，但能不操心就不操心，连问也不问，跟着走就是了。这些私人家庭酒店，小李选了评价好，不预收费用的，并和店主邮件来回好多次，才落定的。那些店主的名字，她一天到晚要提好多次，我糊里糊涂也灌在耳里，但回来后，名字浑忘，脸还依稀记得。所以，游记里提到的名字，都是我如今随口胡编，听来怪异，别当回事儿。另外，此行我拍的照片，普遍质量低下，学了摄影之后，发现这些照片，对焦不正，构图混乱，地平线倾斜，唉，将就看吧。我的影像，是小李拍的，大家可以看出分别……

这个酒店，一步一景，栏杆上铺满烂漫花朵，路上也是一地的小小花屁；往下看，这里是这个酒店的庭院，那边是那个酒店的客房，藤椅，藤床，石桌，沙发，全部铺着白色垫子，隐在树间，花枝下；山谷间，远远传来歌声，不知是在哪边，又是向谁幽幽诵经传歌。

在路边随意吃了色拉、南瓜汤和意大利面之后，我们步行前往石头庙。其实也就是在石山上凿几个洞穴，在洞壁上刻佛像，就当是庙了。毒日头热辣辣照在头上，我的每幅照片都是站在大石头前，帽沿遮了上半脸，可想太阳凶猛，景物乏善可陈。

日晚温差大，晚上几乎是寒冷的。和辛巴借了条毯子，斑斓大物在洞穴间窜来窜去，那便是我。小李将照相机放在大石上，蹲上蹲下，左调右整，说道："看我试试这么拍!"学了摄影才知道她当时是放了慢门，用石块当脚架拍摄。

第二天蒙蒙亮，我们起床出门去坐热气球。一个个热气球公司派了小巴过来接，我们在细雨中等了很久，才等到小李订的那家叫ROYAL的公司。先拉了我们到公司餐厅吃了早餐，我们挤在人堆里坐下，往嘴里胡乱地塞着面包，我和旁边一桌来自新西兰的农场人聊中国环境污染的事儿，小李和同酒店一对夫妇中那个叫小王的女士聊天。她的老公在酒店休息，据说是之前坐过热气球了，就没有和她一起来。

217

裹着酒店的毯子，以拾荒女王的气势，站在山顶上，等待我们的热气球鼓起来。不算好天气，些微曙光中，已有星星点点的热气球在山谷间腾起。

一个篮子里坐十几个人，我们的热气球，呼啦啦扯着火，一点点升起。鸟瞰群山间此起彼伏的热气球，太阳不明，寒意不去，我把整个人埋在毯子里，想到千万里外的温暖："若是两人出来，那样浪漫的热气球，就算坐过无数次，他定会陪我一起吧？"

坐完热气球，开始走"绿线"。一日游的团有两种，一是绿线，去多个景点，二是红线，去少几个景点。小李好像是问过我意见，但我的感觉她已确定了绿线，就乖巧地说"就绿线吧"。她颔首莞尔。其实绿线很累，每个景点呆个半小时，拍张到此一游就走，大半时间坐在小巴里赶来赶去。那对中国夫妇也在团里，小李和小王很谈得来，一路上探讨接下来的几个城市，坐大巴方便，还是回伊斯坦布尔坐飞机方便。土耳其是个很奇怪的国家，很多城市间不通飞机，只能坐大巴，只有伊斯坦布尔有到各城市的航班。到最后一个景点，参观地下防空洞的时候，我拒绝下地。小王的老公也不去。于是我们就在景点外等。防空洞一般周围都空旷，这样坐等，着实冷，有位设摊卖围巾的阿姨，主动借给我们两条披肩。我们披着花里胡哨的披肩，坐在小店"呆若木鸡"。好容易等到大队出来，连小李也说那地下室奇寒无比，没病的也会冻出病来。我和小王的老公，顿时得意。

晚上，我们和那对夫妇一起去看旋转舞。我们的位子非常差，我缩在那个角落里什么也看不到，后来索性跑出来，坐在别人预留的桌边，等那桌人来了，我们呼啸走，暗笑那桌上的零食已被消灭了大半。回到我们的桌子，发现白葡萄酒很差，红葡萄酒更差，喝一口茴香酒，差点没吐出来——怪不得大家都喝啤酒呢。

看完回酒店时，司机又找不到了，小李和小王就和卖围巾的讨价还价，最后到底买没买，我就不知道了。坐小巴回去的时候，小李和小王又讨论个没完。小王的老公沉默地和我坐在前排，我说："你看，小李多开心啊！"小王老公说："你就不那么容易开心，是吧？"

第二天，永远活力四射的小李报名参加 Jeep Safari，就是那种坐在敞篷吉普车里，专门向着陡峭山路冲的兜风。即便我有一条好腰，也不会受这种罪。小李披星戴月出门后，我继续睡。睡足了，遛达到餐厅，来份色拉，再点份水果酒。店主辛巴取笑我："你万里迢迢来这里，就是为了坐着的？"我做个鬼脸，才不理他。院子里坐着那对夫妇，很无聊的样子。我装没看见他们。

餐厅里，还有两个韩国女孩，旁边的桌子上，坐着独自旅行的中国女子静，她喝着白水，平静地看 ipad，有时微笑，有时打几个字。我坐过去和她聊天，她看来不是很年轻，声音却十分娇柔。她告诉我，她一直一个人旅行。她问我们要去哪儿，我说"不知道啊，只知道要坐十几个小时的大巴。"她笑起来。

突然下起雨来，毒日头没了，明朗朗的天没了，院子里的人也没了。就不用去等什么沧海桑田，就看一场雨，你就什么都明白了……雨哗啦啦打在顶楼阳台上的皮沙发上，一会儿雨停了，皮沙发一点点干了。想着这沙发估计从来都不洗，湿了干，干了湿，刚才我还在那儿坐过，啊呀……我问静："你认得路吧？我们出去逛逛吧。"她很高兴地和我一起出门了。

准备买一条大披肩，否则真得裹着辛巴的毯子走。再买一只靠垫，坐夜大巴时让腰舒服点儿。坐十个小时夜大巴的事儿，成了我的魔障，一想起来，酒也喝不下去。

静说那边糖水铺，有种饮料，现摘了叶子放进去，味道很独特。我们兴致勃勃地跑过去，各买了一杯，像小孩子一样咬着吸管喝。其实就是 MOJITO 里放的那种薄荷叶，是挺爽口的。

静陪着我买了披肩买了靠垫，还想再走走，就问我："你认识回酒店的路吗？"天生路痴的我说："不认识"。她几乎是拉着我的手，把我送回到酒店大门口，又挥挥手走了。只有这样的人，才适合独闯天涯吧！

曾经和他说："有天我们分开了，我必不会在原地，我会一个人去欧洲流浪。出去了，就再也不会回来了，因为我不记得回家的路……"最近在读《分开旅行》，陶立夏和他分开了，一个人走十几个国家，最后写道："走了那么远，还是不能忘记……"真的，要走多远，才可以忘记，才可以不觉得，原来的世界里，就剩我一个人了呢？

那十三个小时的大巴，是永世难忘的，至今想起，还感觉到腰背酸涩，睡也不能睡，站也不能站的困窘，似乎还能闻到一车子人的身体异味……这一程，似乎总也不到头。

到达费特西耶，美丽的海滨，蔚蓝的天空，白色的帆船，才感觉，又回到了文明世界。

我们住在海边一所精美的帆船酒店。推开阳台的门，我们快乐地拍个不停。小李在栏杆上探出身体，我为她一张又一张地拍照：第一张小肥手，手腕上勒着皮绳，还有只有小婴儿才有的小肉坑；第二张小圆身体；第三张小圆脸……

我坐在自己的床上，宣布当天我不出去了，就在酒店休息。小李报了个游十三岛的 day-tour，急急忙忙换了泳衣，又在泳衣外套了件 T 恤就出门了。我在酒店里，左拍拍右拍拍，拍厌了，就在海边懒懒坐着喝咖啡。小李不停发短信，称船上全是一对对的俊男美女，都似西欧人，就她一个人一会儿上船，一会儿下船，傻透了。她发给我的最后一条短信掷地有声："回去一定要找个人！"

夕阳落山的时候，我在岸边，似妻子接出海回来老公，接了小李回来，两人散步去西岸吃饭。路上还看到几个人扯着旗子慢悠悠地游行，这就是我出门前大为担忧的游行啊……

我又开始喝酒，依稀听到小李的计划："我要在这里买房，每年两次过来度假。"

第二天一早，去坐滑翔伞。小巴很快爬到一座山顶，另一辆小巴下了几个教练过来，一人带一个，我的教练是土耳其此行见过最帅的一个，小李羡慕得眼睛发绿，她的那个胖胖的矮矮的。

帅哥讷于言，为我穿好滑翔伞衣服，只说了句："不要坐，要跑。"啥意思啊？后来才知道，这是句要命重要的叮嘱，我竟没懂。

我们第一组飞。帅哥在前面跑了起来，我悠哉哉地坐着，他回头急急和我说着什么，我没听到，继续坐着，看那多么蓝的天啊。后来过来一个大胖子，揪着我们的绳子往前一推，我们就栽下山去，一直往下，降落伞打开了很久，才腾飞起来。我笑咪咪地拿着手机拍照，又怕手机跌落，忙活个不停。帅哥满头大汗道："You know, we had very bad start!" 问题是 I don't know，起飞的时候，我应该跟着他一起跑，而不应坐着增加重量令起飞困难！嘿嘿，我傻我不知道。空中，看到海岸线如此清晰，珊瑚礁出奇美丽，海水格外深邃，帅哥的笑容绝对阳光，海鸥从身边过，我们齐齐举起双手，如飞鸟翱翔……降落的时候，我学乖了，跟着一起跑，稳稳落定。

小李跑过来嚷道："你知道你们刚才多危险，我的教练说'They will die!'"

在空中的时候，帅哥为我拍了不少照片，还有录像，只需付 20 欧，就可以拿到。我趁机和他拍了张合影，在朋友圈一挂出去，腐女们的评论就涌过来："太帅了！谁啊?!" 爱美之心人皆有之，哈哈。我告诉帅哥，说中国的女人们都说他很帅，他很腼腆地笑。

下午的时候，我们参加六岛游，到一个岛，大家就扑腾腾跳下去。小李还敢爬梯子下去，拉着梯子角在海里让我拍照，我索性穿泳衣沙滩秀。

日落之后，我们在一个小岛停留，岛内有浅浅溪流，彩色木船，和独木桥，小李和一个大个子站在溪里聊得热闹，我一个人坐在独木桥上发呆——我想，我是忧伤于思念。

第二天，我们搭飞机去塞尔丘克。这座小城不远，就是著名的以弗所古城。小李早就游说得我热血沸腾："想想看，在废墟里拍大片的感觉……"

先去了玫瑰谷许愿墙，人们的心愿，写在布条上，纸巾上，层层叠叠缠绕在许愿墙上。那么多心愿，无非健康，和平，快乐和爱，很多的爱。不知道上天能否都看到并眷顾？

以弗所古城，到处是断壁残垣，即使人潮如涌，天气炎热，亦挡不住的天地萧条，万般悲凉。曾经繁华，曾经辉煌，曾经美丽缤纷，到头来，不过是一砖，一瓦，一抔土。那么，曾经灼热的爱情，又如何收梢？以为不会舍弃，以为不能没有，以为天长地久——殷殷切切心愿，一炷香烧尽，连丁点儿断烟残灰都不留。

晚上下榻的是塞尔丘克的家庭旅馆。店主逸客来接我们，又是帅哥一枚。我们在精致的房间里，洗漱整理，想和逸客打听第二天报团的事。他不在店里，只留十几岁的小侄子看店，他告诉我们逸客在街上的那个大咖啡馆里。

这也是个美丽的古城，一出酒店，只见几株大树，繁花如玉似锦。到处是旧屋古迹，塞尔柱后，太阳正凄凄落下，将我们的影子长长地印在地上。小李一路问，小城没有秘密，问到逸客，就有人笑道："啊，他是我们这里最帅的单身汉！"

很快就找到在咖啡店里和人谈生意的逸客。他有一双经常放电的眼睛，小李说："看呀，他老是冲你眉飞色舞的。"我们闲坐聊天，逸客穿了双颜色色样和我的几乎一模一样的便鞋，我们互相看着鞋，笑起来。他摆弄着小李的大相机，对着我连按快门，得意地给我看："看看我眼中的你。"他拍得一点儿也不好，我连按几下删除。他不以为意，好奇问我："你是做艺术的吧，我看你拨弄长发的样子，有艺术的腔调。"我笑笑。他又提议："晚上，我请你们喝酒吧，晚饭后，你们在旅馆里等我。"我们站起来，急着去拍夕阳大片，我说："我们会出去逛一会儿，再在外面吃晚饭，时间可说不准儿。"

在古柱前的露天餐厅里，我们吃烤鱼喝白葡萄酒，我一杯又一杯，喝得半醺。小李购物瘾又发，在一家围巾店盘亘很久，店主是一位留了胡子就以为是男人的小男生，一边与小李讨价还价，一边问我是否有空和他吃饭喝酒。我大笑："你才多大啊，我可以当你妈了！"他的大眼睛滚滚，满脸不甘："我今年已经二十五岁了！"

我又笑，嫌小李挑三拣四麻烦，想自己出去逛逛，小男生追出来问："你不要乱跑啊，你要去哪里啊？"他不知道，这世界上，并没有人这么在乎我，若我渐行渐远，并无人挽留，而他，只是个傻孩子。

小李好容易买了围巾，小伙儿拿出一本册子，让我写邮箱地址，我拒绝，他坚持。好吧，我胡写了一个地址，然后写到："If you're not that young..."然后画了个心，他看来很满意。

催着小李回旅馆，小李诡笑："你是急着去和逸客喝酒吗？"我们回到旅馆，已经差不多九点，逸客不在，我站在旅馆前台，踉踉跄跄地问："他去哪儿了，不是说好了喝酒吗？"小侄子说："他是等你们的，但你们没回来，他约好了今晚八点半踢足球的"。我说："叫他回来！"

我们就上楼睡觉了。不知过了多久，小李推醒我："逸客赶回来了，你快下楼！"我不肯起来，小李又劝："快下楼，我刚才看见他穿着球衣裤回来了，在门口还冲我们楼上看了一眼。"不，我不可以下楼，我的心里，已经住人了。小李拉我，我拉着门不肯下。她嗤得一笑："原来你那么没胆，把人叫回来了，又不敢下去了。"我躺在床上，叹气道："是，我没色胆。"又过了一会儿，听到汽车发动的声音，小李在窗边看了，报告说："他走了。"

第二天，我们若无其事 check-out。逸客拿着酒过来，给我们都倒了一杯："这是昨天想请你们喝的酒，我爸珍藏的。"告别的时候，他问："可以拥抱吗?"我还没反应过来，他已经过来抱我，又和侄子一起，把我抬了起来。小李叫起来："我也要抱!"他开玩笑道："抱你，你得付钱。"大家笑成一团。

都是过客，我于他，他于我。我们会遇到好多人，而绝大部分的人，我们说了再见，却今生今世，永不会再见。

(2013－06－23 19∶37∶32)

冰岛曳游

类别：色相

冰岛回来，不停有人问我那里冷吗？其实，二月底三月初的那两周，对于冰岛而言，并非最冷时候，罕见的暴风雪刚刚过去，零下十度左右气温，平静地维持冬日气象。真是冷，冷到回家后好几天，五脏六腑一团冷气，恰逢申城阴湿气流左冲右突，几乎要形成冰川，把我雕塑在春天来临之前，错失江南草长莺飞。

因这对寒冷的后怕，这些天来，刻意不面对那两周里拍下的图片，切切试图忘记，然而，梦里几重，冰岛关山飞度而来，一展绵绵不绝冰封大地长卷。

一、斯奈山半岛：黑教堂，教会山
kirkjufell，Godafoss 瀑布

这一路，跟随摄影队，长时间在冰天雪地里拍摄：从晨光初露到日落到极光乍现，从一个经典景点到另一个经典景点；即使肉眼千真万确看见，也怕冻麻木的手来不及按快门，不能在自己的相机里留驻灿烂的一瞬。

对于我这样一个很少在户外跋涉的人而言，披着不防水不挡风的黑色棉袄，在一群穿着鲜艳的 Arcteryx、Lafuma 之类专业户外服装的摄友当中，显得极其业余，也很难在别人的镜头里找到自己的身影。幸好，学摄影以来，在强大而美好的大自然里，我已渐渐抛开浅陋的自恋，而更愿意用镜头捕捉千山万水里——孤独的背影。

那天傍晚和清晨，教会山给了我们两次机会，尤其第二天清晨，朝阳一格一格变换色彩，衬托教会山如太阳神般的伟岸，而在山前的冰块与冰窟窿之间的雪地里，深一脚浅一脚挪动脚架和相机的我，却始终没有拍到最佳的角度，而教会山的倒影，如沉落在金色池塘里的纳西赛斯倒影，似幻似真可望不可及。

在 Godafoss 瀑布前的那个夜晚和第二天的黎明，

留给了我此行最寒冷的记忆。夜晚，首遇了冰岛极光之后的种种拍摄和瀑布前冰珠飞溅的凛冽寒气之后，脚架不知道在何时被冻住了，以至于第二天在同一座瀑布前，完全手持拍摄，根本没办法在粉红朝霞登场的时候，将瀑布拍出丝绸的线条；更糟糕的是，在教会山前跌碎了反向渐变滤镜后，一直用一块 GND8 的渐变灰镜勉强撑场面，在太阳从山间陡然跃出的那一刻，终于无以为继，只得离开在山顶站成一排背负朝阳的摄友们，一个人打着冷颤踱步。

猛一回头，见到了此生最绚烂的逆光金色：我看到晶莹的白雪堆积成雪鸟的侧影，背部招展着金红色翅膀；我看到来时隐在薄雾中的大桥不再缄默，用每一节桥身响亮奏出金色的乐章；我看到摄友投奔温暖汽车的背影，成了茫茫雪域起伏的弧线里的浓墨重彩一点红。

二、米湖 Mývatn

我们一行三辆丰田小陆巡，原本一辆白两辆灰的车子，一路弃城市，剑走偏锋荒郊野外，不管前面有路无路，都昂然压过去。开着小小 ipad，一路风沙一路歌，车窗前，太阳升太阳落；左边是浩瀚冰川，右边是沉睡冰河；晴了雪，雪了雨，雨了又现耶稣光……终于成功

230

地把车子开成黑灰色，在白色的大自然里，小小移动坐标，环岛游曳。

临近米湖地区，空气弥漫着硫磺味，这也是著名的间歇喷泉地区之一。在黄石公园领略过老忠实喷泉，故而对这一类的景观有些麻木。阳光躲在云层后面，忽而又伸出光之魔杖，在雪堆上画出斑驳光影，在酒店窗台上勾勒雪压松枝晶莹线条。

清冷的米湖，天际杳杳一缕粉色，竟令我们痴痴守候许久而无所得。当夜幕终于哗啦啦罩下来，我扛着脚架往回走，一步一回头——这个时候的米湖，是我在宣纸上画过无数遍，没有透视光影的淡墨山水，一笔挑出线条，再随意点点斑斑，在画纸下方铺设无尽想象。如同在黄石公园的那个深秋时刻一样，面对这一座被荡涤掉所有色彩的米湖，我感受到人类无法抵御的自然力量和其背后无情的天荒地老。当天，我在朋友圈发了这些"水墨照片"，并与一位评论的朋友说："站在那里，感觉到天地不仁，万物如刍狗"，他惊道："别别别。"好吧，终究是造化当前人如蚁，不服不行。

三、霍芬 Höfn

与之前的重要拍摄点一样，到达冰岛南部的霍芬后，我们晨钟暮鼓两次拜访 Stokksnes 黑色海滩。原先担心的逆风没有刮起来，所以我们在布满黑色沙砾的沙滩上自由拍摄，不必额外保护相机。

当大家在 VestrahornDE 顶峰前的沙滩上立好脚架的时候，我举着长焦漫无目的东游西转，忽然发现两位女骑手飞驰而过，她们的长发，马的鬃毛，在金色的逆光中格外飘逸，稳稳地，我以光圈 10，1/640 秒，ISO400 捕捉她们矫健美丽的身影。其中一幅，成为我此行所拍的最受大家关注的照片，老师说："可以拿去参赛了。"

摄影于我，是印刷记忆的一种方式，获奖或者卖照片，对我而言，没有吸引力。我将一直探寻新的地方，每到一地，是初遇，也是告别。当我老到走不动，记忆不死，环游世界的照片更永远鲜活。

有得必有失，当我来到沙滩上，加入大家行列的时候，已经错过了最好时间，夕阳由金色褪成粉紫，只在山尖洒下余晖，我匆匆换上广角，装上 ND400，以最小光圈 10 秒速度，几乎是蹲在水里，将海水退去时如丝绸般的线条留在黑色的沙滩上。几分钟后，黑沙滩彻底沉入暮色。

第二天一早，来到同一地点，阳光更加齐嵩，青色天幕里如扇贝般的金色转瞬即逝，一个大浪过后，突地换上单色背景，陪伴沉睡的褐色礁石。一排飞雁过后，人独立。

四、杰古沙龙冰河湖 Jökulsárlón，Reynisfjara 黑沙滩，reynisdrangar 海柱，霍砬伊岬 Dyrholaey

从米湖一直向南，而期待中南部温润气候，并没有出现，也许因为我们久在冰河湖盘亘的缘故。漂浮在湖面的冰川和碎冰，是拍摄的好题材。午后的阳光，将每块冰照得通体透亮，海狮懒懒地在冰河里游泳，时不时冒一下大脑袋，诱惑蹲守的摄影人。海鸟密密麻麻群飞，让有密集控制症且又是处女座的人，在修图的时候几乎崩溃……

黑沙滩上的拍摄，险象环生。刚刚立好脚架，一个大浪过来，我提着相机就跑，留在原地的脚架被巨浪推动着，眼看就要被卷走了，正犹豫着要不要去捡脚架，又怕大浪卷走我，同行的一位摄友，一个箭步冲上去，替我拿回了脚架，又敏捷地奔回来。这是一位曾经患过绝症的大姐，一路上给我们拍了不少工作照。为自己那一刻的怯弱汗颜，更感激老大姐的见义勇为奋不顾身。

重新立好脚架继续拍，根据海拍经验丰富的大 V 的秘诀，以 1—2 秒的速度，在海浪刚冲上来将要落下的时候，按快门"拉丝"。这时候，又一个巨浪滚过来，只不过犹豫了半秒，我已经将架在脚架上的相机一把托起，扛在肩头往岸上狂奔。大V还似钉子站在沙滩上岿然不动，双手护着相机保持平衡。和我一起跑回岸边的人中，有人相机连镜头掉海里，有人正在换镜头，镜头被海水倒灌，有人脚扭伤；我的裤子鞋子全部被海水浸透，退到岸上很远的安全地带，找了个黑沙堆坐下，倒出一鞋子冰水，又把袜子拧出一堆水来，站起身，人好像还杵在冰窟窿里，寒冷刺骨，脚趾似已经不是自己的了。老师不停在沙滩上走来走去，嘴里嘱咐着"一定要注意安全啊"，后来他终于决定让大家回酒店换衣服烤干鞋子，然后再回到沙滩继续拍。晚上，我们去一家很有格调的酒店吃晚餐，大家在酒店大门口磨蹭很久，试图在入门的地毯上蹭干净鞋子。当我踏入洗手间，发现雪白地砖上，万分显眼的厚厚一层黑沙脚印……再后来，我们看到的大V相机里的海浪拉丝照片，堪称妙绝。

风光摄影，时常要更换镜头，换各种滤镜，上脚架，过程极其繁琐。我用曼富图脚架和冈仁波齐云台，拍夜景时候，常常脑子糊涂到把云台的阻尼上下乱拧，一来二去，云台卡住罢工。所以当大家已经换好镜头滤镜立好脚架，我还蹲在地上手忙脚乱，和另一位老是和脚架较劲的美女雪莲，同病相怜相视一笑。弄好了站起来，常常发现已经没有好机位了。拍好照的摄友，这个时候，会把机位主动让出来。

那天我们所有人一字排开，站在雪峰山崖边拍日出，不知是因为寒冷，还是害怕，恐高的我腿肚子一直哆嗦，不要说对焦，只要想到往前跨一步就是万丈深渊，已经浑身颤抖。而我身边的摄友们，一个个镇静自若操作如常。旁边一位穿着全套蓝色户外服的兰大姐，与我聊着天，建议我用显示屏，将对焦点放大，太暗了就把光圈先放大，对完焦再恢复小光圈。较少用脚架的我，习惯于用目镜取景，终于也感觉到：将相机放脚架，舒舒服服用显示屏取景对焦，是可以拯救我眼部皱纹和早发老花眼的灵丹妙药。

我们一行十二个，大部分是飞侠的学生，由老师与夫人（美丽的"校长大人"）带着，这些天来从早到晚在一起，虽来自不同地方，一路和睦相处，到了最后一天，我躺在酒店的床上，和室友 Tao 郑重其事道："这些人真好，舍不得说再见。"

五、跨越冰川，暴风雪，水帘洞

冰川徒步的项目，是临时加出来的，大家原本是冲

235

着蓝洞去的，最后发现报的是一个冰川徒步的团，错失了被称为冰岛最美丽地方的蓝洞。穿着专业冰爪（我们淘宝上买的四十元的冰爪很便利省心，但对付不了跨越冰川这样的历险项目），拿着冰镐（其实没啥用，纯粹是累赘），背着脚架（更是累赘，根本没有能展开脚架拍摄的大冰洞）和相机，走了八公里的路，爬上一座冰山，看了几个极窄小仅一人可以匍匐而过的小冰洞，梦想中的蓝洞，仍远远在梦里。老师再三和那个领队的当地人说："我们是摄影团，不是探险团。"

体力上的消耗是其次，只是下山的时候得踩着平滑如镜的斜坡，一不小心就要出溜儿下去，有人不小心冰镐摔地上了，都不敢捡。每每走到完全是笔直斜面的地方，我不敢走，就大叫"大哥"，队里有位老大哥就会将手递给我，拉着我往下走。就这么，一路由大哥半搀半扶着下了山，越发证明我在户外充满艰险的世界里、一无胆气、二无实力。

六、极光

因为去年曾在芬兰和瑞典与极光几度相遇，我对此行必然遇见的极光并不兴奋。老师却对极光有无限的痴迷，时时关注着极光预报，每到一个他满意的景点，就咕噜道："这个点，晚上如果能有极光就太好了。"天气不好，尤其云层厚的时候，老师就特别寡言，吃晚饭的时候，他喃喃道："不管怎样，我晚上注意看着，有极光就叫大家起床。"

第一个晚上，极光如约而至，虽然都不到三级。在杂光相对较少的野外，大家兴奋地各种拍，一个个跑上去充模特，在极寒的夜里，举着手电筒30秒不动。

第三天晚上，老师在群里发消息，我与Tao觉得很累，想偷个懒，又不甘心就这么错过，于是在我们这一部车的小群里召唤两位开车的男士，许久没有人回复。我们只好躺下继续睡，梦里我们不知，其他两辆车的所有人，拍到了此行最壮观的极光，而我们同车的两位男士，据说当时一位在呼呼大睡，一位在熬夜修片。错失了那样的极光，我们四个人有点儿闷闷的，老师一直安慰我们，说前路一定还有极光在等我们。

还有一个晚上，我们又在旷野里，一字排开架好相机，风特别大，狂野地摇动着我们的脚架，我一度有被寒风吹傻了的感觉，在脚架与脚架之间踱来踱去，就是找不到自己的脚架了。云层越来越厚，天越来越暗，越来越刺骨冷，老师无奈地下令道："撤吧，今天没戏了。"

直到在冰岛之行的最后一天，那天云层依然很厚，但是老师还是在夜半微雨的时候驾车出去探路，随后我们都按老师发的位置，追逐极光而去……

七、冰岛马，间歇泉，蓝湖

在路上，时时会看见冰岛马或三三两两，或成群结队在白雪覆盖星星点点小草的平原上，湖泊边闲逛。它们的模样并不俊逸，腿而粗，毛发在风中也不甚飘逸。那天，三辆车，突然停下来，老师扛着"相机"冲下去，我们也只得跟随。"校长"用一个苹果，就把好几匹马引了过来，于是大家在铁丝围栏前蹲着、趴在、倚着狂拍一气，后来有两批马打架，快门声更如机关枪声响个不停。后来老师修了张黑白的照片 post 出来，取名叫"相亲相爱"，我疑惑："明明是打架，怎么恩爱起来了？还是我看错了爱与憎?"

比起黄石公园的大棱镜，冰岛的间歇泉远没有那样绚丽壮观。而我自来到冰岛以后，不管冰面情况如何，出门就套上冰鞋的习惯，在间歇泉周边薄薄冰面上行走的时候，显出"功力"，时不时看见有人在冰面上滑倒。我们的一位摄友小李，索性挂着脚架在冰面上踉踉跄跄滑行，样子十分可笑。间歇泉喷过之后，泉边迷雾升腾，老师让穿着 Canada Goose 红色羽绒服的"校长"

站到了间歇泉那边给我们当模特，我怎么拍校长，都不如老师拍得美……

我们到达蓝湖温泉的时候是个大阴天，全队人马就我们五个人选择了泡温泉，由校长带领，在瓢泼大雨中泡温泉，将泥浆面膜涂在脸上搞怪，在泉水中突然跃起装扮出水芙蓉样子，互相打闹，最后披着浴巾喝起泡酒。泡完温泉，才发现队友们一部分人跟着老师坐在咖啡厅里学 PS，一部分人狂买蓝湖特产护肤品，我们也赶紧加入 shopping 队伍，拍照享乐购物，哪样都不能耽搁了。

八、飞机残骸，海盗船，大教堂，音乐厅

冰岛的飞机残骸原为美国海军 DC3 型运输机（Douglas Dakota DC‑3），在 1973 年坠落于冰岛南部的 Sólheimasandur，据说神奇地无人伤亡，多年来吸引不少摄影师前往拍摄。我们三辆车也长途奔袭而去。一路上校长都要求大家走路不要踩路边的蕨类，那是生存了几百年的生灵。但是接近飞机残骸的路泥泞颠簸，自驾车按照不同的路线横冲直撞，不知碾压了多少蕨类。那还是个大阴天，只有那么短短的几分钟，一缕阳光照在一侧残旧的机翼上，我的相机终于没有错失那一瞬间。

九、雪窗前的闲散时光

　　某天午餐的时候，我在餐厅旁边的超市里买了两小瓶酒，一瓶白葡萄酒，一瓶红葡萄酒，店家还送了我两只塑料的红酒杯，回到房间，把酒与酒杯放在窗口，感觉很愉悦。窗外雪积得很厚，连窗棱上也挂着雪，阳光将雪照得晶莹透亮，摄友们经过我窗口，我啜着小酒，向他们挥手，那个瞬间的记忆，变成永恒。

　　刚才发现自己前几天将电脑硬盘的照片导进移动硬盘时，因为冰岛的照片太多，一直没有导过去，而我以为已经导好了，故将硬盘里的所有冰岛 raw 格式照片全部删除，就几张修过存了 JPG 格式的照片还在。痛悔之余，感觉这是老天给我一个理由再走一次冰岛。谁说旅人一转身，就是一辈子？

2016 年 3 月

他处不堪行

分类：杂相

忙什么呢，24 小时？

早上照例五点半醒，完全印证每老十年就早醒一个小时的理论。有人刻薄："那您老到八十岁刚睡下就起来了？"也许……然后就一直睡不会再起了。

"老人"当然很早睡，前个晚上睡到十一点半，被两个喝得大舌头的人，从长春打电话过来胡扯着，不知道这两人混在一起编排了什么？——男人三八起来尤其无聊。

第二天上午到办公室的时候很严肃，因为没睡好。先看十分钟八卦杂志：谁和谁要好了，谁和谁又分了，谁穿的裙子很好看，谁的赘肉露出来了——可真提神，这就开始工作战斗的一天。

241

烧水，泡茶。

打开电脑。

先看媒体摘要。

W 照例是和某某及某某某明星开店剪彩冠冕堂皇
不谈私事；J 说喜欢喝茶——没看出来，印象里他烟瘾
大；我说很享受每次绿灯一亮第一个冲出去得意洋洋地
从后视镜里看其他车的感觉；T 一身骨头站在明星旁
边，听说她每天让助理买一根玉米棒算是一日三餐，就
为站在明星旁边显瘦。——那我就是站在明星旁边的河
马，又胖又黑又皱……

回了几个邮件，发现没有总部的，原来他们放假
了，清静啊。我已经被老二的每日索命一 CALL 烦
死了。

打电话给 L 说在青岛组织销售会议的事，上次双方
的电话会议中，他好像对房费自付嘟嘟囔囔的，都是被
我的一向豪爽宠坏了。开门见山："知道你们预算不够，
你们两人一房间，我们也两人一房间当是陪你们，房费
自管自的。"L 客气地说："那当然。"我又说："前几个
月我都没怎么催你们，这个月你得给我撑一把，非做到
那个数不可，我都快成集团的落后典型了。"哈哈地挂
电话——搞定！

十一点半，背上电脑站起身，问："没有要签字的

吧，我可走了，下下周一才见到我。"他们都没回过神，我一出办公大楼，看到黑莓上已经是呼啦啦要批的内容。"我批，我批"，十指如飞，瞧这效率。

到达"品川"的时候刚好十二点，virgo 星座的纪律性可不是乱盖的。E 小姐照例迟到，她可能是行业里唯一的总是迟到又不挨骂的 AGENCY。我点了拌木耳、拌凉粉、拌豆干、拌茼蒿，和鸳鸯鱼头。45 分钟后，E 小姐莲步飘进来。我没好气，她鸡啄米似地道歉，我忽略，开始埋头吃——我容易吗，对着一堆我点的好吃的三刻钟？

我擦擦嘴："修改过的方案？"

她打开电脑，我睁圆眼睛一路狂批，E 气馁。

盘算着要不要再 BRIEF 几家，我将鱼扫空，站起来走人。

到达海伦宾馆咖啡厅时正踩在两点整，小 D 已经在了，我说："麻烦点个冰拿铁，我先上洗手间。"

刚喝上冰咖，老 M 已经到了，这回他没让我久等。可怜的 virgo 星座的我，每每准时到，等客户，等 AGENCY……等男人，一辈子都在等，不知道是时间错了，还是我错了。

老 M 又开始夸人，这个上海老男人真是老克腊，从来不说难听话，见谁夸谁，夸了一半，他站起来接电话五次，我面无表情习惯已成自然。他坐下又继续拍粉，我赶紧转移话题说正事。谈了五件事，没有异议，因为基本上我听他的意见达成我的目的，于是皆大欢喜，老 M 匆匆告辞。我招手买单，小 D 去看店，我回家。在家补了会儿觉，又出门去高邮路，还是打的，多方便啊。

路上很堵，我最后一个到，女人们已经吃开了。我其实还是努力过想把这样的聚会变成不是剩女的聚会，在路上我给 G 打了电话，他在悉尼，说好下周五再碰。打电话给 H，他还在公司和员工头脑风暴，我风暴吼："周五的七点，你让你的团队饿着肚子和你头脑风暴？"

女人们已经很久没见我，都说我变得很女人了。我居高临下环视大家——还都勉力打扮着，却都胖了，而且还都是十分中性，便叹气："大家都换工作吧，去把你当女人，不当男人更不当猪的地方工作吧，否则永远中性。"

有人眼尖看见我右手中指的戒指，雀鸟似地问，我又叹气："有把结婚戒指戴右手的吗?"眼珠一转，我道："不过，这个是订婚戒指。"群情激昂："那么你什么时候把这戒指换左手啊?"只好在心里叹气："这年头，女人怎么都那么老天真?"

为什么有这个饭局? 起因是有个女的要去新加坡工

244

作一年，一堆女人都看到了希望，都指这去新加坡的那个把自己解决了之后再把她们也一一安排了。我继续贯彻着叹气："960万平方公里还找不到那个人，还指着在天生怕老婆一口SINGALISH，人人脸上黑漆漆牙齿亮晶晶的弹丸之地找到那个人或者让那个人离了跟你走？"

瞧瞧这些女人，个个至少中上之姿，有房有车，头衔不是总监就是总裁，性格豪爽，不做作不小气，有善心有善行，偏偏都在周五的晚上苦苦地挤在这里。

后来又讨论减肥和美容，永恒不变的主题。其实不是肥胖的问题，也不是脸上皱纹作的怪。那些在家里相夫教子的至少有八成或老或丑或小气或懒惰，可见上天多么公平，给你了独立行走的能力，便无须给你安稳的守着落日一天天一起慢慢变老的摇椅……

还有十个小时我在干嘛呢？当然是睡大觉——睡眠如此甜美，他处不堪行。

(2011－06－05 22：13：35)

从《孙子兵法》展开论经理人在企业的生存之道

分类：品相

　　昨天夜里，梦见孙武，就像一年多前，梦见小商河。

　　孙武是谁，他的实战究竟如何？他于苍茫遥远的春秋末期，率领吴国军队大败楚国军队，占领楚国都城郢城，几近覆亡楚国。他的灼灼军事智慧，更通过十三篇兵法，影响上下纵横两千五百年，从兵界到商界，从冷兵器时代到生化武器时代。现代战争，与古代战争相比，最大的升级是战争杀伤力，小国家分秒就被覆巢无完卵……局部战役何用？小小权谋何用？巴顿将军驾驶坦克车驰骋现代战场，却向往回到腓尼基时代，一字排开阵势，与对手肉搏决一死战。为何？因兵器的几何级演变，令人之力量微小。到了 2015 年，对《孙子兵法》

最好的应用，在于商战。《孙子兵法》，是哈佛商学院高级管理人才培训必读教材，如今中欧也开了这门课，可见其对商业管理，乃至人际权谋的巨大影响。

展卷读《孙子兵法》开篇《始计篇》，像万般故事，都须抖擞精神，从头开始解说："孙子曰：兵者，国之大事，死生之地，存亡之道，不可不察也。故经之以五事，校之以计而索其情：一曰道，二曰天，三曰地，四曰将，五曰法……"。不由想到每年秋天，漫天金黄银杏满山殷红枫叶不及看，只知低首在电脑上打上SWOT几个字，准备长篇大论做来年年度计划，因"夫未战而庙算胜者，得算多也；未战而庙算不胜者，得算少也。"——孙武的"道"即政治，"天"即天时，"地"即地利，如果"天"和"地"利于我们，就归入opportunity（机会），如果不利，就总结为threat（威胁）；四是"将领"，五是"制度"，如果正面，就载入strengthen（优势）里，如果负面，就推至weakness（弱势）。

"将者，智、信、仁、勇、严也。"不同于孔子为代表的鲁国文化，《孙子兵法》有鲜明的齐文化气息，齐文化尚功利，"仁"不在首位。智将，典型人物是诸葛亮，"不战而屈人之兵，善之善者也"。信将，如关云长，仁将，如美国南北战争时期李将军，为蓄奴南方作

247

战，却同情黑奴，为避免更大伤亡，主动投降。勇将群星闪耀：霍去病勇猛果断，善于长途奔袭打闪电战；源义经从一之谷绝壁陡坡纵马冲下，取得源平大战决定性胜利。严将，如巴顿，要求他的士兵每天刮胡子，领带护腿钢盔和随身武器整齐划一。

智、信、仁、勇、严俱备，就能成就一名好将领？须知：岳飞与袁崇焕，究竟是命丧谁手？如果李广并非迷路失期，究竟败在哪里？如果霍去病未因瘟疫于24岁英年早逝，数度举立刘据的他，能否逃得过"卫太子之乱"？源义经，要如何做，才可以避得过功高震主的猜忌，最后不至于高馆自尽？——这些叱咤风云的勇将，都没有逃过命运的冷箭，恰如被逼误入小商河的杨再兴，浑身成箭靶的英雄，即使赢得壮烈身后名，又如何？

最重要的是，要活下来，才能图将来。

戚继光，善布阵用兵，更善权谋。他收礼行贿，讨好上司，只为能长期掌兵，杀倭寇肃清边境，得尝武者杀敌报国夙愿。欣赏重用戚继光的张居正病逝，戚继光去职，真正两袖清风，不愧精忠报国名将本色。

艾森豪威尔，领袖魅力不及麦克阿瑟，指挥能力不如巴顿，但他师出名门，有西点军校学历，有实战经验，也有治理地方的实践，与同侪相处融合，对掌握关键权力的高官忠心耿耿，于是一跃受命为盟军主帅，最后成为美国第 34 任总统。

"将听吾计，用之必胜，留之；将不听吾计，用之必败，去之。"——既是为帅之道，亦是帝王之道。《书剑恩仇录》里，乾隆送陈家洛一块玉佩，陈家洛转赠香香公主，玉上正是镌刻着"情深不寿，强极则辱，谦谦君子，温润如玉"。帝王心，期待所有朝臣，尤其武将用命抗敌，但尊上用心温润如玉。

这个道理，放在今天的商场，是职场经理人之道。所以，做 SWOT 分析时，首先要审时度势，考虑公司文化、上级主管因素和内部可支配资源，这才是孙武说的"道"。英国百名名人中列第九位的纳尔逊将军，虽然屡屡与直接主管意见不一致，甚至在关键时刻不听上级命令，自己当机立断排兵布阵。但他上面有人，很早就和当时还是王子的"威廉四世"成为好友。他是不畏牺牲，连眼睛被打瞎都不下军舰的战神，也需要一位"大神"时时包容他"将在外，君命有所不受"的倔强孤勇。

职位越高，情商的重要性，越强过专业技能的重要性；越接近权力中心，就越需要综合能力，谦和谨慎风度。而在某一领域，或者某一方面，能力特别出众的人，也大多性格鲜明，有明显短板——利刃光芒，晃人眼，亦伤己。这么多年职场路，已看到很多"赫赫功勋战将牺牲"：对公司内部气候不敏感，或者不懂得应对的经理人，即使专业技能再强，也被折杀在职场阶梯上，登顶无门。即使成为公司的 CEO 和 CFO，也有很大几率会折戟沉沙：过去的成功越辉煌，就越盲目膨胀，无法认清当今的挑战，无法及时内省，调整自己的工作重心和工作方式。世界 500 强，很容易就选出最差10 大 CEO，而最佳 10 大 CEO，却并不是每一位都让人觉得实至名归；曾经是最佳 CEO，过几年一个马失前蹄，立刻跌入"最差"行列。还是孙武总结得好："故兵无常势，水无常形，能因敌变化而取胜者，谓之神。故五行无常胜，四时无常位，日有短长，月有死生。"

懂得在什么样的经济环境，市场变幻中，采取或攻或守的销售策略，灵活使用刺激销售的工具，是谓懂得天时；善于连横相关部门，赢得合力支持，是谓懂得"地利人和"；在适当的时候，用适当的激励手段，对适当的人进行不同的工作分配，是上佳的"用将之法"；在以完善的制度管理的同时，懂得平衡法理和人情，才是对规则最有效的运用。未来的职场，是综合型领导人的天下！

虽然中国古代哲学派别之间，有诸多不同，但仍有共性：中国式思维，讲究综合平衡，看似指东打西，其实是太极式的阴阳神合圆融，不管姿态曾经多么招展飘忽，最后都以双手相接于心密藏丹田收式。《孙子兵法》是演绎中国式哲学思的经典。中国的职业经理人们，不管是在民企还是外企奋斗，用中国的经典哲学思想来指导实践，无论是在中国的土壤中，还是在全球化的进程中，都具有力与韧相结合的竞争优势！

写于2012年

以义聚力

分类：品相

　　小的时候，喜欢纠集一帮小伙伴，在大街上呼啸而过，占领菜场的一个小摊位，就算是赢了。推谁为首领？一靠武力（谁的拳头硬勇者无敌），二靠财气（谁的玩具多，可与众分享），三靠义气（谁被爸妈打哭了，也不拉扯其他家孩子）。

　　后来读到一部书，书里有勇不可挡一百单八将，在一个唤作梁山水泊的大厅上，挂一块匾额上书三个大字"聚义厅"，尊一位自号"呼保义"，文不文武不武的黑胖子为首，因其仗义疏财，是患难中的"及时雨"。

　　胡雪岩少时贫穷，有次放牛拾得一包裹，里面尽是白花花银子。他把牛拴在路边吃草，将包袱藏好，坐等失主几个时辰。失主赶到，胡雪岩将包袱奉还，这位身为杭州大客商的失主，感动于胡的拾金不昧，将胡带到杭州学生意。胡勤奋好学，不谋私利，从一个小伙计很快成为老板。道光年间，王有龄捐官后无钱进京，胡雪岩慷慨资助五百两银子，王有龄步步高升，胡雪岩开钱庄同时，被王有龄委以重任，筹办粮械，综理漕运，掌握了浙江一半以上的战时财经。咸丰十一年，王有龄失守杭州城于太平军，从容殉节。王有龄之后，左宗棠继任浙江巡抚，粮饷尽缺，又是胡雪岩，在三天内筹集十万石粮食，救燃眉之急，且设粥厂、善堂、修复名寺古刹，收殓数十万具暴骸，恢复因战事一度终止的牛车，方便百姓，从此深得左宗棠信任，协助洋务运动，开设为他赢得"胡大善人"美誉救死扶伤的"胡庆余堂国药号"，终而富甲天下。

有个"孤岛现象"，即日本、台湾、新加坡和温州的居民，尤其商人，喜欢聚堆。因孤岛之人，不能受茫茫环海之困，立意离岛闯荡，却又担忧一己之力异乡受阻，故聚集一起，群策群力，共抗"外敌"。温州商人是此间代表，同乡之谊，呼喝义气，结成商会：手工业起家，仿制名牌，抄袭设计，名人代言，炒卖房产，集资私募，移民欧洲，信奉耶稣，俱是团队行为，共进退共荣辱共生死，令人不得不惊叹其合众之力。

近年的大商贾们，热衷于列席会谈。前有博鳌论坛，后有乌镇互联网大会。为何？大佬们本来好好地各自为企业代言：王石勇攀高峰，潘石屹榨果汁跑步报道PMI倡导健康生活，马云操一口流利英语纵横海外自称Jack 长 Jack 短；刘强东先爱西红柿，后变心奶茶妹；中欧总裁班的董明珠，索性自行办起了"明珠论坛"……然而，忽然之间，他们齐齐出现在各种场合，握握手、微微笑，或着民族服装、或穿洋装、或高或矮、或帅或智，排成一队吃果果拍集体照。——却原来，在这个互联网盛行千家万户的年代，再无一体孤勇的虎胆英雄。还有谁敢，独自站在世界的对立面，一力撬起地球？这情形，也许会使得九死一生打通丝绸之路的张骞，在故土汉中的墓中真正"长安"：连战火纷飞的茫茫沙漠和敌我莫辨未知的外面世界都可以穿越，而此时此地狭隘的商业利益又算得了什么？

回到我工作的圈子，有位不得不提的大人物：某集团主席张氏。奢侈品行业公司的销售额，与互联网、通讯、食品、化工等行业动辄全球年销售额几百个亿甚至上千亿美元的销售额没法比，但绝对是个注重高利润的行业；张氏个人身家不过百亿人民币，胡润富豪榜上肯定在百名之后，但他的事迹，确实是本文的绝好例子。张氏的公司，作为国内最大的此品类零售、批发、客户服务和配套服务的公司，和世界各大相关集团，都保持了亲密的合作关系。须知，这些公司旗下的品牌，在中国这个极其重要的消费品市场里，捉对厮杀，竞争到白热化，而张氏和他的集团，却能不偏不倚，左右逢源，获得各个集团最大支持，虽说是占了渠道/地利优势，却也是张氏运筹帷幄，尽可能兼顾各方利益的结果。

而张氏最大的手笔，在于收服"草莽英雄"：这个行业在中国，鱼龙混杂，经营手法虽然一致性地老套守旧，但地方"割据"势力很强，各地零售渠道和休戚相关的利润点，都靠人为因素八仙过海各显神通一一铸成，离了人，离了这地面的势力，就不能盘活。张氏原籍广东，潮汕人精明、务实、抱团合作的特征，在他身上展露无疑：他陆续以各种灵活机动的方式，抱着极大耐性和合作诚意，与各地行业零售的翘楚协商，开设合资公司，利用当地零售商的资源，开疆辟土，将企业的零售、批发、售后服务的网络扩展到全国一到三线的几乎所有主要城市，终于成就了此类别世界上最大的国际零售和批发集团。如果你有机会参加他集团的内部会议，就会发现各地的行业老大们，一张张渴望的脸，团团围在张氏周围，试图与他细谈具体事宜，就越发能感受到，张氏在这个充满利益角逐的行业内，能如此号令群雄的魅力所在。而张氏，亦是个不断进取，充满使命感的企业家。有天在一个品牌的盛宴上，他刻意坐到了东北老大们的那一桌——东北那片资源丰富群雄并立的土地，是集团迄今为止，唯一没有制胜力的市场，他信心满满微笑着端着酒杯主动走过去的姿态，让我感觉到，他最终和东北诸雄携手合作，不过是时间问题……

零售业，尤其奢侈品行业的寒冬，来得特别早，也恋栈得特别久，久到"人事半消磨"。当马云们还在久久享受互联网时代和煦春风的时候，我和我所处的行业，在考虑如何抱团过冬，这又回到了我们的命题："以义聚力"。梁山好汉为一个"义"字舍生忘死的年代已经久远，身处商界，除了个别功德圆满的人或企业以外，口口声声说"义"，未免太虚伪，不如就说"以益聚力"：

其一，何为"益"：共同的利益，行业的利益，中长远的利益。如果损人利己，如果损人不利己，都不是"益"。董明珠虽然还时不时要和雷军他们计较，但她的"问道明珠"论坛，源于她对传统制造业利益的关怀，让企业家们聚集一堂，分享经验，探讨得失，备战未来，更是她做"明珠特训营"的初衷。在国营企业奋斗了大半辈子的她，已经六十二岁了，还在为互联网时代的日渐失去重心位置的实体经济振臂高呼，让我们不由联想到甲午战争后民族资本家实业救国的悲壮。

其二，何为"聚力"：共享资源，共享渠道，共享目标群体，而不是互相倾轧你死我活。中国市场的不成熟，表现在差别化不明显，竞争力集中在量和价格上，所以人人都可以成为敌人，人人都可以挥拳厮打成一团。如果每个品牌，都将自己的核心价值提炼清楚了，就很容易发现，在某个消费者类别，某个特殊渠道，某个价格空间，某个产品线的延伸段，某个时间期限内，是可以与他人产生合力的，而最终成就的是双方在各自领域里更强大的力量。跨界营销，是当今热门的概念，充分说明了跨品牌、跨行业、跨媒体合作的可能性。回溯到遥远的战国时代，七雄中秦国独强，居于西方，其他六国南北向排列在东方，公孙衍游说六国南北纵向联盟即"合纵"抗击秦国，可惜六国各怀私利，锱铢必争，结果被秦国以张仪倡导的"连横"东西联盟破之，这是一个反例，足可以让今天的合作者们引以为戒。

前阵子，习主席访韩，引隋王通《文中子》，言道："以利相交，利尽则散；以势相交，势败则倾；以权相交，权失则弃；以情相交，情断则伤；唯以心相交，方能成其久远。"外交如是，商业合作亦如是，"以益连横，以义聚财"。

写于 2013 年

第三部分

谢　幕

色的中年篇

类别：品相

　　秋天来临的时候，将一批旧夏衣送人，其中有件短袖丝质连衣裙，掂在手里还惆怅了一下。记得那年夏天，莫名其妙买了这件没腰身浅蓝连衣裙，当连衣裙穿吧，本人腿壮而裙子短，露拙的事情我是决不干的。想来想去，从衣柜角落拉出一条小灰白点褶子裙，就套上了，踩上灰色鱼嘴鞋，戴了白色皮带表，挽了白包包，整个人四平八稳很端庄的样子就出去听音乐会了。

　　气色很不好的人，穿灰有点冒险。棕色系则是熟女至而老女的安妥之选了。

　　棕色系是秋天的颜色，秋天是我出生的月份，因为这个执念，就特别钟爱棕色系。肤色不黑不白又偏黄的中年黄脸婆如我，就可以和这个色系浑然一体你中有我再也分不开了。这也是个可以玩层次的色系。以前装修房子的时候，油漆工把色卡给我，对着那么多棕色调，一时看呆了，最后拿了管黄色，挤一点点红色，在白色颜料里慢慢调出了个米色带些微浅棕的，作墙色，配着做旧的或棕或米色的家具，金黄底大花的沙发，阳光照射的时候，金得恍惚起来，没有阳光的时候，也有甜甜的暖意。油漆工和工头都很爱这个颜色，各自取样一小罐，说是以后家里装修的时候也用这个色。

有段时间，疯狂地想学室内设计，毕竟一生中为自己装修房子的机会有限，唯有职业工匠才有机会一遍遍尝试新鲜花样。到底不能够，所以将对色彩的热情放在了每一季的新衣上。和所有购物狂的女人一样，买衣服的时候，多半没有完全想好怎么配，反正家里那么多衣服，总有可以配的，就豪气万状刷卡大包小包回来，在衣柜前兴高采烈地将新衣服尽量和原有的衣服搭配开来。但也有无所适从的时候，比如有件对襟无扣的芥黄上衣，在衣柜里寂寞地做了很久的壁花，也没有找到合适的伴。后来在 ZARA 买了各种颜色的打底衫，其中有件浅米色的，恰好就配了这"芥黄单贵"。裤子是现成的浅棕小腿裤，套上棕黄小靴，套了件深咖啡色前长后短不规则裁剪的薄呢大衣，扎了根棕色宽皮带，手里拿着棕色 LOGO 包出门做指甲，挑了个"琥珀色"，在

262

指尖撒上星星点点亮粉。正做着指甲，有个年轻女子过来找人聊天，原因是："在这样好看的美容院里只洗了头，太不甘心了，得玩一玩才回家。"因为年轻，她倒不怎么打扮，圆圆脸长直发，朴素的蓝色系毛衣牛仔裤球鞋，和我有一句没一句地翻着杂志胡聊。我说："千鸟格老想穿总不敢穿，一穿就像有千斤重。"她说："格子衬衫怎么穿都好看，蟒纹多可怕！"美甲师小雪说："就是喜欢衬衫，有花边收腰或者一点点小小装饰都可以，才不想穿老头汗衫套件小背心充潇洒。"

上衣我很少有梭织的，衣服衣服，舒服是第一，看着舒服，穿着舒服，针织面料更易穿，不皱不牵绊，梭织只有长衬衫是我所爱。去年买了一件长款米棕色丝棉衬衫，质地很垂，后背更有奥妙，是透纱的，一定要穿小背心才可以。初春穿它去香港，勉勉强强内衬了黑色背心配它，下面是黑色七分裤，棕色凉鞋前面有个深灰的蝴蝶结，总觉不是良配——像很多为了结婚而结婚的男女。于是就寻寻觅觅，找合适的配它。后来买到橙黄的通花背心，配了这后背透纱的长衬衫，艳得几乎俗了，就穿棕黑色九分裤，裤边有细缎重叠的装饰，肤浅的颜色这才压住了，风格面料上又浑然一体。

心中总有这样的一处风景：一个人漫步两列高树围拢的小路，阳光施惠大地，照着浅浅深深金黄落叶，铺满前途后路，一点点秋风，打着转，吹起落叶，吹散眉弯惆怅；虽说春花落尽，岁月流走如沙，一日不到暮冬，一日不说甘休。

有位 Y 女士，我一直不太欣赏，找我十次八次说没时间，或许是因为她有点头上长角的暴发户姿态。初秋时分，我们还着长袖连衣裙薄外套丝袜，她来我办公室谈事，穿金棕色羊绒大衣，驼色圆领线衫，裸色宽大裙裤，赤脚踩着恨天高金鞋，戴茶色眼镜，还带着深栗色的行李，我问她去哪里？她说"伦敦"。我又指着那细高跟笑："穿这个长途跋涉？"她哈哈笑："习惯了，这双还是寻常物。"那样飞扬的装束，的确适合在秋天伦敦街头摇曳行走，没有灿烂阳光何干？自己已经备好了洋洋洒洒一身灿烂，管他身外秋风秋雨？从那日起，开始觉得 Y 女士并不那么讨厌。都到了这把年纪，都是女人，都那样奔来跑去，踩着高跟鞋打拼，何不惺惺相惜起来？

裴丽怀孕后，试图将自己的巨型身材藏在黑外套里。其实是藏不了的，我们眼看着她一天天变胖变肿变黑变丑，没有最丑只有更丑，谁说怀孕妇女是最美的？不信你看看裴丽。她以前么，不是很漂亮，还是有几分可观的。现在看她摇摇摆摆小山一样地挪动，实在不是好景观。我问她："什么时候休息啊？这样太辛苦！"她说:"在家无聊呀,每天早上起来,上班已成习惯。"我信她,这些日子就没见她停下来,出差出国每次都没落下,因为"医生没说不可以坐飞机呀!"就以这样的形容杵在我们面前,折磨我们的眼睛,让我们也辛苦,让所有未育的妇女心惊胆战。裘丽说:"没有比怀孕更毁灭女人的了,全玩完了,一辈子就这样了可怎么办?"说完狠狠盯着我们的腰身看,我们则打着寒战看她,不知道说什么好。休产假的前一天,裘丽来了,众人眼睛一亮,她还是像小山一样,依旧肥肿难分,不过这次大家再没有调转眼神:她穿着米色企领毛衣,红棕色的孕妇裙,头发整整齐齐得挽在脑后,还戴了蝴蝶结形状的咖啡色发箍,衬着眼睛亮亮的:"我这就放假去了,明年见哟!"就把产假当成大假吧,否则还真没有理由歇下来。

如果说灰色是盛极后的冲淡,棕色是大爱无疆的温暖。

这一篇,献给所有停不下来行走,也停不下来衰老的人们。

2012 年 1 月 3 日

分飞燕

分类：原相

"分飞万里隔千山……"

黄梅雨天，与两位好友坐在 Bouquet 里 brunch，看雨，发呆，喝咖啡，赏照片……渐渐说到离别。有的事，早一点，晚一点，别人千万遍劝都无用，浑只当风吹过，继续效飞蛾投火；而这个时候，雨沾湿心情，无风花也自落，只得这样收梢了。

几年前，恢复练字的时候，第一幅就在黄色毛边纸上书写《锦瑟》，世上千首情诗，也比不了李商隐这一首的惆怅——人生说长不长，说短不短，可爱情最是短命，总在途中被饿，或窒息于只影一人的烟烛光里，或于适当时候名正言顺被亲情替身。

锦瑟无端五十弦，一弦一柱思华年。

庄生晓梦迷蝴蝶，望帝春心托杜鹃。

沧海月明珠有泪，蓝田日暖玉生烟。

此情可待成追忆，只是当时已惘然

真不应该再读雪小禅了，所有故事情绪，都被她说尽。还是要说说梅孟的最后一幕：

也是雨天，梅老板撑一把伞到孟宅等她，等了很久，小冬始终不见。梅踉跄离去，曾经风光旖旎的一对璧人，从此天涯陌路。当初孟小冬梅府吊唁，被福芝芳拦在门口，梅兰芳冷面不顾当初誓言，让孟先回去。孟受此侮辱，面壁绝食，终于痛下决心仳离。一生那么长，再痛也要活下去，却再也不能展颜，花朵一样的姣美瞬时去了，只余冷如钢铁的中性。无论杜月笙如何诚意待她，相信她心中只有一个梅郎，否则，不至于恨到演一场戏，一个开场，一个压轴，老死不碰面，而梅只能一个人在收音机里听冬皇余音。

邓丽君与成龙，也是那样伤离别。小邓从国外演出回来，风尘仆仆到成龙办公室找他，成龙在兄弟们面前，大男人气发作，故意拖拖拉拉开了两个半小时的会，让疲惫不堪的邓丽君苦等，邓一怒而去。成龙后悔，到录音室门口等她多次，她终是不理。分手很多

267

年，有次给成龙颁奖，一到台上，见了那人，已经泪流满面，原来她还未忘情。当初也曾经深爱过，但成龙好动，邓丽君好静，成龙重视兄弟情义，邓丽君只想两人静静相守，可见实非佳配，光是一点点爱情，又有何用？后来，邓丽君豪门路断，独身了很久，中年后和法国小男人周游，脸上犹带巴掌痕，哀哀叫着"妈妈"，倒在清迈酒店房门口。邓丽君长相甜美，一生钟爱粉色长裙，显见还是小小女人心，渴望被照顾被呵护被善待，可惜没有在合适时间遇对人。

看张爱玲文集，很确定《红玫瑰和白玫瑰》是在第二卷，一翻就翻到了振保和娇蕊的别离。他们东窗事发，振保病了，娇蕊去照顾他，伏在他被子上哭，一声声地说："你离了我，是不行的。"振保说："你要爱我，就要为我着想……"娇蕊站了起来，看了他一眼，似乎是很诧异自己怎么会弄到这样的地步，然后一言不发走了。振保娶了乏味的经常便秘的白玫瑰，发现那么个老实的女人竟然和老丑裁缝有染。他就此公开地嫖起来。最后一幕，在电车上，遇到已结婚生子的娇蕊，原以为应当是她哭，他来安慰，但是他滔滔大哭，而她只是沉默。

上网看《海上花》电影。侯孝贤和朱天文珠联璧合佳作，改编自张爱玲翻译成白话文沪语的《海上花列传》。原是上海人的李嘉欣，苏州人的刘嘉玲，说上海话不稀奇，可梁朝伟和伊能静竟也咬着舌头说上海话了，很是值得一看。演员自是一个看点，改编更是妙到十分，小说里最耐人寻味的段落都保留了下来，又行云流水般精简——技艺非凡的裁缝，在一块完整的大布料上下手，干脆利落地剪裁出一件衣服，布料上最美的花朵被完整保留，款式也绝配布料的颜色质地。天文和天心两姐妹，就像布朗特姐妹，姐妹们生活的重合度高达99％，又都才华横溢，还都遇名师。文章写得花团锦簇，又引人静思或哀伤。我大学时候读两姐妹的小说，立刻就很确定自己更喜欢读天心，到现在，脑海里还飘着天心小说女主角大雨天穿的长长布裙——天心很私人小情绪，天文很大体。但是，长大后的天文比较精彩，一直单身，五十岁还剪短短的齐留海，生活得很简单，但感情得很纷繁。

我也喜欢她那一句："人生山长水远，记得的不过是赶去见最喜欢的人的那段路。"是啊，那条路，每次都匆匆，怕耽误吃饭，手里极家常地左一个右一个挽着马甲袋，却心甘情愿，又喜悦到如饮黄酒般香醇踏实。可惜，这样的路，走着走着，也走到尽头了。从今往后，只有回忆，再不添新故事了。

回头说到天文和侯孝贤的《海上花》。两人合作了

269

那么多片子，天文唯一的收入是侯的电影编剧费，侯孝贤的电影编剧好像永远是一个人，两人的暧昧故事，流传了一生，不为人知，不知何种感情……这部电影，幽静，亦华美。沈小红和王莲生，一定是相爱的，谁说婊子无情，恩客薄幸？小红只守着一个人，谁也不接，也奇妒，王莲生去别处，她敢打上门去；小红像个孩子似地闹了一次又一次，王莲生还是心甘情愿回到小红处，坐下来，吸上一口水烟，无端滴了眼泪。即使这样爱，还是分离了。王莲生升官他迁，怎么走的，电影里没有演，只是最后一幕：小红坐在炕桌上抽烟，接了的新客，在前头吃过了饭，慢慢走到小红身边坐下——电影结束。

谁见过永不凋落的合欢花，谁见过并头一直到死的爱情鸟？我们都太过坚强现实，这个世界，已殊难生存，要那劳什子爱情牵牵绊绊做什么？只得这样活下去。

徐小凤的《无奈》，近期常听：

我本想跟你淡然去

无奈消失似露水（去似露水）

相处每一刻都痴痴醉

谁又会舍得你

你不必多说

求求你

270

难忍心里的泪

我愿往昔欢笑

与往昔美丽

留在你深心处

明白我愿能完全属你

无奈身不自主

梁羽生的武侠小说，虽不如金庸受推崇，可填得一手好词。《飞红巾》里，杨云聪眼睁睁看着纳兰明慧琵琶别抱，忿忿写了一首词：

"笑江湖浪迹十年游，空负少年头。对铜驼巷陌，吟情渺渺，心事悠悠！酒冷诗残梦断，南国正清秋。把剑凄然望，无处招归舟。

"明日天涯路远，问谁留楚佩，弄影中洲？数英雄儿女，俯仰古今愁。难消受灯昏罗帐，昙花一现恨难休！飘零惯，金戈铁马，拼葬荒丘。"

(2013－06－30 12：53：58)

271

诸位看茶

分类：品相

我不懂茶，只是觉得饮茶的姿势好看。就像不介意一次次告诉别人：我重色相，不重品相，而且恶俗得看芭蕾会睡着，看话剧只觉其做作。

在以前的公司，有一段时间经常去福建，我天马行空说的那些道道，不知道那些老板们听没听得懂，茶我倒是喝了一肚子，人家给我倒，我就装模作样闻一下，然后一口干。一天跑四五个客户，到最后一家，已经喝得站不起来，又频频跑洗手间。一次在汕头，有个开Q7的客户，送了我一大包茶叶，我不以为意，又不好意思拒绝，拱拱手就收下来。自己拿了几小包，其他给了部门里的人。回到办公室，拿着大茶缸一天一袋泡着喝，满口甘香，又隐隐觉得好像糟蹋了好茶。过了一段时间，和部门的人出差，机场里无聊，坐在茶店里，指了指类似的茶叶试着喝，喝到最贵的那种，还是没有上次的好喝，我和手下的那个经理互相看了一眼，觉得不对：上次的那个茶叶别是很贵吧？应该不止 100 美金（那是公司收礼不必上交的限额）。我赶紧说："上次的茶叶还在不？还在就都退回去！"为了这点茶，差点腐败了。

有时，上天安排了好东西放在面前，你也不知道。不过，知道了价值，反而因珍惜而气弱。

比如上周和一个公关公司开会，我嫌报价贵，又不想直说。我的那位小美人助理已经心领神会地开口了："模特要一个四千元，那是什么模特？杜鹃？冷餐为什么要每人 200 元，鱼子酱吗？"愣是将价格砍到四分之一，我和管公关的那个人面面相觑，知道自己绝对不会那么理直气壮地杀价——须知知识越多越负累。

说回来，我知道茶好，就开始留意了，找了茶道之类的书看看。

我现在的那个老板到中国来的时候，我照例差人买了 costa 的咖啡上来，他说："我从来不喝咖啡，我只喝茶。"法国人不喝咖啡？我们一起出差，坐在西湖天地里喝茶。我看着名目繁多的茶，问那个只喝茶的人喝什么茶。他说："Jasmine"。我们的经销商听说了，之后送了他一斤茉莉花茶，法国人笑成一朵桃花，将茶紧紧

273

抱在怀里。我无语。

后来和电视台开会，人家送了我们一人一块普洱茶砖。法国人笑纳。我问他："会喝吗？"他理直气壮说："那当然"。想想人家开香槟手势那么熟练，用把瑞士军刀对付茶饼应该没问题，我闭嘴。希望那个茶也不要太陈，否则又腐败了。

我正儿八经坐在同事"农妇"面前："我要学茶"。她看我态度还好，同意带我入门。我立刻笑得如小徒弟似的。

小徒弟跟在农妇师傅后面到了天山茶城。

先挑茶具。从便宜的入手，师傅怕不懂事的徒弟糟蹋了好东西，吩咐茶具店道："给她外形圆润的紫檀茶盘，不要贵的，不要太大的，不用成套的茶道具，拿把好用的竹子茶夹和一个茶荷就行了。"薄瓷的茶碗不行，用高温瓷的，不宜碎，喝普洱也不脏，连盖碗也不配，怕我砸了，就用个小茶壶泡，先学着。

我的恶俗，藏也藏不住：看到青花就摇头，还大言不惭："陶瓷我只看乾隆后的。"我头转得跟波浪鼓似地瞄着团团锦锦粉彩斗彩的看，看到只有稀稀一支花一段竹的，就撇嘴。农妇和茶叶店老板娘说是说"唯每个人的品位不同，没有高低的。"回头，我已听到农妇说："我不能想象自己可以用那些大花的茶杯喝茶"。老板娘又指着一个黄底五彩团龙的大茶缸问我："你难不成喜欢这样的?"——受尽侮辱。

我看着茶叶店老板娘的紫砂壶羡慕，涎着脸说："我总得有个紫砂壶，各茶喝各壶也不串味"。

农妇和茶叶店老板娘齐声说："你现在用不着那么贵的东西，便宜的壶你买了也没意思。"

我无奈，转念又求道："那我可以养茶虫吧"。她们总算开恩说可以，到底让我去买了貔貅，一对知足，和一个弥勒。

安顿了茶具，坐下来喝茶买茶。我不肯买绿茶，嫌淡（早知道我这副德性，农妇之前一定不会送我上品的龙井和翠芽）。滇红还行，铁观音不错，喝到大红袍就眉开眼笑，又问更香的岩茶有没有。后来我找到水果茶，实在不好意思说自己喝，就说给母亲买的，大家就笑笑罢了。

今天早早起了床，兴兴头头洗了茶具，烹了茶慢慢喝……

红楼很久没读了，有时间读一读那一章"栊翠庵茶品梅花雪"。

人生快意，才刚刚开始……

(2010－03－14 12：15：01)

咖啡梦

分类：食相

咖啡与茶，自是不同：咖啡来自西方，茶源于东方；咖啡是男人，醇厚，茶是女人，轻柔。

相同点更多：咖啡与茶，都香味浓郁；咖啡与茶，都是独享众乐，随心所欲的饮品。

咖啡与茶，都是闲情逸致时品最佳。当然，有客人来办公室开会时候，让助理去星巴克买几杯，一边绞尽脑汁谈事，一边猛喝咖啡，味道如何，不知道，或者纯粹取决于会议的结果。

咖啡与茶，最妙是用来遐想：比如现在，我坐在庭院里喝着速溶咖啡，想着两条归隐路：一隐于山野，天高地远，远遁不知所踪，一隐于闹市，在沪上最喧腾的地段开一家叫 Helen`s 的咖啡馆。

不出差的日子，生活极有规律。早上两个鸡蛋，一份水果，一份素点心，出门前将一早泡好的速溶咖啡饮尽。一到办公室，先泡茶。办公室的阿姨，只要看我前一天的茶具里有无隔夜茶叶，就知道我有没有出差了。午饭后，就是咖啡的档期，往楼下的星巴克一站，不管排没排队，咖啡小姐先生已经开始自动为我先做咖啡。冬天一般是大杯臻果拿铁或者摩卡，秋天我喝应景的创意咖啡，春天是玛琪朵，夏天就是低脂摩卡星冰乐大一统，唯一的不确定因素是不加奶油，加一点奶油，加一半奶油和加全奶油，取决于当日午饭是否油腻，或者对当日体重有否足够认知，那样明知加了奶油咖啡更可口但又思想剧烈斗争最后做明智决定的过程，很有趣，当然咖啡小姐先生们心里觉不觉得我这个矫情的老女人有趣就另当别论了。

出差的时候，到了一个城市，不是先吃饭，而是打听附近的星巴克，买了十几杯星巴克打包带给销售们喝。没有星巴克，就坚持要去任何一个咖啡厅坐一会儿。我不算任性，除了走到大商场，突然忍不住要去TODS买双鞋，去BV买个手机套，或者去Lauder买瓶面霜的突发性购物狂症状外，就这点泡咖啡馆的爱好：将咖啡杯，即便是take away的杯子捧在手里，悠悠喝一口，眼光淡淡看向窗外，心就落实了。

谁去咖啡馆有目的呢，不就是实在找不到任何事做，不愿继续乱逛，也不愿一个人坐在家里面壁，就去咖啡馆里坐着，反正闲着也是闲着。谁管你是一个人还是对影成双，反正大家都在自己的时间里晃着——若有若无的音乐里，或明或暗的一角，坐在桌边，或者团身窝在沙发上，看书，上网，轻轻讲电话，或者只是发呆，阳光舞在黑亮的头发上，在做旧的红砖墙上，在咖啡在原本就有的拉花上洒下细小斑点……慵懒啊，任性啊，自由啊，怎么形容都可以，就是奢侈到虚掷，让时光就那样滴滴答答过去。咖啡馆里的时光，就是用来浪费的，没有那样的慷慨无畏，出不来那样的闲散舒逸。

茶就不行，没有在茶馆买杯茶带了就走的，我在茶叶店里白喝几道茶，就觉得内疚，要称上几两才安落些，更加坐不久。有些人喜欢带一杯泡好的茶到处走，茶泡熟了不是味，只是人老了指着喝口热的。有次我在飞机上见一位中年女子木口木面坐着手里捧着个保温杯，却一口茶不喝。隔一会儿，才明白原委，有个肥壮老男人从后面几排，隔一会儿踱过来一次，一句话不说，就"唔"一声，那位女子立马将保温杯捧给他喝一口，喝完了，那女子继续捧着。——如果这俩是夫妻，这种男人该打，如果那男的是单位领导，那女子就该甩袖子把那保温杯摔了走人。凭什么为了自己的一点点享受，而让别人负累？

不是会喝咖啡就能开咖啡馆。为了这一点点心愿，有段时间天天泡不同的咖啡馆，真是到了"我不在咖啡馆就在走向咖啡馆的路上"的境界。那时恰好在港汇中庭做活动，就顺理成章从早到晚坐在 Versus café，往下俯视现场。那天和 TANGO 喝咖啡，我点冰摩卡，絮絮和他聊到我的宏愿。他喝美式，一嘟那著名的老实巴交厚嘴唇说："开新乐路好了，原先的 Boonna 关了，正缺咖啡馆，湖南路安福路也不错，闹中取静，既有人气，又觉得安定能坐下。"开咖啡馆做到"轮回"就是最高境界了，开了十五年，几乎成了上海的一张名片，对很多人来说都是回忆，第一次约会，求婚的地方，分手的地方，开心不开心，都在那里，半夜三点还满满堂堂都是人，等着吃拌馄饨。我也记得 Y．Y，那时 Y．Y 才开没多久正当红，还在 L 公司，周四周五晚上，就和同事们花枝招展，穿中式小肚兜西式长裙去 Y．Y，全是人，满耳的音乐，一直喝酒（没有喝咖啡，记忆中它是个酒廊不是咖啡屋），摇摇摆摆和那些老外说"我骨子里是传统保守的中国女人"——那个没有余地不留后路的任性年代啊。

不是会喝咖啡就能开咖啡馆。经营模式中，加盟知名的咖啡 CHAIN 是财力不及且受限太多，完全自己的模式么，又不够专业。PAUL 来自咖啡的故乡西雅图，是个热心人，到处去拍咖啡馆，在网上下载咖啡厅管理加盟若干文件，逐条分析各种模式的利弊与要点，几乎每天发一到两条邮件来告知他的新发现，信息多而杂，我的一点点小兴趣，相形之下，变得微弱虚伪，几乎有辜负他热诚的惶恐。——想来他是在我的梦想之上，实践他的梦想呢。这也不出奇，哪个咖啡迷不梦想着开一家自己的咖啡馆呢？PAUL 喜欢 La Mer，我们总是在"古意"吃完剁椒鱼头酸辣土豆丝后，在 La Mer 坐到打烊。那天咖啡店主在一边有一曲没一曲地弹即兴钢琴，正和我在玩挑棒游戏的 PAUL 经过主人同意，也去弹了两段爵士乐。悠悠钢琴声中，我想，为什么，PAUL 从来都没有问过我自己究竟想开怎样的咖啡店呢？

曾经一度，离理想很近了。在大沽路找到一间 100平方不到的门面，原先开的是酒吧，涂得墨黑，洗手间大得离谱，还有一个小库房。隔壁还有一间 50 多平方的门面隶属同一个房东，恰好有位年轻女子要开美甲店，心里想，咖啡馆的客人可以美甲，美甲的客人正需要咖啡小食，真是好搭配。那位女子美得如小仙子，戴着美瞳，越发不像真人，接一个电话，呱呱说英文，虽然发音不正，至少流畅。我们俩坐下来和中介谈租金，都没谈拢，我称事忙就走了，看见小美人还和中介的老板聊得山响。

一边砍着价，一边找不收加盟费只卖咖啡用品兼做咖啡培训的公司，竟给我找着了。那还是四月，和咖啡加盟公司的人坐在大沽的一个卖红酒也供咖啡的屋前喝咖啡，我点冰卡布奇诺，端上来的咖啡吓我一跳，杯子不对，吸管很CHEAP，尤其分层莫名其妙，奶占了八成，却没有奶沫，咖啡只一点点，我们笑起来："怎么做都要做比这好的咖啡！竞争对手太次了。"

回到家，打开电脑，将五年的损益，按良好、预计和较差的不同状况算了出来。合上电脑，突然想到：每次去大沽路，都是下午，客流的确很旺，但是晚上呢？

后来就晚上去大沽路吃中东菜，很怪的味道（到现在肚子里好像还有股茄子味）。终于发现问题了，晚上这几乎是空城，所有的饭馆足道馆美甲馆都门可罗雀。我们总结道：把砝码压在老外身上，是很不靠谱的，本地客，在中国的土地上，还是应该是主流。于是挂个电话给中介，告知这个门面没法谈了。过些天，中介特地告诉我：那个门面租给日本人开简餐了，房租比我当时愿意接受的价要高上一截。我很高兴地说：那就让日本人上当去吧。

咖啡梦，就此搁置了。PAUL又去了苏州，热情地建议我在苏州开咖啡馆。我几乎是愤怒地说"不"。他

281

又邀请我周末去苏州看一家他认为几乎完美模式的咖啡馆。思虑之后，我给 PAUL 写邮件："There is something inside against my willingness to go to Suzhou this time!" 他不会明白，也许永远不会明白：我的那杯咖啡，不是他的咖啡。

但是昨夜，在梦里，我把我的咖啡馆开出来了：米黄的墙几乎没有修饰，挂满了旅行者的照片，椅子多沙发少，我占据在一张沙发椅上，长裙子垂到褐色的仿古砖上；花式咖啡盛在洒一圈淡金粉的雪白瓷杯里，落地窗里，透出满园春色粉色蔷薇，清风些微，吹起桌上稿纸，上面只有一行字："不要惊醒我。"

(2012－05－27 21:48:08)

作家之家

分类：色相

对于作家的家居生活，有自然而然的兴趣，因为感觉自己是他们的一部分，好比对着窗外同一轮月亮，沉思后，伏案写下这一行行字……

近来就喜欢两部片子，一部是《一条狗的使命》*A Dog's Purpose*，另一部是《天才捕手》*Genius*，看了一遍又一遍。因为后者，特地去买了《天才的编辑》*Max Perkins：Editor Of Genius* 纸书，书有点琐碎有点闷，但是从编辑的视角，记录那个时代几位文学天才的最好读物，只是读了好些天，还是没有读完。更喜欢电影一些，尤其是那个片段：天才作家托马斯·沃尔夫（Thomas Wolfe），带着他的编辑麦克斯威尔·柏金斯（Maxwell Evarts Perkins），从大楼外的天梯翻入他写《天使，望故乡》的旧居，一个位于第八大道的阁楼，两个人都微醺，站在顶层简陋的露台上，对着灯火星光，并肩远眺，长长叹息——如果我也可以和他们一起站在那里，对着沉重的过去，长吐一口人间浊气……

托马斯·沃尔夫与柏金斯合作出版了《天使，望故乡》《时间与河流》，柏金斯的贡献在于将天才如大河奔流灵感下的巨幅篇章，精简精简再精简。裘帅演的沃尔夫显然不够高，原型有乔丹的身高和雪莱的面孔。这个大高个是站在冰箱前写作的，海明威也喜欢站着写作——很有趣，柏金斯的宠儿们都不喜欢屈身坐着写。

这部电影和这本书里，还有两位重要的作家海明威，和写《了不起的盖兹比》the great gatsby 的司各特·菲茨杰拉德（Francis Scott Fitzgerald）。这两位的主要作品，几乎都被拍成了电影。上世纪六十年代的那个《夜色温柔》电影版本，我只记得琼·芳登那最后玫瑰般的容貌。

海明威在佛罗里达半岛东南角靠近迈阿密的 key west 旧居广为人知，这座故居建于 1851 年，海明威在 1931 年购得时已经是有 80 年历史的旧屋，他与第二任妻子 Pauline 在这里住了十年。主楼和后面的小楼只占

284

整座故居面积一小部分，其庭院相当大，160多年的老宅因为有人精心管理。故居里有一个猫舍，这些有六个脚趾的猫，不断繁衍，被称为"海明威猫"。

他后来与 Pauline 离婚，移居哈瓦那。先是住在充满阳光的"两个世界 Ambos Mundos"旅馆，后来正式居住在圣玛利亚海滩的 Finca de Vigia（比西亚庄园），一住就二十年。原来，他选择居住的地方，阳光充沛是标配。但是为何他总是每天醒得那么早？《纽约客》的 Ross 写道："他在黎明的时候，总是睡不好，他解释是因为他的眼睑太薄，对光线特别敏感。"海明威说："我几乎看过了生命中所有的日出。我在黎明醒来，我的脑子里就开始拼命的造句，我必须要尽快摆脱他们——说出来，或者写下来。"——所以我不必为每个夏日清晨过早醒来而担忧了。

菲茨杰拉德一生都缺钱，两本主要的著作《了不起的盖兹比》和《夜色温柔》，都不算特别畅销，远远卖不过海明威，海明威多产，且几乎部部畅销；生活费基本就是靠天才编辑柏金斯预支给他的稿费，但是花费很豪，与他的疯子老婆泽尔达一起，与富人为伍，四处旅行，家居华美，精致着装。有次柏金斯受菲茨杰拉德夫妇邀请去他们位于特拉华州的希腊复古式别墅。柏金斯之后写信给海明威，埃勒斯利别墅是"一幢坚固、高大的黄色建筑，是我去过的房子中最独特的。它很古老（就美国而言），绿树环绕，肆意生长。别墅前后都有廊柱，二楼的房间都有阳台。还有一片草坪一直铺展到特拉华河边。"星期天，柏金斯最早起床，独自吃了早餐。秋日的微风撩拨着窗帘，阳光照射进来。他告诉红颜知己莱蒙："仿佛想起很久以前快乐的事，全都属于宁静的过去，令我觉得安详而快乐。"

找不到菲茨杰拉德任何住所的图片，就展开想象的翅膀吧，想象作家坐在窗前写字，许久不抬头，白色窗帘随风拂动，庭院一丛丛阿佛洛狄特的红色玫瑰。

今年早春，在被迫中断南美之行的前几天，去了智利诗人聂鲁达故居。他曾经三次到过中国，并与茅盾、丁玲、艾青等有文学交流。在访问中国时他得知，自己的中文译名中的"聶"字是由三只耳朵（繁体"聶"）组成，于是说："我有三只耳朵，第三只耳朵专门用来倾听大海的声音。"这位富贵家庭出身诗人的故居就位于黑岛大海边上。

游客不可以在故居室内摄影，所以只得先拍些外景，然后到室内静静参观。这是一所充满海洋风味、自然舒适的个人行宫，收纳了诗人周游世界的藏品，那种与海相辅相存的爱，通过海洋贝类的藏品、航海图、如船舱效果的餐厅展露无遗。聂鲁达的衣帽间，有着对于一位绅士而言，异常丰富华美的服装，包括很多上好的格子呢西装。我特别注意到一张不大的书桌，位于房子侧面，可以斜斜地看到海，既不会在无数个晴好的日子觉得阳光过于刺眼，又始终不迷失大海时刻光影幻动的身影。小小虚荣又读过一些书的女人如我，一辈子所求，也无非是散着头发，穿着细麻白衣，在这样的书桌坐下，写几行字？

　　去年分别在春天和秋天去了两次英国，在巴斯经过了简奥斯丁的房子，在斯特拉福德看了莎士比亚故居的外观。都没有进入室内，在英国那种多变的天气里，可以想象，作家的窗台与心情也阴晴不定，忧郁难言。

　　有天在布拉格，也是我喜爱的步行路线，从查理大桥到黄金巷，找到卡夫卡故居那张仄逼的小床，就明白，他的灵感诞生的地方，一定是在布拉格大街上的咖啡店里。

　　前些日子，在锺书阁发现了这本《文豪之家》，列举了三十多位日本作家的房舍，其中有至贺直哉和井上靖。

　　某年六月的午后，走在奈良街头。喜欢奈良甚至多过京都，因为这是个步行的城市。从春日大社一路步行，看到街上有至贺直哉旧居的标志，就一路寻过去。

并没有读过他的书，只因他是个写作人，就像去看看他那张书案。终于挥着汗，在鹿儿聚集的村边小路，走到了作家的门前，无奈是周末，门不开，人独立，拍了张照，就往回走到下榻的古老奈良酒店去。

这些天，重读了井上靖的几本书：《楼兰》《敦煌》《天平之甍》。很久以前有部中日合拍的电影《敦煌》，场面恢弘，演员演技精湛。《天平之甍》也拍了大场面电影，我喜爱的作家朱天心写过一篇《天平之甍：时移事往》，原来她和我一样，读完这本书，念念不忘"业行"。一共四艘船，随鉴真的第六次渡海，鉴真到达，造唐招提寺；普照到达；阿倍仲麻吕到达，之后再仕唐朝。只有业行，随三十年心血抄写的经卷与第一船一起不知所踪。

原来，井上靖是在这样的普通民宅里写下这些澎湃大作的。相比之下，青森大富人家的太宰治的家，就是那种日本豪宅了。

走了那么多地方，今年突然沉淀下来了，慢慢也开始习惯把家居当作主要的场景。在书房的时间渐多，琢磨着把书房改成日式，唯独日式书案配榻榻米，长时间跪坐或者踞坐，不能承受。大圈椅，和现在书房的中式风格很搭，但是我做不到正襟危坐，若生在晋朝，我定和阮籍嵇康一样踞坐会客。现在，我把腿盘着，类似跌坐在大圈椅上，对着窗外柔和光线，和窗台上的一丛花——我的房子安妥地把世间的风雨挡在外面，我在大案的电脑上码字，心里很定。

2017 年 6 月 11 日

静日生香

分类：杂相

开车飞驰在宽阔的林荫路上，一会儿阳光灼人，一会儿暴雨倾盆。不过真喜欢这样的天气，如果冬天永远不来。

从图书馆出来，没有直接回家，顺路去某某小镇绕了一下。如斯美景，即使还没有很多人入住。这里渐渐变成婚纱照的圣地，教堂门前有不下十对新人，堂皇地走来走去，白色的纱裙，黑色的礼服，有个新郎将皮鞋当拖鞋踩，露出白色的厚袜子，新娘却还是挥着汗神采奕奕地拉着长裙袅袅地走。

马路都以洋名挂之，勉力记了路名，照样还是迷路，不管它是中文名还是洋名。阳光闪得我眯了眼睛，将车速降了些，前面的车却开得更慢，也许都在欣赏沿路的风景建筑。真正的英国小镇也比不了吧。看着这个设计独特的小区慢慢造起来，现在好像犹未完工的样子。一个个待租的商店纷纷挂上了名字，小区门前的大屏幕在演示将要开业的店，好像不少饭店，咖啡厅，酒吧，美术馆和艺术学校，翌年这里也将热闹起来了吧。

那边还有个大码头，在广阔的湖边倚着围栏，风吹散头发，时间好像不存在似的。不过今天我是无论如何找不到过去的路了，只得放弃，改日从靠近我们小区的大门进，一定可以找得到。来时去时路，我好像永远只识一条路。

回到自己的小区。这是个很亲切简单的小区，绿化却一点不差，也有湖，不过是人工湖。每顿饭后，我都会在小区里走一圈，看看别人花园的新进展，每次走同样的路线，越显得我是个有纪律性的人。在自己的花园里呆的时间比在屋里的多得多，有太多"农活"要干：月季花枝老是刺痛我的手，草长得一点也不好，不知是缺肥还是生虫，颇为踌躇。应该要松松土了，可我的老腰不容我任性，得找人来帮忙。小池子里的水几天就很脏了，飞虫们快乐地在洒满阳光的池水上跳集体舞，于是辛辛苦苦换了水，妈妈又开始抱怨我浪费资源浪费钱。

那样忙来跑去，健康茁壮黑黝黝，粗胳膊粗腿，铁木兰似的，也许是这里空气好又安静的缘故。脸上的斑一定也在疯长，我没注意，或者是懒得照镜子。在这里谁又在意那一点点皮相呢，土人，村人，散人而已。

两个大书柜很快就填满了。每次去超市，就去超市门口的书店买小说书，那些摊主看我推着购物车过去就展颜笑。比起每天停在公司楼下的八十大元停车费，每本书可以让我在床上躺着熏着香看一个下午，也不算奢侈。近期特别迷"穿越"小说，因为那些不世的英雄最后都在书里活了过来，霍去病和织田信长九死一生后都成了成功的商人。英雄不死，美人不老，人生美事尽在于此吧，现实世界里却没有这样的好事。也看一些历史书，例如《明朝那些事儿》之类的，看到英勇无比的戚继光如此惧内，又因看人打群架，招了三千无敌义乌兵，"鸳鸯""五行""三才"阵打得倭寇鼠窜，再不敢侵我浙江福建，捶着桌子大乐，又在阳台上转了几个圈才平静下来。

邻居们天天串门聊天，晚上啪啪打着蚊子一起在小区里乱晃。一起去苗圃买树，一起种花，一起学琴。晚上弹起古筝，就听到后面那家女孩玲珑的钢琴声。下午看书看着打起了盹，梦中听到《高山流水》的古筝曲，诧异右面邻居的水准已到如此境界，睡意朦胧地循着乐声找，原来是谁家放的 CD。——"赏心乐事谁家院，良辰美景奈何天"。

对面邻居家有个可爱漂亮的十岁男孩，每天在我们家里混：我们吃方便面他也来一碗，我们喝粥，他也盛一口，任他妈妈直着嗓子叫他回家吃肉他也不理。下一步打算将他的户口迁进来。他家自己的花园草荒得不行，却乐颠颠地每天帮我们浇花——当然夹带着玩水。和他从二十四点玩到吹牛，又开始下棋，五子棋他玩不过我，围棋却比我好。他撑着头，黑亮的眼睛看着不争气的我："阿姨，我看，你的围棋要练好一点才行。"

棋我学不好了，小时候下棋，老输，给爸爸和哥哥刮烂了鼻子还是不长进。和同事们玩牌，谁抽到和我一对就会倒吸一口气脸煞白。等牌搭将手点到我鼻子忿怨地骂，我还涎着脸笑："输了又如何，一副牌而已。"公事上我是个奋勇争先睚眦必报的人，别人略有不上路，我立刻呼啸着一个毒辣的 EMAIL 扔过去，还在办公室里绕行一周，咬牙切齿地告之全世界，一副"别惹我，惹我我跟你急"的样子。离开办公室，我就拉了闸门，又是那个什么都不会，游泳不会，自行车不会，溜冰不会，讨价还价不会，打牌下棋不如小孩子，开车老迷路的糊涂蛋。

在附近找到一家号称是卖印度服装的店，衣服正不正宗我不介意，卖的香倒是特别，紫罗兰、木兰、荷花，桂花，香味各异，却都浓烈芬芳，家里每个房间和浴室都放了不同的香，香具也不同，瓷盆子，木盒子，竹签子，银铫子，点起香来，每个空间都充实得满满的，那些个小情小绪立刻灰飞烟灭。

斜对面的老人家，房子还没装修，倒种了一院的花。有一种花，老人家告诉了名字，我却忘记。春夏交接时分，站在他的园子里观花，对着静静河水，粉色的花开得烂漫，清风徐来，落花飞絮里，愿意真的忘却春风几度，天涯芳草。

该撒手的时候，该退一步的时候，该沉淀下来的时候，该静心冥神的时候，人生的乐趣才刚刚汹涌而来——却原来，也可以这样过，却原来，"日长风静，花影闲相照"。

(2009－08－09 08：49：05)

心　路

分类：原相

　　这当下，我成了一名地铁族，99 块买来单层小皮夹，交通卡里存上 100 块，稳稳当当用好些天。出门就是地铁站，上海四通八达地铁，两换三乘，可以到任何地方，然后就是缓缓行，无处不是陌上花开。

　　乍暖还寒时节，我有两套绝好装束：一件黑色中式短棉袄，一件灰色绒线长褂子，里面配或黑或灰单衣；两条长裙子，一黑、一灰，裙子右侧有一个小口袋，恰好搁交通卡，上下楼梯时候，隔着口袋里摸到卡还在，无比踏实。这两套交换搭配，每天出门，省心地往身上一裹，镜子都可以忽略，因为不会出错。套上那件灰色长褂子的时候，一点点风来，衣服下摆扑扑飞起，让我那并不轻盈的身体，也有蝴蝶的飘逸；套上那件黑棉袄的时候，又如山鸦，觅食累了，在寒意颤颤的树枝上，觅得瞬息片刻遗世独立的静。

闲来画兰，想起若干年前教我国画的小师傅，说我的兰没有翩翩巧意，不如去画宁折不弯竹子。有时也弹筝，想起《渔舟唱晚》曾被我弹出战台风的铿锵——还来得及，尚不算老，可以从头来过，翻到全新扉页，成就一个淡定圆通的自己。

参加职业教练认证培训第一天，自我介绍的时候，我一只手插在口袋里说："I retired"，不出意料地看到大家诧异的目光。想起十二年前，我们亚太区的老大，把手插在口袋里说："I'm going to leave"，他多年的追随者中有人当场泪奔。而现在的他，在美国的乡村别墅门口打高尔夫球。前些天遇到一位曾经的老板，大白天已经醺醺然，我记得他之前要到下午六点以后才有酒气，想来，他时时需要忘记，还要熬多久才能等到退休……

回到去年秋天，Linda，我多年前的同事，在浦东的一家幽静的茶馆里，向我介绍 coaching，并娓娓道来一种新的生活方式——工作和生活两不相欠，互补，互输能量。而生活的本质在于平衡平和久远，而不是爆发性地追求极致。我那非黑即白的决绝信念，在淡淡的茶香里一丝丝飘走，那因少了朝九晚五目标预算牵绊而左突右冲的心，就此按部就班。

Linda 带我加入了一个同道中人的定期交流会。在咖啡店里，我们占了相对独立的一个角落，大电视上投影着精心准备的 PPT，咖啡茶点零食布在长桌子上，阳光透过旧旧落地窗照在我面前的笔记本上，窗外绿树成荫花儿正当时。

N 干练直爽，我参加了她的 Hogan 培训班。做 coaching 练习的时候，她权威地坐在桌子另一头，一字不漏地听到每句对话，总结的时候，她语重心长地说："注意啊，你聆听不够仔细，而且太容易 judge。"——倾向于说教布置任务，善于做分析判断，注重结果和解决方案，对事物本质和人的缺点感知敏锐，这些职业经理人引以为豪的素质，在 coaching 的世界里，顿时成为负累，因为 coaching 的秘诀在于聆听，启发人的自我认知。

S 做了一次公开课。那个雨后黄昏，驱车赶到浦东的一个办公楼，小小的临时会场，坐满了人。我在墙角找到一个位子，静静坐下。周围都是陌生人，谁是谁不重要，我唯一认识的人是站在讲台上的 S。她讲她的故事：写了长长的 dream list 的她，从癌症手术的千难万险中活过来，再看当初的 dream list，突然觉得这些事与她毫不相干。病愈之后，她从给予也带有自我色彩的人，变成了一个超越小我，愿意做世界普普通通一分子的人。这是 Robert Kegan 的人生自我意识发展五个阶段的理论。所以，坐在那里的人，从哪里来，要去哪里；不管曾经多么辉煌，或者曾经多么折堕……都不重要。

C 带我参加一次早餐会议。仍是雨天，我早早到了，在四季酒店的会议厅里，找不到地方放我的折叠伞，只好把伞塞到了座位底下。穿了黑色 dress，高跟鞋，淡妆，挽着名牌包，仿佛又回到了职场，唯一的区别是我没有名片。当与西装革履的绅士们交谈的时候，他们双手递过名片，我赧然道："不好意思，我没有名片。"他们略觉愕然，但马上礼貌地说："没关系，以后多联系。"没有人联系我，因为他们不知道我是谁，从哪里来，又在做什么，但我毫不介怀。这次早晨会议时建立的一个群里，大家分享各种宏伟的项目资讯，而我一如职场新人，展开一张白纸，不知如何落笔。

开始独自出行。先到美国，头一站洛杉矶，通过 airbnb 住进一位退休的女演员家里。她每天要出门，穿着她的背心大裤子。我在周边漫无目的走，走累了就回来，花丛树影里，铜锈栏杆下，她的两条爱犬奔过来迎接我这个不知从哪里来的陌生人。她回家，问我饿不

298

饿，我说不饿，她就开始做鸡尾酒。我们坐在枝叶蔓蔓的露台上，太阳金黄落下变粉紫渐又成灰……我们聊天，从政治美国总统聊到她的旅行她的男朋友和她最近的一次手术——虽然我一句都没有说到自己，但聆听也很舒服。

自驾前往圣迭戈，坐在海边的小酒馆里，叫了一杯马格丽特，相机在我手边，喝一口酒，拍一张照。邻座有一对姑娘，想和我换座位，我笑着说："每个人，都会觉得别人的位子好，其实你们面前的风景也极美"。回酒店路上，一边看炫丽日落，一边听路边酒吧的墨西哥音乐，心都要随着步子跳起来。回到酒店，在每晚合人民币三千多元的房间落地长窗前，窝在长沙发上看此起彼伏的烟花，远处是线条优美的科罗拉多大桥。第二天，驾着红色野马跑车驰过科罗拉多大桥，到达 La Jolla 海滩，车子卡住在一个拐角动弹不得，毫不犹豫就向人求助，有位绅士坐进了我的车，帮我把车挪开。记得有人说我什么都好，就是不懂得示弱。挣扎许久，现在终于学会了示弱。当我布置好相机脚架在海滩上拍冲浪的时候，有人问我："你是职业摄影师吗？"我答"是的"——好吧，既然每个人得有身份。

回家后，呆了没几天，读过一本名叫《大理——不费力的生活》的书，就把简单衣物装一个大背包里，在一个崭新的早晨，飞向大理。这次选择住青旅，平生第一次，在声声相闻略有异味的小隔间里，体会了青旅的极简。第二天醒来，感觉尚不错，在旅馆门口的小摊上吃饵丝，碗有点儿破，但不损味道。继续走，人群中，城墙下，长长街边，走着走着，暴雨突来，躲在一家小咖啡店，翻闲书喝拿铁，看见有人急急奔来，站在廊下，绞长长花裙上的雨水，长发纷飞在雨雾中，而我油然感受到无风无雨的安妥。

雇了辆车，从古城到双廊，从双廊到才村，洱海边一溜儿的格桑花被太阳照得通体透亮。住进半山腰的民宿，最好的房间坐落在三楼，名叫"枕月"，200元一个晚上。整个三楼好似就我一个人住，到达的时候，日暮光线，将原木色系的躺椅、坐榻、土罐、野花，细细勾勒了金色线条。坐在客房的蒲团上，在民宿的留言本上落笔："就这样子，万籁寂静里，始知空里，找回了自己。"

回到上海，立刻注册了公司。什么都要自己来，写方案，出合同，找人出设计，打印发票，整理费用账目……这么多年来，习惯了由下属和助理安排所有细节，几乎是"disable"的人，不得不捡回自己的"手手脚脚"。花了几个小时的时间，设计一份问卷，想起十多年前，让下属给调研公司写一份 brief，我那位巴西德国混血的美国籍老板，拿了一张纸，以左撇子的标准姿态，一个字一个字写下一份标准格式 brief；又记得，有客人来，我大咧咧在办公室里叫助理倒茶，我的那位韩国老板，特地跑到茶水间，倒了两杯茶，双手递给客人……可惜，愚钝如我，被下属、助理，和 agency 惯着围绕着很多年，始终没有明白这两位老板的良苦用心，一直到，卸去所有头衔光环，独独面对自己的时候……

不再雇佣司机，也很少开车，背着双肩包，里面放着电脑，和那本如圣经一般的厚笔记本，在各种地铁线路之间来去自如，和所有人一样，满足地坐在地铁位子上看手机。那些名牌专卖店的销售员，美容美甲的手艺人们，之前见到我就蜜蜜甜甜叫亲爱的，现在看见我，未必记得我是何方神圣。我也渐渐忘记，曾经那么需要华服仙履假睫毛完美妆容的缘由。

我的新伙伴们，都叫我老师。当年那个甫出校门雄心万丈的女孩子，将才教了几个月的学生们扔在了身后，那些在我办离职手续时趴在办公室窗玻璃上的稚嫩身影，成为这些年来挥之不去的记忆，而今终于回归，虽已物是人非……

写下以上这些文字的时候，刚从冰岛历险归来，又

301

在整理去沙漠的行装。为何如此痴迷浪迹天涯，为何如此眷恋旅途转瞬即逝的光影？也许只是为了让自己撒一撒手。张爱玲在《更衣记》里写道："一个小孩骑了自行车冲过来，卖弄本领，大叫一声，放松了扶手，摇摆着，轻倩地掠过。在这一刹那，满街的人都充满了敬仰之心。人生最可爱的当儿便在那一撒手吧？"

二十多年前，我还是一家大型百货公司的总经理秘书，那天开幕大典，穿着新做的黑西装招呼客人，总经理让我去拿他的名片，走得太急了，从大理石中央楼梯上滚落，宾客愕然。真是痛，但当时只怕丢脸，从地上一骨碌爬起来，拍拍黑西装上面的灰，笑着告诉大家我没事儿。这些年，跌过多少次，不记得了，亦从未想过，可以依靠别人的一臂之力起来，只记得自己总能立刻爬起来，忍着痛，浑似没事地往前迈步。

去年秋天红叶季，我在宇治川前看红叶如火如荼，想起不知在哪部小说里读到的一句："我壮志未酬，雄心不在"，还略觉鼻酸。今年樱花季节来时，忽然起意去箱根，立刻订机票酒店，说走就走，无比雀跃，就此明白，我与企业职场已永久告别，一口气憋了二十多年的好胜孤勇，从心底拔除，从此晓风明月登岸。

前些日子，梦到父亲，他还是穿着宽大的旧棉袄，胸前别着大红花，坐在主席台上讲话。我好似又回到十岁时候的那个早晨，与父亲生离死别。我问他："你都看到了吗？这些年来我的努力是否足够，是否可以撒一撒手，是否可以告别翻云覆雨名利场，从此卸甲归田？"醒来我泪如雨下，因我穿越千山万水，千难万险，终于知晓答案。

写于 2015 年

人生五十年

分类：原相

Linda 临窗坐在我那还算宽敞的办公室里，不停地把小圆桌往前挪，以伸展她的大长腿，后来，她索性把一条腿翘在另一条上，全身洋溢着舒坦，以她一贯的、缜密学术中蹦跳着的童趣灵感，又带着老长辈那样悲天悯人触觉，和我聊很多 spiritual 的事，她的博士论文研究访谈，也一点不落地聊那些非常 material 的——房子车子票子。

她论文研究的是身患重大疾病的中年人的心理变化和心理康复的过程。她提到采访到的几位康复者，一位曾经以为自己是做错了才会生病，一位认为是命运安排，一位认为是概率问题。

概率么，我最能接受，总有人，恰好在那个小小的概率里生病了，并无过错。

因为无比真实，那个下午很愉快。

当人生后半程徐徐展开的时候，无论是愿意伸出双手来拥抱的，还是久久不能直面的，都会以各种不同的速度，在不同的情境下到来。面对真实，我们总是准备得不够……

无意把这一篇写成《心路》的续篇，虽然这一次还是来自 Linda 的鼓励。写《心路》的时候，以为自己达到了一个境界，现在看来，那不过是登山途中一段平路。虽然明知，来时路已那样千难万险，后面路亦不免崎岖。但是有些事，再千思万虑，也不能预想到，又怎能未雨绸缪？

这一年多所经历的，每每想写，却哽哽难言。抄经的时候，也会前尘往事到心头，如镜像倒影，清晰无比，却不再是当日情境……

第一章

农历丁酉年，是我的本命年。农历年初，去白云观，虔诚求了拜太岁的符。烟雾缭绕中，那一套程序持重做下来，相信自己已被护佑，颇为踏实，并没有去求证本命年是否宜出行。那两年，每次坐飞机降落这个生我养我的城市，就想立刻飞走远遁。在准备一个又一个行程的时候，我并无半分犹豫，这一年，除了二月底至三月上旬 14 天南美之旅，还打算去意大利、俄罗斯和南极。也许还要再分别去一次英国和日本，毕竟已经办了英国三年签证，而日本签证是五年的，还有四年有效期。美国签证，和很多人一样，是十年的。"我还要办个加拿大十年签证，再去瑞士领事馆申请一个三年签证"，我啜着颇为偏爱的霞多丽白葡萄酒，和闺蜜说。

如常，整理去南美的行装，一行十人，大部分是绅士，很安全的组合。带了两部相机，三个镜头，新买的 iphone 7 plus，轻便的衣服以外，也有若干彩色长裙，打算在乌尤尼盐湖的天空之镜招展一次。第一个落脚点是达拉斯，下车的时候，莫名其妙绊了一下，直接扑向地面，裤子和膝盖都破了，手里端着的尼康 D810 底部摔掉了一些漆。那天达拉斯的阳光好得很，从地上爬起来，阳光刺到眼睛里，只要遇到好天气就心情愉快的我，看着裤子上的破洞，觉得终于有一条自然破的牛仔裤真是帅啊。

到了智利，我们举着大相机到处拍，路上不断有人提醒我们："小心相机啊"。那天中午，天有些冷，我把相机拉杆箱和尼康 D750 留在了我们一行人租的面包车上，把 D810 和护照钱包手机一起放在一个蓝色

306

National Geographic 侧挎包里背着。我们几个在一个景点附近的服装摊位上逗留了很久，我买了一件红色的毛披肩，美滋滋地随大队去一个中国人开的自助餐厅吃饭。进了餐厅，我们坐一个长条桌，我正打算背着包去拿餐食，一位同行摄友好心地说："你包放在这里，我帮你看着。"我放下了包，去拿餐食。刚往盘子放了一些海鲜，那位摄友就奔过来说："Helen，你的包被人抢走了！"不敢相信，我问："不会吧？"他煞白着脸说："真的真的"。急着问："那抢我包的人在哪里？"他说："跑了，我追不了，你知道我以前受过伤的腿里面还有钢钉呢。"大家冲出去，抢匪已无影无踪。

拼命回想包里有什么，越想越惊：护照、iphone 7 plus 手机、名牌皮夹、雷朋太阳镜、身份证、信用卡、美金、人民币、护身符，还有尼康 D810 相机和 16/35 镜头，所有出门旅行最重要的东西，瞬间全没了。

随后发生的一幕幕如同一场噩梦：旅行社带队的人，听到这个消息，连筷子都没停，漠然地继续大口吃面；酒店的监控录像，清晰显示抢匪的面部和身形，即便是这样，去警局报了案之后，懒散的智利警察还是抓不到人；我打了银行电话把信用卡挂失了，把手机改到丢失模式；摄友们还要继续行程，我一个人留在智利圣地亚哥办临时旅行证回国。让旅行社带我去办旅行证件，因我不懂西班牙语，他们乘火打劫，要求高额服务费且当场付钱，不付钱他们就不管我，幸亏同行的摄友中，临走前，有人借给我不少美金，有人帮我找人，让中国这边尽快回复智利领馆对于我身份的查询。

那位帮我看包的摄友一度很沮丧坐在车里，我还去安慰他："不关你的事，是我自己倒霉。"他便坦然了，当其他团员都在对我尽力帮助安慰的时候，他很有策略地始终不在场。之后的没有我参与并给他们做翻译的旅途，他频频发欢乐的照片到朋友圈，显然玩得很尽心，并发微信给那个对我不管不顾乘火打劫的旅行社，感谢他们对我们一行人无微不至的照顾。

而我当时蛰伏在一个不知地名小街道的破旧公寓里等临时旅行证，听烦嚣人声，感受独自活着的真实。室内空调能量很大，开了空调便好像待在冰箱里了，只好关了空调。白天黑夜基本都是躺着，枕头都浮起来了，不知是浸润了汗水还是泪水。害怕出门，圣地亚哥的天光很烈，有摧毁元神魂飞魄散的功力，只得躲着。实在饿了，才出门买些吃的，一路上沿着房檐走，把口袋捂得紧紧的，每一位行人，在我眼里，不是强盗就是贼。

买了很贵的飞机票，重又回到国内。继续大门不出，吃东西就叫外卖。后来读到书，终于明白我当时就是那种"folded despair"。然而，厄运，你怎么躲还是避不过……

　　回国后的第三天的早上，外卖送来了，我在底楼拿了外卖，看到我心爱的宠物狗圆圆坐在沙发上，就随手把她抱了起来，不想她穿着的滑雪衫有点滑，我又拿着外卖，结果她被我一头摔了下来，头撞在大理石地上，当时就不行了，我抱着爱得如女儿一样的圆圆出门奔向宠物医院，绝望地想："老天爷一定不在我这一边，也许我做错了什么，需要被惩罚了。但是圆圆太无辜了，放过她吧。"

　　晚上我睡在宠物店附属医院的木头椅上，硌着睡不好，索性整夜坐在圆圆面前，看着她一口口虚弱着吸着氧气，美丽的大眼睛因为脑出血后的高脑压而始终睁大着，不能片刻闭眼。好心的宠物店主人，看到圆圆的状况不好，考虑到他的医院药物和检查仪器不够，亲自开车送我们到上海最好的宠物医院。三月份的天气，不知道为什么会那么热，我抱着昏迷中间断着大口喘气的圆圆坐在后座，手护着她的身体保持相对平稳，太阳晒得我们俩几乎要化了。到了医院，圆圆被安排到一个标着4号的住院笼子里，我请求换一个笼子，后来移到2号位，"只要不死，傻就傻吧"，我嘀咕道。每天早上我8点前到医院，守到晚上9点，和晚上的值班医生要了微信号，然后拖着疲惫身体回家。晚上几乎是醒着的，每

309

隔半小时微信值班医生："圆圆好吗？喝水了吗?"一天天这样过去，有天晚上 10 点开车回家，在几乎已经是昏睡的状态里闯了红灯，这一年的 12 分一下子就完了……

在医生的精心治疗下，圆圆渐渐能动右边前爪，然后右后爪，左前爪，虽然左后爪一直不是特别灵活。接着能坐起来一小会，虽然马上会跌倒在笼子里。再过了几天，她能稳稳坐着，蓬头垢面没精打采地看着我晚上 9 点离开她回家。住院部的狗狗们都纷纷痊愈回家了，除了圆圆。又过了几天，医生终于同意圆圆出院。回家后，经过漫长的康复期，每天喂药和细心照料，除了走路偏斜，流口水，不能跳跃等等后遗症，圆圆算是基本康复了。

没有养过宠物，或者有孩子活泼泼承欢膝下的人，也许不能理解宠物，尤其忠实可爱的狗狗对于一个家庭的重要性的。我的一位闺蜜文文了解到圆圆受伤的事后，总结道："那是她代你挡灾呢，如果不是她，你会受更大的罪。"听了后，我眼泪刷得就下来了。

经历了南美劫掠的后遗症是，上厕所都要背着自己的包，永远也不会把包交给任何一个人看顾。人性真实，花好月圆时候，周遭都是情，风雨突来，你只有把肉身填上去独自承受，不敢假手他人，徒惹无趣。

310

没有身份证、护照和信用卡之后，不得不停在原地，无处可去，也不想出去。那一阵子，总是想：如果护照还在该有多好，可惜了那么多签证；那部 D810 的快门声真是好听，可惜再也听不到了；我的蓝色背包，好似它是我身体的一部分，不知去了哪里？零零总总，是是非非，失去的，又何止是这些可以计算价格的身外物呢？也许是陡然发现了本质，也许迁怒，我亦同时失去了非常爱的那个人，因他不能及时安抚我当时巨大的惶恐，并简单化地认为一切损失不过是钱可以解决的问题。

有一种深深割裂的痛，在每分每秒无处可逃的时光里，一寸一寸地折磨。又如同后世忆前生，幻影浮动，夜半惊醒，夜凉如水，冷月如霜。

对人性的怀疑，导致我情愿自我禁锢在家中，好几个月不肯面对任何人，"这个世界少了我，也许更完美，甚至不会有人发现，我已不在原地。"

第二章

我对于自己的救赎，是想多养一只狗，因此雪纳瑞甜甜来到我家。她的使命是陪伴我，并让圆圆活泼起来。甜甜的任务完成得很好，圆圆意识到她不再是独一无二，开始打起精神抢水抢食，出门遛弯，也倔强地气喘吁吁地努力跑在甜甜前面。

许多次，我提着甜甜的后腿，让她学习在头部往下的时候，用前爪撑住地面，平稳着地——她必须要学会，万一有一天我又那样的错失了手，她能够自保，不再受圆圆那样的伤。

那段日子，读很多书，像是多年前车祸以后住院，让家里人每天带三本书给我，两柜子的书读完了，我也出院了。这次，买了很多新书，读书口味变了，对于小说不再感兴趣，只读历史、传记类。读《邓肯和叶赛宁》，诗人永远长不大，没有邓肯，也有忠贞的小女子围在身边，他却还是主动和这个世界告别了，而邓肯此后围着长长纱巾，被车轮卷进去……读到了人生的疲倦，便盹着了，醒来发现圆圆枕在书上，我枕着圆圆，都还好好的活着。

另一种救赎是迷上收纳整理，细细量了尺寸，从京东和淘宝买了很多篓子筐子；淘宝很是治愈，每晚临睡前，查看每件收纳筐收纳盒的状态，点评收到的小东东，很容易地囫囵睡去，一天又一天。

舍弃无用的残旧的，化零为整把细碎东西框起来码好了，每样东西都有该去的地方，拿出来了，还得放回去，这是收纳的规矩。记忆不好的人，尤其需要收纳，我以前自诩摄影记忆，到如今，有些记忆杳杳隔烟，有些记忆如风雪夜归人，有些记忆流水长东；日子一天天过去，约莫知道失去了很多，但是想不起来了，也就不觉得痛，到底是"别久不成悲"。

卧室里的电视柜，被我清掉了老旧电视机，放上从前旅行的照片。充满好奇心，爱跑爱拍爱吃，去了那么多地方，突然风停雨止，偃旗息鼓，如被黏住翅膀的蝶，静止到生出寥寥禅意。

洞中方一日，世上已千年。不知过了多少天，看着脚上曾经鲜亮的甲油，如陈年蚊子血，不得不唤了河狸家美甲师来，将指甲换成浅薄明艳的春夏粉红。展着焕然一新的脚，舒了一口气。美甲师抬头道："你为啥老是叹气呢？"我开着车，载着妈妈，妈妈问："小慧，为什么老是大透气啊？"这才意识到：胸口时时刻刻窒息般地被压制着，每一次浅浅的呼吸都不畅快，不得不深呼吸一下，然后怅然透出一大口气。透气的时候，胸痛难忍，不管多么努力放下，到底是心伤难愈。

朋友们觉得我太过消停，开始有意无意把我从家里"捞"出来，有时 brunch，有时晚餐，南美的事，我愿意说，他们就听，我不愿意说，他们就说别的。

有位做培训的朋友，给我打电话，邀请我加入他们的一个项目。酬劳很普通，工作也不算重要，我首先想到的就是要推掉。她很诚恳地在电话里劝我，我站在卧室的大圆窗台边，看着高楼林立的城市，当空彩霞满天，终于脱口而出说"yes"——如果总有一天要重新开始，不如就在此刻。

第三章

从此后，我就像头栽在泥里的胡萝卜，被拔了出来晒在地里见了天日。看起来，我和大家都一样，穿着以前买的深色衣服，画着淡妆，开会、讲课、做辅导，只有把背包、小包和手机带进带出须臾不离身的做派，略显怪异。

喜欢上了甜食，在甜品店里一吃两碗，在家里吃了午饭，还叫两份外卖甜品，一份随下午茶，一份临睡前。渐渐胖了起来——我的体重，如解语花，我略开怀，它就没心没肺地长。

考察了几个健身私教馆，挑了一家干净整洁，场地宽大，阳光照在健身器械上，年轻教练的笑容也很干净，没有什么销售技巧，单就这一点已十分难得。我的体脂测下来是 29%，创历史新高，原先我不过是22%—24%之间。那些甜品，那些躺着看书的日子，居功甚伟。

每天早上9点，我准时到健身房报到，有时去得太早，教练还没到，就站在门口看他们标语：No pain，no gain。想想是这个道理，没有人督促，我都会每天练Keep一个小时，这下有了私教，更没理由不锐意进取。虽然偶尔嘴里嘟嘟囔囔，还是由着教练加码哑铃、壶铃，最后是杠铃的重量，像男人一样做重量练习，甚至渐渐超过了男学员的负荷和频次。

　　躺在健身凳上，阳光刺到眼睛里，听着教练的吆喝："你要自己扛住，我不会帮你，扛不住，哑铃就砸下来"，闭着眼，咬着牙，把沉重的哑铃一把把推出去，把我这段日子以来的苦难、憋屈、愤怒，一把把推出，推出去……

　　每天练完了，把毛巾担在肩膀上，走到白板上写下done，签上大名，拖着筋疲力尽的身体去洗澡，感觉很爽。那段时间，连续几个月，忙着做策略工作坊、开会、备课，连轴转出差，再累也会每天到健身房准时报到，每个动作都做到位，不拖不欠，一个不少。

　　似乎为了验证健身的效果，我第一次登长城，背着两个相机三个镜头一个脚架，一马当先走在前面，经过无数次负重深蹲训练的腿部，有使不完的力量，一步步、坚定地爬上一个又一个高高的台阶，将久经考验的摄影老师和摄友们，远远甩在身后，虽然汗水已湿透了秋衣。拍完了日落，我们一行人继续留在寒风凛冽的长城上拍星空，一直到深夜才下山，感觉腿软，脚步趔趄，浑身发冷……

攀登长城之后，出游之心重生。眼看着这个多舛的本命年就快过完了，应该没事了吧。说走就走，约了几个人去巴厘岛，机票订好，booking 上订了有泳池的山中小院、海边别墅。临行前，巴厘岛突然火山爆发，只得取消。心扑扇着翅膀要飞，总要定下一个旅程，才会安居本位。听说摄影老师他们两口子准备去仙本那潜水，踊跃地加入了，在淘宝点了几下，将水母衣和面镜备好，又加紧健身房的训练，确保拍照时的好身形。出发的时候，脚步生风，神采奕奕，感觉是近年来状态最勇的时候：两三年都没患感冒，膝盖不疼，右脚踝不再刺痛，腰椎盘也在新增的腰肌支撑下稳固坚实。

到了仙本那，老师他们订了 OW（open water）潜水考试。我拉拉盛着重重相机的背包肩带，问："我们不是来拍照的吗？这是要严肃认真潜水吗？"他们诧异地看着我："不是说好了是潜水之旅？"我瞪大了眼睛："可我连游泳还不会呢！"

到了酒店，吃了点东西，我换了健身衣走向酒店的健身房。健身房没有开空调，沿街的窗全部打开着，在跑步机上跑步的时候，又热又腥的风打在我脸上，有点透不过气来。跑了一会儿，已经汗流浃背。没有理由因为健身房空气污浊而停止力量训练，我走到健身房地毯那一边，将三组俯卧撑、三组平板支撑、六组哑铃训练一丝不苟地完成了。练完了，用毛巾擦了几乎要滴进眼睛里的汗水，眼睛突地跳了几下——但是太累了，没有太介意。

第二天下海，我们把咬嘴含在嘟起来的嘴里，在浅滩练习第一次下潜。当我和大家一起把头埋进水里的时候，憋着一口气，没一会儿就挣扎地站起来冒出水面。憨厚的潜水长走过来，劝我放松，不要憋气，示意我再次下潜。已经被恐惧占领了心智的我，死活不肯再往水里去。他执着地劝说，我执着地摇头。帅帅的长手长脚的教练过来，微笑着看着我，做了个往下的动作，我使劲含着咬嘴，终于潜了下去。浅滩里有许多晶莹剔透的小银鱼游来游去，他指给我看，我呼呼地大口喘着气，贪婪地看着水下神奇美丽的世界。

当天上午我们在大约只有 3 米深的水下呆了 90 分钟，吃了简单的盒饭，下午又潜入大约 5 米深呆了 54 分钟。回航的时候，突然下起暴雨，我们没有穿潜水衣，只是穿了水母衣下海。从没想到热带的海风，吹到湿透了的单薄衣服上，会那么寒冷。

晚餐我们去了肥妈海鲜餐厅，吃了海鲜，喝了榴莲

SODA，SODA 不错，我又叫了一杯，哈哈地说"太爽了"。的确值得庆贺，旱鸭子如我，竟然潜下去了……尽兴而归。

半夜里，喉咙痛头痛，一股异样寒冷笼罩周身，把被子蒙在头上，还是冷，冷到牙齿发颤。心里知道不好，虽然许久不曾感冒，这些症状还是预示着一场不小的病。后半夜烧上来了，感觉自己烧得像只火炉。仗着身体好，我什么药都没带。只好叫醒同屋的 Janet，她给了我一粒必理通。必理通下去没多久，就开始发汗，睡衣和被单很快湿透了，我起来换衣服，肚子咕噜噜的，然后开始拉肚子。一晚上，我起来换衣服若干次，拉稀若干次，到了凌晨，身体发虚。

第二天的潜水训练，我缺席了，几乎一直躺在房间里，等到 housekeeping 更换了湿透了床单枕头，继续恹恹躺着。中午的时候，勉强起床坐在窗口看：时阴时雨天气，渔民卖完了鱼，收拾东西，开着小快艇回到岸边彩色屋顶的简陋房子里去，远远天空淡淡灰，海鸥漫旋不知归……下午 Janet 和老师夫妇回来了，告诉我他们已经考出了 OW，问我第三天愿不愿意补课。我有些犹豫，虽然退烧了，毕竟还是有点虚。教练在我们的微信群里说，再潜一下，病就好了，潜水治百病。我竟以为然，决定继续。

第三天我们潜到 10 米，我因为天生水性不佳，第二天又没有参加练习，几乎没有掌握好中性浮力。教练和潜水长轮流拉着我的，否则我早就飘出去了。偶尔他们不注意我，我就莫名其妙浮了起来，根本没有 3 米停留，几乎就要冒出水了，如此这般，接二连三。

　　回程，又是大暴雨，即使穿了厚厚的潜水衣，还是冷得发颤。晚上，我又向 Janet 要了必理通……

　　回国后，开始有一点点咳嗽，然后越咳越厉害，半夜里经常咳醒，床头柜摆满了各种咳嗽药水。那儿天工作特别忙，奔波着开会，上课。咳嗽最厉害的那儿天，恰好要做一个 workshop，那位老外老板感冒发烧请了假，我却觉得自己义不容辞一定要去讲课——缺席多不好啊，那么多人等着。咬着去上课，学生们可以坐着，我只得站着，有几次不得不靠着白板或者是桌子，特别累……

　　上海在那个冬天，下了一场美丽的雪。虽然病着，还是在一个下午，拿着相机在小区拍了几幅雪景。第二天，咳嗽加剧，开始找各种治咳嗽的偏方。闺蜜说有个神秘的水治咳嗽，哥哥告诉我吃赣南脐橙很灵，我赶紧买了脐橙吃了起来，橙子吃了一半，有一种五脏六腑都冻僵了的感觉。一头栽到床上，盖了两床被子，还是冷，头痛得裂开似的。

自此开始发高烧，38 度 7，去附近地段医院看急诊，验了血，是细菌感染；做了 CT，右肺大片炎症，左肺有 8 mm 玻璃结节。平生第一次得肺炎，更不知道结节意味着什么。医生安慰我说："也许结节就是因为炎症出来的，有的病人肺炎好了，结节也吸收了。"我略微安心。每天都要去吊针，至少 2 周。上海的医院现在控制抗生素，急诊开抗生素，只能一天一开，也就是每位病人都得先去急诊挂号排队，然后再去门诊打吊针。

　　地段医院的急诊候诊处，是一个冷风瑟瑟的狭小走道，大部分病人都戴着口罩，也有人用衣领掩着不停咳嗽。我忍不住提醒一句："戴口罩"。从发高烧那天起，我就不咳嗽了。但是坐在面色惨白的一群病人当中，感觉就像坐在病菌堆里。好像又回到 10 个月以前，我踟蹰在智利圣地亚哥街头，看着行人非奸即盗。

　　连续两周，每天上午 8 点多带着暖水袋、保温杯和腰枕，去医院排队挂号，排队看诊，排队打点滴，打完点滴走回家。短羽绒服外罩着长款厚羽绒服，脖子上围着围巾、脖套，戴着口罩和棉帽，再用羽绒服的帽子盖住脑袋，下身棉毛裤打底，然后是绒裤，最外面是棉裤——我成为一个巨大而虚幻的黑影，在大街上缓慢费劲地移动。周围是奔跑的孩童们，神采奕奕脚步匆忙的上班族们，强健有力声音响亮的大妈大叔们，和冬天光秃秃的树干和灰蒙蒙不见太阳的天空。

往往到了家已经中午了，还没有吃午饭，就开始烧上来，总在38—39度之间徘徊。又验了血，发现除了细菌感染外，又添了病毒感染，医生开始叹气："这可有点麻烦了。不过退烧药还是不能多吃"。发烧的感觉很张皇，像是要一天天的烧糊了下去的。于是吃退烧药，药下去开始出汗，脑门感觉松一点，浑身汗，前心后背各垫着的毛巾，连着衣服，一起湿透了。洁癖如我，不能穿着湿衣服继续睡，就爬起来换衣服，一个晚上起来五六次。湿漉漉的棉毛裤黏在腿上，虽然家里开着暖气，腿还是冷得直打颤——依旧是夜凉如水，冷月如霜，脊背发凉，突然想到，这个本命年，还没过完呢。

读到那篇《流感中的北京中年》时，我正坐在瑞金医院的乌压压的候诊人群里，衣服里前心后背各垫着一块毛巾头搁在椅背上，虚弱地随时会昏倒。而文中那位"岳父"的遭遇，在我因肺炎久久不愈而日渐焦虑的心中投下恐惧的炸弹：我是不是也不会好了？

病得最昏沉的那段时间，手掌和脚掌都严重蜕皮，还起了红点。有个晚上，清晰地梦见自己坐在一辆很大的巴士上，不知往哪里去。巴士的第一排，坐着我去世很久的外婆，她脸色很严肃，没有看我……

老天派了老好杭杭来拯救我。杭杭是我们闺蜜群里的一位，因工作关系认识不少医生。她带着浑身穿得如同大黑熊的我去医院直接找科室主任，主任很仔细地看了我的 CT 片，然后在纸上写下"拜复乐"，让我去门诊开这个药，叮嘱只能吃一周，之后再复诊。

到了门诊，并没有提主任的事儿，就是叙述病情，门诊医生认为情况很严重，说我必须住院，现在没有床位，先等着，有床位通知我。拜复乐我吃了足足九天，不敢停下来。这个药很猛，连续发烧被终止。期间有个春节，我在大年夜的时候接到医院的电话："现在有床位了，你可以住进来了。"没有入院，我选择披着厚厚睡袍，坐在家里，看着全家人一起年夜饭，即便吃不了几口，也还是安心的。

天气一天天暖和起来，我也一天天好起来。每天早上吃点全麦面包，喝一碗枸杞白木耳羹，或者海参小米粥，然后在小区缓缓散步。树丛间，还有一点点晨雾，树叶上露水晶亮。在树与树之间，寻找花的影子，在一户人家木栅栏门前逗留许久，他家院中间有一树开得直上天际如粉色烟霞的早樱，美得甚是骄傲。

我家院子里的花，照样开得晚。紫玉兰刚刚打苞，月季们才冒出新叶，紫藤尚是老树枯藤模样，只有池子里的金鱼，熬过了苦寒的冬天，熬过了长期没有人喂食

322

的饥饿，在我撒下鱼食之后，在早春薄薄的金色光影里，欢快地聚拢来，等待着被重新照料。

这个本命年的四季，不易过：春天无端端折戟沉沙，归来尽寂寥，夏天散漫无为，秋天在灿烂烟霞里告别心底纷扰，冬天沉舟病树，春天该是关于重生了吧？

第四章

三月下旬，我和杭杭、文文一起晚餐，吃的是意大利菜，我喝了两杯霞多丽，感觉气壮如牛，毕竟经过漫长的冬季和早春，终于康复了，本命年也过去了。杭杭突然问我："主任让你去再做个CT，你做了没有？"我漫不经心地说："不是好了吗？还用做CT吗？多做CT伤身呀。"杭杭狠狠教育了我一段，总而言之，不听医生言，耽误了病情，覆水难收的意思。

赶紧去做CT，照出来左肺两个磨玻璃结节，一个9mm，一个8mm，其中一个应该就是两个月前就发现的结节；右肺还有一个小的，是多发性结节。找了据说是上海读片最好的新华医院放射科专家，他看了一会儿片子，总结道："至少是原位癌。"那个瞬间，好像很安静，好像什么都没发生，又好像什么都变了——我默默把一张张CT片整理好，还注意到自己的手很稳，一点

323

都没有抖。向医生浅浅鞠了个躬，然后开门，轻轻带上门，穿过医院大堂熙攘病人群，走出大门，围绕着医院走了多个圈，脑子里是空的，那是个天气雾蒙蒙像是不见天日的早晨……

接着在一周之内，连续跑了上海治这类病的最好的医院，胸科医院、肿瘤医院、肺科医院、中山医院，找了各类专家。有的专家说："七成是个坏东西"，有的说"六成看着像。"我问，还需要做进一步检查吗？他们说不必，只是问："你打算在我们医院做手术吗？"我问："能不手术吗？"医生答："一般情况下，能做手术就做手术，不能做手术了，才用其他方法。不过你的手术不好做，如果暂时不管右肺那个，左肺两个，长得位置不好，基本上肺叶很难保留了。术后有点影响……"——从今往后，我那颗爱跑爱跳爱健身爱出游的心啊，和我那灾难深重的肺，该如何面对面相处？

想到以前在电影电视里看那些情节，都是家里人先知道了病情，然后一直瞒着病人，病人愣愣不觉。我竟然，没有这机会被瞒着，一个人来来去去，坐着滴滴，从一个医院到另一个医院，戴上口罩，排队挂号，一级级上楼梯，坐诊室门前一个小时一个小时地等，手里拿了一堆片子整理了又整理，带着刻有 CT 片的光盘，背着电脑（怕医生不耐烦看别的医院的 CT 片，所以把

324

CT片导入电脑，让医生随时可以看），看到医生，一个箭步上去殷勤招呼，切切地问，问完了，说"谢谢啊，麻烦您了。"一步步退出诊室，再叫一部滴滴去另一个医院，好像旅途无尽——身体先站出来，然后心也跳出来，身与心依偎在一起，等在那儿做靶子，面对命运的箭簇，无可逃遁，不能回转。

闺蜜泳安排我在她工作的医院见那位著名的医生，她让我在咖啡厅坐着等，那里有叫号的屏幕，不用挤在人群里。泳安排我和一位三年前做过手术的朋友电话里聊。这位朋友告诉我：手术后三个月，生不如死，手术后六个月，仍然举步维艰……

打算在手术前，把所有已经接下的项目完成。我如果尚有优点，就是讲信用，既承诺，永不变。告诉外科大夫我要过段时间来开刀，他很不悦，挥挥手把我打发走了。

有一位客户，已经定好了日子做工作坊，又临时变卦，让我再去他们公司和高管们聊一下。驱车到上海郊区的某个工厂，坐在那里，向一个个傲慢无礼的人解释我的方法论。最后我突然站起，决定放弃这个项目。

开车回家的路上，心火烧炙，给一位像大姐一样的朋友打电话："我要同你讲我的事，实在想和一个人说一说，觉得这个人就是你，对不起，我要让你难受了，因为我要哭一下了。"一边开着车，在车流滚滚的高架上，一边撕心裂肺嚎啕大哭，哭得一定非常丑，不停地对我这位不得不承受这一刻的朋友诉说："完全接受不了，为何是我？我早起早睡，睡眠很好，生活规律，不喜喧嚣应酬，不吸烟，偶尔喝葡萄酒，吃得清淡，以水果、蔬菜、鱼和鸡蛋为主，爱喝茶和咖啡，工作没有压力，生活优越闲适，经常健身，很少感冒，常在户外拍照旅游，背着两个照相机三个镜头一个脚架可以一气爬上长城；父母家族都没有这类遗传基因……为什么是我，我不明白……"。她在电话那里着急地说："你快找一个地方先停车，你在哪里，我立刻过来找你"……

此是这段日子以来，唯一哭过的一次。除此之外，我很平静，在会议与会议之间，在医院与医院之间，有时候坐下来喝一杯茶，看着沐浴在阳光中的高楼大厦。因这一刻，我在这里，还在。心最勇敢，脚步次之，而身体，在命运的那一边等着开门，门里门外。

在不信、抗拒、否认之后，开始不由自主反省。朋友们说："为什么要做年轻人做的事呢？"是啊，如果不去做超负荷的健身训练，如果不去潜水，如果感冒咳嗽了立刻休息，如果病了不出门拍雪……大约五六年前，我每到夏季，就会醒得很早，当时有人提醒我说是肺湿热的问题。如果当时及时去检查治疗；如果不去南美，没有遭遇那一串的打击；如果……

多个三甲医院都看了一轮以后，根据一位权威内科主任的意见，决定暂时不动手术，随访。他说："不用到处看了，就这样吧。别把自己当病人，该干嘛干嘛。"其实我一直害怕手术，怕手术后体力不再，怕再也回不到过去的样子。权威的意见，让我紧绷的心松弛，好日子貌似又回来了。

第五章

像是捡回来了一段好日子，把所有能做的事都放上了日程，并以一贯风驰电掣的行动力逐渐发扬光大。

携程上挑了又挑，往苏州、无锡、崇明住不同的精美民宿。苏州的民宿最可心，有一张特别大的案桌，坐在桌边靠着窗喝茶，阳光照在禅意的茶具上，也洒了一点点在我身上，妈妈用手机给我拍几张照片。其中有一张，特别喜欢：头发全部扎起来，在脑后松松绾了一个髻，深红的休闲恤衫上罩着蓝毛衣，又披着蓝色的羊毛围巾，颜色不搭，风格不搭，头发上有许多银丝，脸上带着淡然的表情，不是愉快，也不是悲伤，不太胖，也不瘦，在我此生最容易维持的体重值上，真真切切就是我现在的样子。

妈妈说："照片是不错，就是看着老。"我笑笑："可不就是老了。"这一病一愁，白发冒出来掩不住，也就不遮不掩，面对老去。以前老是让发型师小心剪去头顶的白发，这次病后，白发多到剪不完，也就算了，白发就白发，素颜就素颜。

在楼梯口遇到邻居，大家都说我胖了，我说胖了就胖了。在医院里做 PET CT 候着的时候，周边没有胖子，如受难人群，身上全没有半点盈余，脸色不是白，是那种铁黑，黑如沉沉永夜。

能占用我大块时间，并且渐渐挤进各种碎片时间的事情，还得算装修。一开始，只是打算出售家里的老房子。在过去的十几年中，从未去过这个房子，都是妈妈一手安排各种出租，间或做一两次不得不进行的零零碎碎修补。当我这次走进这个度过整个少女和青年期的房子时，极度震惊，不相信世上尚有租户愿意在里面呆上好几年，虽然房租低廉远低于市场价：电线乱成一团暴露在外面，门、墙、砖、橱、大量破损，油烟机和厨房污迹斑斑，洗间浴室五金几乎都已不工作了。

因房价下跌，不及心理价位，就此决定将房子整体装修，以后么，或出租或出售。这个房子有我许多记忆——望着我大学时代男友离去出国留学的锈迹斑斑窗户，坐着练书法的由爷爷亲手打造的小方凳小椅子，珍藏了我父亲生前衣物的大樟木箱……

找了几个装修公司设计出图，其中一家，报价并非最便宜，设计师想到将壁橱打掉，本来狭小的走道厅由此变方正，还设计了一个卡座样式的餐桌，正好搭配我爷爷做的椅子凳子的旧旧感觉。

设计师又建议把那个不足10平方的小房间铺上榻榻米，恰好能实现我长久以来的梦想——拥有一个日式房间，坐榻榻米上喝茶。于是，与这一家签约施工，同时决定把这个房子用来自住，虽然小区和二十年前一样陈旧凌乱，张家长李家短的老邻居们提着菜篮，迈着日益沉重的步子，聚堆照常聊天。这与我这二十年来，奋发努力取得的生活环境，有相当的落差，但我还是对坐在榻榻米上喝茶，在卡座上吃饭的生活，充满憧憬。

同时进行的另一个工程是在郊区的别墅。工程队的报价几个月前就给我了，原本是春节后就开工的。因我1月底至2月份的一场肺炎，和之后的肺部病情变化，工程就搁置了。这两个月自我感觉不错，于是不顾已经开展的旧房改造项目，又开启了别墅的局部翻新改造。

门廊的顶部小平台，邻家们都改成了二楼主卧开门出去的小露台，并用铝合金做了封闭。后院的小平台，他们也去掉做了玻璃房，以增加储物空间。这么一改，小楼的结构就变了，有搭建临时房的况味，所以我不采纳。二楼小露台配铁艺围栏，独自凭栏，也有天空无边无际相伴。

别墅的设计报价出来以后，我不断增加新项目：四个洗手间的洗漱台都要换，一楼的大柜子太陈旧也得换成连吧台的隔断，索性把主卧的衣橱都重新打造一直做到天花板……

这段时间，工作上也异常进取：积极应对各种咨询的问询，能接的项目都接，即使有些业务模式和行业，对我而言，完全陌生，也乐意花时间理清头绪，惊喜地形成一个适用各种行业的新思维模型。

嫌原先的办公室只能坐两个人，换了个能坐四人的办公室。差不多每天都要买一些新的东西填充办公室，今天是一个茶具架，明天是一个零食盘。喜欢坐在办公室，晒着太阳，对着外面的大楼，把茶的工序一道道做过来，洗茶具、放茶叶、温杯、烧水、冲泡、倒茶、洗茶盘……像是在舞台上演一出独角戏。

给朋友们打电话："有空到我办公室来喝茶吧，我这里有各种茶叶和茶点。"他们分别来了，就如本文开头的 Linda 那样，坐那里喝茶聊天，然后叫外卖午餐，然后下午茶，然后晚上一起吃饭。

　　每天有不同的来访者，在办公室讨论项目，我在玻璃上的白板纸上写下一个个项目的时间和内容，一边讨论，一边在白板纸上写下总结，助理很快把总结输入电脑。这位明慧沉静的小姑娘，一定吃惊这原本安静到只有我和她敲击电脑声音的办公室，突然热闹起来了：不同的电话会议安排进来了，办公室人来人往，还有上来和我讨论装修报价的设计师，车辆保险公司代表，送盒饭甜点之类的。

　　我们花了很多时间准备辅导的内容，在网上查行业和竞争情况，和客户确定行程和会议的各种细节，将辅导的PPT不断推敲修改。还计划了在一些协会做项目推荐会，又让助理赶紧落实喜马拉雅的声频讲座。

　　好像我又回到了外企工作场景，被下属们、客户们、广告公司们和公司其他部门的人围绕着，时时被需要，所有人等着我做各种决策……

　　文文后来说："我被那一刻的你感动了，这样的情况下，你还那样努力地工作。我本来以为自己到退休年龄了，该放弃了。可是看到你这样，我觉得guilty。"

　　多好啊，工作的感觉回来了，朋友们回来了。那段生病的日子，沉淀的孤独、荒凉、无助，现在慢慢地散了开去，天际艳阳高照，生命之河，滚滚向东……

第六章

有天我想起来，也许需要做个 CT。到了医院，那位让我"随访"的权威内科主任，和我说说笑笑，说我胖了，我问："可以恢复健身吗？就是那种特别严肃认真要举铁的健身。"他笑着说："那有什么关系，尽管去做吧。"我们聊了好一会儿，嘻嘻哈哈，好像突然想起来一个不相干的事似的，医生开了做 CT 的单子给我。

做完 CT 回到医生的诊室，主任犹在仔细地从屏幕上看我的 CT 片，然后转过椅子，对我说："把这个开掉吧。"恐惧一下子升到嗓子眼了，我哑着嗓子说："那么，是那个坏东西的可能性有多大？"他答："八成以上，而且可能要做开胸大手术。"

我从诊室出来，好像一下子去到云里去了，脑子里是空的，在大厅绕来绕去不停走，好像还叫了滴滴出租，但很快忘记自己叫了车。手机突然摔到地上，手机膜破了，我捡起来，继续瞎走，过了很久，有个电话进来："我是滴滴司机，等了你很久，你在哪里？"我一叠声地道歉，说不坐车了，司机挂断电话。好像醒过来了……

现实和梦想，永远有距离。这两个月，我过得很开心，没心没肺的，活蹦乱跳的，做了所有我可以做的事，渐渐放下南美的恐惧，渐渐放下我的病。也许放得太开太快了，兜兜转转，猛地站住在一个拐角，清楚知道，转过去就有一个魔在等我，可以闻到它阴森的气息，挣扎着不想过去，可是它就在那里，对我不离不弃……可叹并没有人对我不离不弃，除了病魔。

又开始跑医院，像两个月以前一样，但是情况比较糟糕。医生们的诊断，虽没有直接的病理检验，但都达成一致：是个比原位癌更严重的状况，应该是典型肺部癌变。

在办公室看合作者们的 PPT，虽说是很专业的内容，但和这个项目的相关性不强，看着看着我的火冒上来了，话说得又直又快不留情面。

仍然执着地不肯停下来，若无其事谈新项目，除了六月的项目，七月的项目，甚至九月的项目都在谈，好像我不会有任何 break，就这么开足马力一路下去似的。

两边的装修事宜，也冒出来一些原报价中没有的待定新费用，衣橱和洗手台的款式还没有选定，吧台没有现成合适的。仍然花了很多时间选合适的款式，看尺寸看材质，与装修队来来回回讨论，不厌其烦，哪里都不肯将就，哪里都要最好的。

文文陪我去胸科医院看病，热心地替我张罗，她素

333

来急性子，难免要啰嗦我几句，我胸中的火不但没压下去，反而呼啦啦燃起来了，对着文文大嚷："我是病人，你不能这么对我！"那样勇敢无畏到处跑的文文都被我吓住了，瞪着大眼睛怔怔看着我。

表妹一次次打电话过来，询问事情进展，电话打多了，我渐渐不耐烦，有时不接，有时说着说着，就试图挂电话："我现在情绪不好，不想说了。"母亲和哥哥，也不得不忍受我的坏脾气，对着越是亲近的人，越是不能控制自己的情绪。

突然意识到自己的矛盾可笑：一边当作什么事没有，自我欺骗，故作坚强接新的项目，谈论明知不能实践的行程，一边又试图用病人身份获取特殊照顾。主动联系了 S，她是我《心路》一文中提到的，从绝症中坚强走过来的 COACH。和她聊了一个多小时，她的语气平和柔软，告诉我目前所呈现的状态，都是自然的、必经的，不须太克制；但是要记住，医生只能治疗身体，心灵需要我们自己来照顾。她会为我找一位义工，每周一次来看我、辅导我。心头那一团郁积的闷痛，渐渐松缓。S 这几年来经历的生生死死考验，我还不能完全了解，但是她走过去了，在那个阳光灿烂的地方微笑站着，沉稳坚强，还伸过手来，帮助我们这些还在危桥上蹒跚行进的人。

就此我也做了决定，将所有已接的工作取消，款项原路返回。新的项目不再讨论，全部按下等待以后。

回到办公室里，打印这一季的账务明细，打算寄给财务公司。泡一杯龙井新茶，蓝牙里放着古筝曲《平湖秋月》，给助理留了张纸条："我不在的时候，你自己喝茶，茶几下格方形罐子里是今年的明前龙井，喝的时候，又能从玻璃杯里看绿叶飞舞了。"她是位聪慧、恬静而修长的大学生，早早拿了四大的 offer，在正式上班前，给我帮忙做些项目，我很喜欢她，也因她和我一样爱喝茶，喜静不喜闹，可惜我们一起工作的缘分也就是这么一段。后退着离开办公室，恋恋不舍：茶具们，茶们，桌子们，椅子们，文件们，都要和你们一一暂时告别，不知何时能再见。

去手术前，有很多事需要料理，从银行里拿出一些现金，又在支付宝里存足了钱，治疗的费用，装修的费用，须安排妥当，不可让家人过于仓皇；把自己最好的照片整理了出来，仔细用 photoshop 里修图，原尺寸可以放大做相框，放在"大图"文件夹里，"小图"是压缩的文件倒进手机可以看。在手机里写下自己的遗嘱，49 年跌跌撞撞，无数坎坷，与幸运无缘，每一分钱都是自己亲手辛辛苦苦赚来，没有坐享其成福分，也从未贪图不义之财。很多年前，我就说过："钱还是要尽量用，不必节省，我走之前一定尚有余钱。"果然还有不少资产，房产现金车子保险，一一分配好了，给哥哥给母亲给表妹表哥的孩子们，他们中有人需要钱，有人不需要，但都是我的心意。平静地做来，喉头略哽咽，但仍能不哭出来。

与常人安守于隅的生活相比，我的生活已算是多姿多彩：在土耳其乘过热气球，飞过滑翔伞，在空中看过绵延的海岸线；在马来西亚潜入海考出 OW 执照；在冰岛拍过灿烂极光，在芬兰冰封大湖上开过雪地车，驾狗拉雪橇穿越冰天雪地丛林；在美国一号公路大雨倾盆中自驾环游……有一次，其实有机会坐特技飞机上去飞一程，但我犹豫了。如果飞过了，该多好，上天入地，上穷碧落……下黄泉。

晚上就着新买的台灯抄《心经》，临睡前的枕边书，是南怀瑾的《金刚经说什么》，"何以故。我于往昔节节支解时。若有我相人相众生相寿者相应生嗔恨……"读书多者福薄，事已至此，我也认了。

这几天，很罕见地，有点失眠。似睡非睡，脑海中翻来覆去的是"肺癌"二字。有时梦醒，一身冷汗，睡前读书灯还开着，正是"琉璃火，未央天"。虽说人生忧患实多，但我并不愿意，同这个世界提前告别。

打电话感谢我表妹这段时间的耐心和帮助，我们回

336

忆小时候一起长大的事情：我懒，每天除了吃饭，整天躺在沙发上或者床上看书，她帮我整理衣服杂物书本，放得整整齐齐的。她的爸爸妈妈，也就是我的小姑父姑母，非常疼爱我这个没爸爸的孩子，每个暑假，都准备了很多西瓜，堆在床底下，等我去那里住，每顿切半个西瓜给我舀着吃……

我说："我的事，不要告诉你妈妈，她身体不好。"但是第二天，表妹就打电话来说，她妈妈晚上睡不着，一定要过来看看我。我请他们吃西餐，我小姑母是人生第一次吃西餐。

我小姑母体格比我的大姑母还要大，我们小时候，觉得她像一座山，和我的继父针锋相对，保护我们孤儿寡母。我妈妈温柔开朗能屈能伸，我却更像父亲和姑母，无论性情还是体格，刚直坚硬。

小姑母和小姑父一起赶过来看我，她眼睛生了白内障浑浊了，但一直仔仔细细上上下下端详我，手抚我日渐稀少的头发："我一定要亲眼过来看看你，才放心……"大家在我家院子里那开得恣情洋溢的月季下拍了照，粉色的月季衬得我们的脸红润健康，喜气洋洋。我请他们吃西餐，这是我小姑母小姑父人生第一次吃西餐，点了五分熟牛肉，小姑母说牛肉没熟不敢吃，但是意大利面好吃。我说："那我以后做肉酱意大利面给您

337

吃，这面我做得可好呢!"

我说起小时候的事:"我们很小的时候，你提一个大浴盆放满了水，把我们放进去泡，使劲为我们搓澡，搓得我们浑身通红;我们再大些，你给我和表妹两个人梳头，用大刷子吟吟地梳，抱怨我们头发又多又硬，然后把我们的头发狠狠束成冲天辫，头发紧得把我们的眉毛眼睛都吊起来。"她泪笑着说都不记得了。

可我都真真切切记得，浮生经历的过往，生命中遇到的每一个重要的人，当时的天空，空气里的味道，风吹过的声音，眼睛里亮闪闪的热情……为赋新词强说愁的年纪，把异常浓密丰盛的长发梳到一边，穿一件暗花宽旗袍，与人治了气，就回家写毛笔字:"但屈指西风几时来，却不道流年暗中换。"

手术前，去了一次别墅，看一下装修，并确定一下衣橱洗漱台的做法。装修公司的老板，在我的主卧室里，很郑重地卸下床头的装饰杆，让我闻里面的味道:"装修前，为你的房间做家具和地板保护的时候，发现这间卧室所有的家具都是非常不环保的密度板，一直散发着浓重的甲醛味道，因为这里你不常住，窗子大部分时间都关着。"

我的脑袋像是被炸裂开来一样，几乎要跌坐在地上。Why me? 这个百思不得其解的问题，终于解密了。

十二年前，我买了这栋别墅，买的都是低调的实木家具，除了主卧，因我酷爱洛可可风格，于是在徐家汇喜盈门家具商场，千挑万选，买了一整套华丽雕花的西式家具，放在我的主卧室里：大床、衣柜、梳妆台、电视柜、椅子，都来自同一家店。当时，并没有很多人意识到密度板和胶的甲醛问题。

这十二年以来，我只在周末和假期来到这所郊区别墅，平时窗户紧闭，甲醛久久不散。周末回到别墅，晚上就躺在这个满屋子都是甲醛味道的房间睡觉，这又何异于日日饮鸩？怪不得，我长期喉咙痛、头痛，因我不知不觉受荼毒日深，终于罹患恶疾。

却原来，一切都是上天的安排，而且，很可能已是最好的安排。如果不是跑去潜水，就不会得肺炎，如果不是得了一场肺炎，就不会做CT查出结节，进而查出癌变，如果不是特地在手术前来一下别墅遇到装修公司的老板，他就不会告诉我的发现，而我日后即使治疗了，仍不免继续受害，经久难愈命不保。

在我选定手术的上海肺科医院，做了一个CT之后，母亲陪着我，我们看着夕阳光芒，温暖地照进树丛，照在医院中央的池水中。如果这样灿烂的光芒，是来自朝阳，该有多好！但是夕阳如此，也无可抱怨，唯有等待未知考验，期望尚有"来年"。

我喜欢的历史人物，都是虽天不假年，仍光芒灿烂如最亮流星划过天际的英雄，李世民、霍去病、源义经，和织田信长。织田信长那一年，持扇翩翩舞起来：

　　　人间五十年，与天地相比
　　　不过渺小一物
　　　看世事，梦幻似水
　　　任人生一度，入灭随即当前
　　　……
　　　放眼天下，海天之内，岂有长生不灭者？

写于 2018 年 6 月 16 日

复　苏

分类：原相

一、表妹

　　手术后的第三天，左手和胸略肿胀，手臂虽仍扯着痛，却可以做动作了，胸部还有一点点痛，但相比手术后两天尖锐的刀口痛，这几乎算是舒适的。腹胀痛，可能是几天没有大便的原因。其他都好，比我想象中好很多。在护工的帮助下起床，她替我拿着胸管引流的罐子，里面越来越多脓血，想来体内的毒素也慢慢少了。

　　刷了牙，照例涂了眼霜、爽肤水和面霜，即使在手术当天，我还是没有省略这护肤三部曲。昨天晚上有点发烧，喝了很多水，半夜里热度就退干净了，口干舌燥，喝了放在床边保温杯里的温水，才好了一些。

昨天大约8点多睡下的，半夜1点多就醒了，一直没睡着。护工早上五点不到问我要不要喝点糊糊，我说好。她先帮我把朋友送来的术后调养蛋白粉用热水冲了凉着，再麻利地帮我擦身换干净的病号服，我和她说："今天有时间你给我洗个头"，她点点头。

刚吃完早饭，表妹就来了，脸上有一点点倦容，我心中不忍。

从手术室被推回病房，第一眼看到的就是表妹，她那和小时候一模一样白里透红的苹果脸绽放出喜悦："小慧没事，她的眼睛很有神的。"

昨天下午开始，都是表妹陪着我，她以处女座缜密的计划性和认真态度，让我依次吃了小馄饨、黑鱼咸肉汤和猕猴桃。又替我提着引流罐，扶着我在病房里走了好几个来回，昨天是我术后第一次走路，胸管硌着走路很疼，走了几步，就咳了起来，一口气吐出一团血痰，这是我主动咳嗽好多次都没吐出来的毒素，喉头一下子顺畅不少。

我说："虽说生这样的病不是好事，但是这场病把姐妹亲情又找了回来，其实我们长大后是疏远的。"

表妹说："一起长大的情分始终是在的，只是因为隔着空间了，只要一人有难，还是立刻会聚在一起

342

帮忙。"

　　真是欠她的，无以回报。我们四个人，我哥，她哥，她和我四个一起长大。表妹最小，却最灵秀勤快，小时候她就照顾我，我的衣服都是她洗了放好，我自己都不知道衣服在哪，只知道躺在沙发上看书，以及坐起来吃西瓜。晚上我也睡得早，半夜醒来，发现哥哥和表妹还在看电视聊天。又有很多个夜晚，我们嫌表哥打呼噜响，姐妹俩齐心协力给表哥翻身让他侧睡，呼噜就轻了。

　　成年后，我们曾经那么疏远，各忙各的，好几年才见一次。

　　与表妹一起在病房里走路的时候，白天的时候，太阳老高，表妹搀着我站在窗下，"让太阳好好晒晒背吧"。我们就站在那儿，晒背晒了好一会儿。黄昏的时候，看到窗外绚丽的火烧云，表妹说"真美啊，看一会吧。"我们停在窗边往外看，试图打开窗，可窗锁死了，我们就隔着窗看，即使隔着窗看也还是美的，即使没有拍照也还是美的。这样美好的，隔了差不多四十年以后，姐妹俩靠在一起，仰着头，站在一起看火烧云的瞬间，就印在心里了。《细雪》里三个姐妹，穿着和服，一起看樱花的情景也是美的，但比不了表妹与我此刻的温馨、感动，和劫后余生一般的喜悦。

343

二、祈祷

手术前，不少朋友来看我，其中 Na 带着我向上帝祷告，她说上帝什么都知道，一直都爱我照顾我，她呼唤上帝对我呵护，安排最好的麻醉师、手术医生和护士。那一瞬间，我的眼泪刷的一下就流下来了。正祈祷着，陈主任带着他的副手们进入病房，宣布我是第二天的第一台——这正是我们盼望的。

手术前，要做穿刺定位，我需要做两个定位。邻床的小姑娘前一天手术前穿刺昏过去了。我去穿刺，直到离开 CT 室，都还好好的，门外等待穿刺的人问我，疼不疼，我说"不疼"。话音未落，我就晕眩了，感觉自己好像是躺到了海德公园的大草坪上，好好睡了一觉。伦敦海德公园的草坪非常大，在阳光的照射下，呈现无数虚虚实实的光影，我当时拿着照相机拍，心里想着："要能躺下来睡个觉该多好？"可惜行程匆忙……

醒来发现自己还坐在轮椅上，挤在电梯里，满身冷汗，脸色一定是像前一天小姑娘的脸色那样灰白。

回到病房，一头栽向病床，等着手术的通知。我倒在床上，望上头顶虚空，祈祷："亲爱的上帝，请您给我力量，呵护我，保护我，让我以最小的疼痛，最大的安全接受手术。"祈祷之后，心平静了下来。男护士来接我，给我一件厚袍子，披在反穿的病号服外，脚上穿了厚棉袜，据说手术室很冷。

我被推到三楼，坐着一排位子里的第一个位子等。男护士一次次接病人上来，先是一位明显烟抽多了脸黑黑的大叔，他背后因为穿刺疼痛，而没有靠向椅背，人也显得忐忑不安。我鼓励他说"靠下来吧，坐舒服点儿"，他靠了下来，也定住了神。又来了一位面团团一脸佛像的老太太。老太太光着脚，坐在那里捂着脸哭，频频作揖祈祷。我看着她，说："不要哭。"大叔和男护士都劝她："不用怕，没关系的，就当睡一觉，醒了手术就完成了。"她还是哭个不停。

为我做手术的陈主任，特地跑出来，很熟络地说："就轮到你了。"

前一天，想给陈主任送手术红包，到他的胸外科专家门诊那里装作普通病人排队。发现大家都是挂不上陈主任的号，就在诊室外等，一排一长溜，好些人都是从外地过来，拿着片子让陈主任看。排在我们前面从湖州过来的黑壮汉子和我们说："陈主任特别好，只要有人排队，都给看，也不收挂号费。"

听到他的医德风尚，我们担心红包他不会收。果然我们进入诊室，他一看是我们，就不客气地说："我知道你们来干嘛的，赶快走。我一天下来喉咙都哑了，不想和你们说了。"我们很囧地退了出来，遇到那位被陈主任告知他爸还有救的黑壮汉子，他狐疑地看着我们："这么快你们就看好了？"我们像做了亏心事一般，灰溜溜回到病房。

忍着背部穿刺的疼痛，自己走进手术室，看见陈主任穿得伶伶俐俐地坐在手术台旁，朝他笑了笑，他很高兴地说"哟，神清气爽么！"我答道："因为相信你呀！辛苦你了，拜托了！"他笑笑。

坐到手术台上，自己脱病号服，陈主任赶紧捧过一床厚被子给我盖上。麻醉师在我的右颈上扎了麻药，轻声细语和我说话，说着说着我睡着了。

醒来听到有人跟我说："手术做完了，非常顺利！"我醒来，觉得脸热热的，好像有人用温暖的手抚过我的脸似的，状态健旺，只是喉咙因一直戴着吸氧罩，疼得发不出声。被推到苏醒室，并排躺着左边是一位聒噪的大叔，气壮如牛地嚷嚷："医生医生，你们在哪里？和我说说话。到底为啥把我们放这里？"没人理他，他就不停叫嚷，又说自己的吊针不滴了。我哑着嗓子说："你的针好好吊着呢。"回头看看后面，躺着那位先前哭泣的胖老太，她睁着眼睛静静躺着。终于男护士把我推走回房间了，好不容易离了那位大叔的聒噪声。

术后连续两夜没有睡好，吊针后伤口越来越痛，腹部因多日没有大便胀痛，胃部因手术那两天禁食和消炎药的作用而疼痛，腋下的胸管插口疼痛，各种疼痛。床边柜上放着我伸手能够到的东西：手机、台灯按钮、纸巾盒。再远一点的，我都够不到，动作略大，胸口扯得撕裂一样。术前医生与我们说明手术情况时，为何在说到"之后会有各种不适时"，不由自主闭了一下眼睛，现在明白了他心中的慈悲。晚上吃了两粒止痛片，才睡了会儿，半夜12点醒，1点醒，然后3点醒，就再也睡不着。

我便开始祈祷："天父啊，让我的疼痛减轻一些吧，让我能再睡一会儿。"然后我就睡着了，5点多醒过来，觉得疼痛如隔着纱帘子似的，不再那么直突。

隔了一天，晚上8点多的时候，病房里有人被紧急送进ICU，我正在病房走廊散步，看到病人惨白的脸，可不就是那个在手术前哭泣的老太？

而我的祈祷，天父分明听到了……

三、外面的阳光

朋友们来看我，送来的鲜花，都被放到了门口，送来的蛋白粉和水果，恰好都是需要的。他们都会和我聊会儿天，说多了话，我就会有些气促。

文文和杭杭来看我，说起以前在希腊、黄石公园、冰岛一起游玩的事儿。他们为我做了判断："今后你就拍不了极光了，太冷的地方，太热的地方都不可以去，也不能爬山和潜水。东南亚不能去，细菌太多。总而言之，你不能用单反拍照了，那个对你而言太重。"我听，便有些郁郁。

文文他们走了后，我和邻床的小姑娘吹洋泡泡练气。我们当然都吹不起来，小姑娘的妈妈一口气把洋泡泡吹大了，小姑娘哇的一声就哭出来："从今往后，我再也吹不了气球了，再也不能和以前那样了。"我在一边，登时吹出一大口老血……

终于熬到医生查房，让我出院。胸管拆除的时候，发现伤口缝合的羊肠线断了，拆管医生一边解释说："这个线呢，和世上所有的线一样，总有断了的时候"，一边帮我重新缝了几针。也不算痛，我心里想，只要是确实缝合了就好。

出院是炎热的中午，表哥的车子开不进医院，急得在医院外面一直绕。整理好了要带回家的东西真多，被子、枕头、毛巾、脸盆、脚盆、衣服、鞋子、纸巾，朋友们送的水果营养品。我自己走到账台去结账，护士问："怎么你来？家属呢？"我说："他们忙着把东西拿出去，车子开不进来。"

这次生病，劳烦家人和朋友甚多，也就是结账这回事还可以自己来，也算心安一些。虽然花了不少钱，医保和其他保险可以 cover 不少。两年前，根据保险代理的推荐，在原来已买的保险基础上，买了防癌、大病、医疗保险，又多加了好些住院保险。这次住的非普通病房，即便住院费报不了，也算分担了一些费用。我从未想到自己会罹患癌症，竟然能够未雨绸缪买了相关保险，实在是上天的安排。

新的病人又进来了，忐忑不安，东问西问，亲戚朋友围绕着。护工阿姨麻利地将我们空出来的床位进行消毒、整理，很快病房干净得就像我们刚来的时候一样。我问护工阿姨："你在这里做了多久了？"她说"十几年了。"她熟悉病房里所有的设施，照顾我们时手法专业，也对每位医生的习性知晓甚多。我上午去做离院前的胸片时，妈妈借了轮椅打算推我去。护工阿姨马上说："你的轮椅让陈主任看见，他要说你的。陈主任就是要求病人术后多走动的。"结果她带我走下楼去做胸透，熟门熟路很快就搞定了。

站在医院楼下等车，阳光辣辣的扑面而来，有一点点虚弱，但比想象中要好太多，从今往后，要爱惜自己的身体，照管自己的心灵；上天对我们的爱无限，我们能存续的岁月，和拥有的力量，还是有限的。从今往后……好像有很多从今往后似的，我带着滚滚的汗珠，在阳光底下笑起来……

2018 年 7 月

救　　赎

分类：原相

二十八楼的家里，台风阵阵吹起窗帘，哗啦啦打到柜子上的相架，有几个相架落到地上，裂了一点点，我就把相架扣在柜上，并不介意。

朝天敞开四肢躺在床上，喜悦地叫："这风真是爽！"黄梅天过去，台风来了，才有这么几天晚上需要穿长袖长裤睡衣的好日子。

教会派了同工 FANG 每周都来看手术后在家静养的我。她来之前，我颇为准备了一番：水壶灌满矿泉水，杯子茶壶热水烫了，铺好茶垫，蓝牙放着圣歌。我们坐在窗台的羊毛垫上喝龙井茶。喜欢用透明玻璃茶壶泡绿茶，既看到青碧茶色，又不会有茶叶沾了唇。我把这个道理解释给 FANG 听，她微笑点头。然后她和我讲圣经的道理。

这些天，我都在早餐过后，躺在床上听《圣经》。盼着 FANG 来为我释疑："为何要为罪人祈祷"，"上帝对所有人的爱都一样吗?"又问："什么时候可以受洗?"

FANG 喝着茶，额上薄薄一层汗，同我缓缓讲解。原来洗礼前，要真的信上帝，要愿意忏悔自己的罪，并愿意悔改。

她继续说："骄傲是罪，是天父最不能容忍的。撒谎是罪，嫉妒也是罪。"

那样说来，我们都是有罪的。这些我认，也愿意悔改。除此之外，我还有别的罪，也不打算否认。

我也告诉她，手术前，如何蒙上帝感召，真心祈求上帝呵护，给予力量，因我实在走投无路，虚弱至无奈。

现在，懂得这一段如许深："当黑暗笼罩着你时，当一切都在抵挡你时，求告我。我所说的不是你繁荣昌盛和阳光普照的时候，不是你的灵魂兴旺繁盛，你的事业成功发达，你凡事都顺利，你头上的天空无云，你脚下的海水平静的时候；而是你患难的日子，缺乏的日子，遭遇灾难不幸的日子，失意沮丧和受到非难指责的日子，被朋友离弃、世界向你蹙额皱眉的日子，水池破损和水窖枯干的日子。要在患难之日求告我，我必搭救你。"

　　未来如何，说一点不担忧是假的。Na 来看我的时候，像那次在病房里一样拥抱我，告诉我："要尽量学习不受医生的诊断和病理报告的影响，学会在高处稳走。"这个很难，但是我知道是这个方向。

　　"如今我们好像对着镜子观看影像，模糊不清，但将来会看得真真切切。现在我所知道的有限，但将来会完全知道，如同主知道我一样。"

　　FANG 说有天耶稣会回来，会有审判，决定谁可以跟着他走。而通往天堂的路狭窄，不像世上其他的路那么宽敞。

　　那一章，我还没有读到。现在提前知道了，也好……

　　随后几乎每个周末，都参加教会活动，有时去大教堂，有时去家庭教堂。奇怪，教会中遇到的每个人，都似曾相识，莫名觉得亲，虽然我尚没有和任何人走得近。同工们每次都尽心尽力做午餐准备水果零食，我住得特别近，走过去不过几分钟，就觉得自己有义务多做一些事情，便帮着准备碗筷、擦桌子、扫地、备水果，只要能帮上忙，就很开心。

　　我们每次都会有个讨论主题，心里的好多疑问，例如每个人的原罪，例如为何要宽恕别人，都由那些老教友们一一解答。是啊，我做错那么多事，上帝都宽恕了，为何我就不能宽恕别人呢？

Na问我："准备好了受洗了没有？"这是个需要极其慎重考虑的问题。我想了好一会儿，才回复她："I'm ready"。

受洗的那天，妈妈和闺蜜文文陪着我去。文文说："今天这几个受洗的人中，就是你特别喜相，别人都在哭哭啼啼的。"可不是么，我始终喜气洋洋笑个不停。宣誓前，每个人要说一段话，我微笑着说：

"我以前自以为特别坚强，也特别自我，一直想活出自己的样子。可是去年发生了很多事情，一系列的意外，然后开始生病。那时候，上帝派了很多人来照顾我……他已经为我做了最好的安排。受洗之后，我会变成一个崭新的自己，更谦卑、更有耐性，更爱所有的人……感谢上帝！"

说到生病那一段，喉咙有点哽咽；牧师Robert把手放在我头上，为我祷告的时候，我的眼泪在眼眶里打转，但是终究没有哭出声来。

我们，茫然地，纷纷地，从海洋、山谷、平原，向山顶攀登，有时太急切，忘却来时路，有时太疲惫，未至登顶已回头——这一路，谁没有痛过，谁没有伤过？有些伤在身体，有些伤在心里，有些轻易痊愈，有些经久不愈——唯有上帝知道，看在眼里，有时敲打你，因你过于自负，过于刻薄；有时出手保护，因你顷刻变得脆弱。而我们，从身体和心灵的伤痛中辗转活过来，在向从前坚定告别的那一刻，终被宽宥，终被治愈，终被救赎……

2018 年 8 月

后　记

　　在和编辑董姑娘一起校对这本书的时候，异常繁忙，因这几个月接了一个项目，对我的体力和精力都是极度考验，而我也浑然忘记了自己是个动过手术不久，只有部分肺功能的病人。

　　While，it comes... 我，又一次成了癌症病人——经过各种检查，超声，CT，痛苦难忍的五针穿刺，确认了因基因突变造成的甲状腺癌症。也就是说，间隔八个多月，我得把痛苦的手术经历，再重新走一遍。我的朋友泳，又一次援手助我安排治疗事宜。

　　这一次，尚平静，没有愤怒。读经文：耶稣说"只要信，不要怕"！上帝说："因为我是你的上帝耶和华，我必拉着你的右手对你说，'不要怕，我必帮助你。'"

　　有时，亦不免难过。与 Linda 诉苦道："我的身体，拖累了我前行的步伐!"她惊讶地说:"你要感激你的身体,被你这样任意驱使,还一直为你坚持到现在,你要向她道谢!"

好吧,好吧,我知道了。只是对家人抱歉,不曾回报,又要他们劳心劳力来照料我;对朋友们抱歉,他们又要捧着花提着点心来探视……而这次,我并不打算取消已经确定的工作,一周以后,我会如常为客户主持一场四天的策略工作坊,即使再累,也算回报他们这段时间对我的信任与支持。——权当是一种谢幕吧!

而这本书,更是平复心情的良药。与编辑董姑娘讨论封面的设计,我钟意白底蓝色,她建议更喜悦的枫叶金。我们讨论章节的安排,卷首序言的安排,和我人像摄影者的署名,更一起焦虑着,怕赶不上春季的发行。

时间是永恒的话题——"你使人归于尘土,因世人要归回。在你看来,千年如已过的昨日,又如夜间的一更"。反正,这一刻,明明白白地知道,我的第一本书,轻盈地飞舞过来了!

2019 年 02 月 21 日

图书在版编目（CIP）数据

漫舞过人生/宋健慧著. —上海：上海三联书店，2019.5
重印
ISBN 978-7-5426-6633-8

Ⅰ.①漫… Ⅱ.①宋… Ⅲ.①随笔-作品集-中国-当
代 Ⅳ.①I267.1

中国版本图书馆 CIP 数据核字（2019）第 036724 号

漫舞过人生

著　　者 / 宋健慧（Helen S）

责任编辑 / 董毓玭
装帧设计 / 徐　徐
监　　制 / 姚　军
责任校对 / 张大伟

出版发行 / 上海三联书店

　　　　　（200030）中国上海市漕溪北路 331 号 A 座 6 楼
邮购电话 / 021-22895540
印　　刷 / 上海盛通时代印刷有限公司

　　　　　　　　　　·

版　　次 / 2019 年 3 月第 1 版
印　　次 / 2019 年 5 月第 2 次印刷
开　　本 / 787×1092　1/32
字　　数 / 200 千字
印　　张 / 12.375
书　　号 / ISBN 978-7-5426-6633-8/I·1502
定　　价 / 48.00 元

敬启读者，如发现本书有印装质量问题，请与印刷厂联系 021-37910000